Stefan Zweig

Amok

Novellen einer Leidenschaft

„In dieser Novellensammlung versetzt Zweig sich in die Seele von Menschen, die inneren Zwängen folgend in einem Akt verzweifelter Selbstvernichtung untergehen und andere dabei in ihrem blutroten Sog mit sich fort reißen: Der Amokläufer I Die Frau und die Landschaft I Phantastische Nacht I Brief einer Unbekannten I Die Mondscheingasse." *Redaktion Gröls-Verlag* (Edition I Werke der Weltliteratur)

Redaktionelle Hinweise und Impressum

Das vorliegende Werk wurde zugunsten der Authentizität sehr zurückhaltend bearbeitet. So wurden etwa ursprüngliche Rechtschreibfehler regelmäßig *nicht* behoben, denn kleine Unvollkommenheiten machen das Buch – wie im Übrigen den Menschen – erst authentisch. Mitunter wurden jedoch zum Beispiel Absätze behutsam neu getrennt, um den Lesefluss zu erleichtern.

Wir sind bemüht, ein ansprechendes Produkt zu gestalten, welches angemessenen Ansprüchen an das Preis/Leistungsverhältnis und vernünftigen Qualitätserwartungen gerecht wird. Um die Texte zu rekonstruieren, werden antiquarische Bücher von leistungsfähigen Lesegeräten gescannt und dann durch eine Software lesbar gemacht. Der so entstandene Text wird von Menschen gegen eine Aufwandsentschädigung gegengelesen und korrigiert – Hierbei können gelegentlich Fehler auftreten. Wenn Sie ebenfalls antiquarische Texte einreichen möchten, wenden Sie sich für weitere Informationen gerne an

www.groels.de

Informieren Sie sich dort auch gerne über die anderen Werke aus unserer

Edition | Bedeutende Werke der Weltliteratur

Sie werden es mit 98,085 %iger Wahrscheinlichkeit nicht bereuen.

Die Deutsche Nationalbibliothek verzeichnet dieses Werk in der Deutschen Nationalbibliografie.

Verleger: Marcel Hermann-Josef Gröls, Poelchaukamp 20, 22301 Hamburg.
Externer Dienstleister für Distribution und Herstellung: BoD, In de Tarpen 42, 22848 Norderstedt

Inhalt

Tu auf dich, Unterwelt der Leidenschaften:
Gestalten ihr, geträumt und doch empfunden,
Laßt eure Lippen heiß an meinen haften,
Trinkt Blut von Blut und Atem mir vom Munde!

Brecht vor aus euren Zwielichtfinsternissen
Und schämt euch nicht der Qual, die euch umschattet!
Wer Liebe liebt, will nicht ihr Leiden missen,
Was euch verstört, ists, was mich zu euch gattet.

Nur Leidenschaft, die ihren Abgrund findet,
Läßt deine letzte Wesenheit entbrennen,
Nur der sich ganz verliert, ist sich gegeben.

So flamm dich auf! Erst wenn du dich entzündet,
Wirst du die Welt in deiner Tiefe kennen:
Erst wo Geheimnis wirkt, beginnt das Leben.

Der Amokläufer

Im März des Jahres 1912 ereignete sich im Hafen von Neapel bei dem Ausladen eines großen Überseedampfers ein merkwürdiger Unfall, über den die Zeitungen umfangreiche, aber sehr phantastisch ausgeschmückte Berichte brachten. Obzwar Passagier der „Oceania", war es mir ebensowenig wie den andern möglich, Zeuge jenes seltsamen Vorfalles zu sein, weil er sich zur Nachtzeit während des Kohlenladens und der Löschung der Fracht abspielte, wir aber, um dem Lärm zu entgehen, alle an Land gegangen waren und dort in Kaffeehäusern oder Theatern die Zeit verbrachten. Immerhin meine ich persönlich, daß manche Vermutungen, die ich damals nicht öffentlich äußerte, die wirkliche Aufklärung jener erregenden Szene in sich tragen, und die Ferne der Jahre erlaubt mir wohl das Vertrauen eines Gespräches zu nutzen, das jener seltsamen Episode unmittelbar vorausging.

****

Als ich in der Schiffsagentur von Kalkutta einen Platz für die Rückreise nach Europa auf der „Oceania" bestellen wollte, zuckte der Clerk bedauernd die Schultern. Er wisse noch nicht, ob es möglich sei, mir eine Kabine zu sichern, das Schiff wäre jetzt knapp vor dem Einbruch der Regenzeit immer schon von Australien her ausverkauft, er müsse erst das Telegramm von Singapore abwarten. Am nächsten Tage teilte er mir erfreulicherweise mit, er könne mir noch einen Platz vormerken, freilich sei es nur eine wenig komfortable Kabine unter Deck und in der Mitte des Schiffes. Ich war schon ungeduldig heimzukehren: so zögerte ich nicht lange und ließ mir den Platz zuschreiben.

Der Clerk hatte mich richtig informiert. Das Schiff war überfüllt und die Kabine schlecht, ein kleiner, gepreßter, rechteckiger Winkel in der Nähe der Dampfmaschine, einzig vom trüben Blick der kreisrunden Glasscheibe erhellt. Die stockende, verdickte Luft roch nach Öl und Moder: nicht für einen Augenblick konnte man dem elektrischen Ventilator entgehen, der wie eine toll gewordene stählerne Fledermaus einem surrend über der Stirne kreiste. Von unten her ratterte und stöhnte, wie ein Kohlenträger, der unablässig dieselbe Treppe hinaufkeucht, die Maschine, von oben hörte man unaufhörlich das schlurfende Hin und Her der Schritte vom Promenadendeck. So flüchtete ich, kaum daß ich den Koffer in das muffige Grab aus grauen Traversen verstaut hatte, wieder zurück auf Deck, und wie Ambra trank ich, aufsteigend aus der Tiefe, den süßlichen weichen Wind, der vom Lande her über die Wellen wehte.

Aber auch das Promenadendeck war voll Enge und Unruhe: es flatterte und flirrte von Menschen, die mit der flackernden Nervosität eingesperrter Untätigkeit unausgesetzt plaudernd auf und nieder gingen. Das zwitschernde Geschäker der Frauen, das rastlos kreisende Wandern auf dem Engpaß des Decks, wo vor den Stühlen der Schwarm in schwatzhafter Unruhe vorbeiwogte, um sich unablässig zu begegnen, tat mir irgendwie weh. Ich hatte eine neue Welt gesehen, rasch ineinanderstürzende Bilder in rasender Jagd in mich eingetrunken. Nun wollte ich mirs übersinnen, zerteilen, ordnen, nachbildend das heiß in den Blick Gedrängte gestalten, aber hier auf dem gedrängten Boulevard gab es nicht eine Minute Ruhe und Rast. Die Zeilen in einem Buch zerrannen vor den flüchtigen Schatten der Vorüberplaudernden. Es war unmöglich, mit sich selbst auf dieser schattenlosen wandernden Schiffsgasse allein zu sein.

Drei Tage lang versuchte ichs, sah resigniert auf die Menschen, auf das Meer, aber das Meer blieb immer dasselbe, blau und leer, nur im Sonnenuntergang plötzlich mit allen Farben jäh übergossen. Und die Menschen, sie kannte ich auswendig nach dreimal vierundzwanzig Stunden. Jedes Gesicht war mir vertraut bis zum Überdruß, das scharfe Lachen der Frauen reizte, das polternde Streiten zweier nachbarlicher holländischer Offiziere ärgerte nicht mehr. So blieb nur Flucht: aber die Kabine war heiß und dunstig, im Salon produzierten unablässig englische Mädchen ihr schlechtes Klavierspiel bei abgehackten Walzern. Schließlich drehte ich entschlossen die Zeitordnung um, tauchte in die Kabine schon nachmittags hinab, nachdem ich mich zuvor mit ein paar Gläsern Bier betäubt, um das Souper und den Tanzabend zu überschlafen.

Als ich aufwachte, war es ganz dunkel und dumpf in dem kleinen Sarg der Kabine. Den Ventilator hatte ich abgestellt, so schwälte die Luft fettig und feucht an die Schläfen. Meine Sinne waren irgendwie betäubt: ich brauchte Minuten, um mich an Zeit und Ort zurückzufinden. Mitternacht mußte jedenfalls schon vorbei sein, denn ich hörte weder Musik noch den rastlosen Schlurf der Schritte: nur die Maschine, das atmende Herz des Leviathans, stieß keuchend den knisternden Leib des Schiffes fort ins Unsichtbare.

Ich tastete empor auf Deck. Es war leer. Und wie ich den Blick aufhob über den dünstenden Turm des Schornsteins und die geisterhaft glänzenden Spieren, drang mit einmal magische Helle mir in die Augen. Der Himmel strahlte. Er war dunkel gegen die Sterne, die ihn weiß durchwirbelten, aber doch: er strahlte; es war, als verhüllte dort ein samtener Vorhang ungeheures Licht, als wären die sprühenden Sterne nur Luken und Ritzen, durch die jenes unbeschreiblich Helle vorglänzte. Nie hatte ich den Himmel gesehen wie in jener Nacht, so strahlend, so stahlblau hart und doch funkelnd, triefend, rauschend, quellend von Licht, das vom Mond verhangen niederschwoll und von den Sternen und das irgendwie aus einem geheimnisvollen Innen zu brennen schien. Weißer Lack, flimmerten im Monde alle Randlinien des Schiffes grell gegen das samtdunkle Meer, die Taue, die Rahen, alles Schmale, alle Konturen waren aufgelöst in diesem flutenden Glanz: gleichsam im Leeren schienen die Lichter auf den Masten und darüber das runde Auge des Ausgucks zu hängen, irdische gelbe Sterne zwischen den strahlenden des Himmels.

Gerade aber zu Häupten stand mir das magische Sternbild, das Südkreuz, mit flimmernden diamantenen Nägeln ins Unsichtbare gehämmert, schwebend scheinbar, indes nur das Schiff Bewegung schuf, das leise bebend sich mit atmender Brust nieder und auf, nieder und auf, ein gigantischer Schwimmer, durch die dunklen Wogen stieß. Ich stand und sah empor: mir war wie in einem Bade, wo Wasser warm von oben fällt, nur daß dies Licht war, das mir weiß und auch lau die Hände überspülte, die Schultern, das Haupt mild umgoß und irgendwie nach innen zu dringen schien, denn alles Dumpfe in mir war plötzlich aufgehellt. Ich atmete befreit, rein, und jäh beseligt spürte ich auf den Lippen wie ein klares Getränk die Luft, die weiche, gegorene, leicht trunken machende Luft, in der Atem von Früchten, Duft von fernen Inseln war. Nun, nun zum ersten Male, seit ich die Planken betreten, überkam mich die heilige Lust des Träumens, und jene andere sinnlichere, meinen Körper weibisch hinzugeben an dieses Weiche, das mich umdrängte. Ich wollte mich hinlegen, den Blick hinauf zu den weißen Hieroglyphen. Aber die Ruhesessel, die Deckchairs waren verräumt, nirgends fand sich auf dem leeren Promenadendeck ein Platz zu träumerischer Rast. So tastete ich weiter, allmählich dem Vorderteil des Schiffes zu, ganz geblendet vom Licht, das immer heftiger aus den Gegenständen auf mich zu dringen schien. Fast tat es schon weh, dies kalkweiße, grell brennende Sternenlicht, ich aber hatte Verlangen, mich irgendwo im Schatten zu vergraben, hingestreckt auf eine Matte, den Glanz nicht an mir zu fühlen, sondern nur über mir, an den Dingen gespiegelt, so wie man eine Landschaft sieht aus verdunkeltem Zimmer. Endlich kam ich, über Taue stolpernd und vorbei an den eisernen Gewinden bis an den Kiel und sah hinab, wie der Bug in das Schwarze stieß und geschmolzenes Mondlicht schäumend zu beiden Seiten der Schneide aufsprühte.

Immer wieder hob, immer wieder senkte sich der Pflug in die schwarzflutende Scholle, und ich fühlte alle Qual des besiegten Elements, fühlte alle

Lust der irdischen Kraft in diesem funkelnden Spiel. Und im Schauen verlor ich die Zeit. War es eine Stunde, daß ich so stand, oder waren es nur Minuten: im Auf und Nieder schaukelte mich die ungeheure Wiege des Schiffes über die Zeit hinaus. Ich fühlte nur, daß in mich Müdigkeit [über]kam, die wie eine Wollust war. Ich wollte schlafen, träumen und doch nicht weg aus dieser Magie, nicht hinab in meinen Sarg. Unwillkürlich ertastete ich mit meinem Fuß unter mir ein Bündel Taue. Ich setzte mich hin, die Augen geschlossen und doch nicht Dunkels voll, denn über sie, über mich strömte der silberne Glanz. Unten fühlte ich die Wasser leise rauschen, über mir mit unhörbarem Klang den weißen Strom dieser Welt. Und allmählich schwoll dies Rauschen mir ins Blut: ich fühlte mich selbst nicht mehr, wußte nicht, ob dies Atmen mein eigenes war oder des Schiffes fernpochendes Herz, ich strömte, verströmte in diesem ruhelosen Rauschen der mitternächtigen Welt.

****

Ein leises, trockenes Husten hart neben mir ließ mich auffahren. Ich schrak aus meiner fast schon trunkenen Träumerei. Meine Augen, geblendet vom weißen Geleucht über den bislang geschlossenen Lidern, tasteten auf: mir knapp gegenüber im Schatten der Bordwand glänzte etwas wie der Reflex einer Brille, und jetzt glühte ein dicker, runder Funke auf, die Glut einer Pfeife. Ich hatte, als ich mich hinsetzte, einzig niederblickend in die schaumige Bugschneide und empor zum Südkreuz, offenbar diesen Nachbarn nicht bemerkt, der regungslos hier die ganze Zeit gesessen haben mußte. Unwillkürlich, noch dumpf in den Sinnen, sagte ich auf deutsch: „Verzeihung!" „Oh, bitte..." antwortete die Stimme deutsch aus dem Dunkel.

Ich kann nicht sagen, wie seltsam und schaurig das war, dies stumme Nebeneinandersitzen im Dunkeln knapp neben einem, den man nicht sah. Unwillkürlich hatte ich das Gefühl, als starre dieser Mensch auf mich genau wie ich auf ihn starrte: aber so stark war das Licht über uns, das weißflimmernd flutende, daß keiner von keinem mehr sehen konnte als den Umriß im Schatten. Nur den Atem meinte ich zu hören und das fauchende Saugen an der Pfeife. Das Schweigen war unerträglich. Ich wäre am liebsten weggegangen, aber das schien doch zu brüsk, zu plötzlich. Aus Verlegenheit nahm ich mir eine Zigarette heraus. Das Zündholz zischte auf, eine Sekunde lang zuckte Licht über den engen Raum. Ich sah hinter Brillengläsern ein fremdes Gesicht, das ich nie an Bord gesehen, bei keiner Mahlzeit, bei keinem Gang, und sei es, daß die plötzliche Flamme den Augen wehtat oder war es eine Halluzination: es schien grauenhaft verzerrt, finster und koboldhaft. Aber ehe ich Einzelheiten deutlich wahrnahm, schluckte das Dunkel wieder die flüchtig erhellten Linien fort, nur den Umriß sah ich einer Gestalt, dunkel ins Dunkel gedrückt und manchmal den kreisrunden roten Feuerring der Pfeife im Leeren. Keiner sprach, und dies Schweigen war schwül und drückend wie die tropische Luft.

Endlich ertrug ichs nicht mehr. Ich stand auf und sagte höflich „Gute Nacht".

„Gute Nacht", antwortete es aus dem Dunkel, eine heisere, harte, eingerostete Stimme.

Ich stolperte mich mühsam vorwärts durch das Takelwerk an den Pfosten vorbei. Da klang ein Schritt hinter mir her, hastig und unsicher. Es war der Nachbar von vordem. Unwillkürlich blieb ich stehen. Er kam nicht ganz nah heran, durch das Dunkel fühlte ich ein Irgendetwas von Angst und Bedrücktheit in der Art seines Schrittes. „Verzeihen Sie," sagte er dann hastig, „wenn ich eine Bitte an Sie richte. Ich... ich – er stotterte und konnte nicht gleich weitersprechen vor Verlegenheit – „ich... ich habe private... ganz private Gründe, mich hier zurückzuziehen... ein Trauerfall... ich meide die Gesellschaft an Bord... Ich meine nicht Sie... nein, nein... Ich möchte nur bitten... Sie würden mich sehr verpflichten, wenn Sie zu niemandem an Bord davon sprechen würden, daß Sie mich hier gesehen haben... Es sind... sozusagen private Gründe, die mich jetzt hindern unter die Leute zu gehen... ja... nun... es wäre mir peinlich, wenn Sie davon Erwähnung täten, daß jemand hier nachts... daß ich..." Das Wort blieb ihm wieder stecken. Ich beseitigte rasch seine Verwirrung, indem ich ihm eiligst zusicherte, seinen Wunsch zu erfüllen. Wir reichten einander die Hände. Dann ging ich in meine Kabine zurück und schlief einen dumpfen, merkwürdig verwühlten und von Bildern verwirrten Schlaf.

****

Ich hielt mein Versprechen und erzählte niemandem an Bord von der seltsamen Begegnung, obzwar die Versuchung keine geringe war. Denn auf einer Seereise wird das Kleinste zum Geschehnis, ein Segel am Horizont, ein Delphin, der aufspringt, ein neuentdeckter Flirt, ein flüchtiger Scherz. Dabei quälte mich die Neugier, mehr von diesem ungewöhnlichen Passagier zu wissen: ich durchforschte die Schiffsliste nach einem Namen, der ihm zugehören konnte, ich musterte die Leute, ob sie zu ihm in Beziehung stehen könnten: den ganzen Tag bemächtigte sich meiner eine nervöse Ungeduld, und ich wartete eigentlich nur auf den Abend, ob ich ihm wieder begegnen würde. Rätselhafte psychologische Dinge haben über mich eine geradezu beunruhigende

Macht, es reizt mich bis ins Blut, Zusammenhänge aufzuspüren, und sonderbare Menschen können mich durch ihre bloße Gegenwart zu einer Leidenschaft des Erkennenwollens entzünden, die nicht viel geringer ist als jene des Besitzenwollens bei einer Frau. Der Tag wurde mir lang und zerbröckelte leer zwischen den Fingern. Ich legte mich früh ins Bett: ich wußte, ich würde um Mitternacht aufwachen, es würde mich erwecken.

Und wirklich: ich erwachte um die gleiche Stunde wie gestern. Auf dem Radiumzifferblatt der Uhr deckten sich die beiden Zeiger in einem leuchtenden Strich. Hastig stieg ich aus der schwülen Kabine in die noch schwülere Nacht. Die Sterne strahlten wie gestern und schütteten ein diffuses Licht über das zitternde Schiff, hoch oben flammte das Kreuz des Südens. Alles war wie gestern – in den Tropen sind die Tage, die Nächte zwillingshafter als in unseren Sphären – nur in mir war nicht dies weiche, flutende, träumerische Gewiegtsein wie gestern. Irgend etwas zog mich, verwirrte mich, und ich wußte, wohin es mich zog: hin zu dem schwarzen Gewind am Kiel, ob er wieder dort starr sitze, der Geheimnisvolle. Von oben her schlug die Schiffsglocke. Dies riß mich fort. Schritt für Schritt, widerwillig und doch gezogen, gab ich mir nach. Noch war ich nicht am Steven, da zuckte plötzlich dort etwas auf wie ein rotes Auge: die Pfeife. Er saß also dort.

Unwillkürlich schreckte ich zurück und blieb stehen. Im nächsten Augenblick wäre ich gegangen. Da regte es sich drüben im Dunkel, etwas stand auf, tat zwei Schritte, und plötzlich hörte ich knapp vor mir seine Stimme, höflich und gedrückt.

„Verzeihen Sie," sagte er, „Sie wollen offenbar wieder an Ihren Platz, und ich habe das Gefühl, Sie flüchteten zurück, als Sie mich sahen. Bitte, setzen Sie sich nur hin, ich gehe schon wieder."

Ich eilte, ihm meinerseits zu sagen, daß er nur bleiben solle, ich sei bloß zurückgetreten, um ihn nicht zu stören. „Mich stören Sie nicht," sagte er mit einer gewissen Bitterkeit, „im Gegenteil, ich bin froh, einmal nicht allein zu sein. Seit zehn Tagen habe ich kein Wort gesprochen... eigentlich seit Jahren nicht... und da geht es so schwer, eben vielleicht weil man schon erstickt daran, alles in sich hineinzuwürgen... Ich kann nicht mehr in der Kabine sitzen, in diesem... diesem Sarg... ich kann nicht mehr... und die Menschen ertrage ich wieder nicht, weil sie den ganzen Tag lachen... Das kann ich nicht ertragen jetzt... ich höre es hinein bis in die Kabine und stopfe mir die Ohren zu... freilich, sie wissen ja nicht, daß... nun sie wissens eben nicht, und dann, was geht das die Fremden an..."

Er stockte wieder. Und sagte dann ganz plötzlich und hastig: „Aber ich will Sie nicht belästigen... verzeihen Sie meine Geschwätzigkeit."

Er verbeugte sich und wollte fort. Aber ich widersprach ihm dringlich. „Sie belästigen mich durchaus nicht. Auch ich bin froh, hier ein paar stille Worte zu haben... Nehmen Sie eine Zigarette?"

Er nahm eine. Ich zündete an. Wieder riß sich das Gesicht flackernd vom schwarzen Bordrand los, aber jetzt voll mir zugewandt: die Augen hinter der Brille forschten in mein Gesicht, gierig und mit einer irren Gewalt. Ein Grauen überlief mich. Ich spürte, daß dieser Mensch sprechen wollte, sprechen mußte. Und ich wußte, daß ich schweigen müsse, um ihm zu helfen.

Wir setzten uns wieder. Er hatte einen zweiten Deckchair dort, den er mir anbot. Unsere Zigaretten funkelten, und an der Art, wie der Lichtring der seinen unruhig im Dunkel zitterte, sah ich, daß seine Hand bebte. Aber ich schwieg, und er schwieg. Dann fragte plötzlich seine Stimme leise:

„Sind Sie sehr müde?"

„Nein, durchaus nicht."

Die Stimme aus dem Dunkel zögerte wieder. „Ich möchte Sie gerne um etwas fragen... das heißt, ich möchte Ihnen etwas erzählen. Ich weiß, ich weiß genau, wie absurd das ist, mich an den ersten zu wenden, der mir begegnet, aber... ich bin... ich bin in einer furchtbaren psychischen Verfassung... ich bin an einem Punkt, wo ich unbedingt mit jemandem sprechen muß... ich gehe sonst zugrunde... Sie werden das schon verstehen, wenn ich... ja, wenn ich Ihnen eben erzähle... Ich weiß, daß Sie mir nicht werden helfen können... aber ich bin irgendwie krank von diesem Schweigen... und ein Kranker ist immer lächerlich für die andern..."

Ich unterbrach ihn und bat ihn, sich doch nicht zu quälen. Er möge mir nur erzählen... ich könne ihm natürlich nichts versprechen, aber man habe doch die Pflicht, seine Bereitwilligkeit anzubieten. Wenn man jemanden in einer Bedrängnis sehe, da ergebe sich doch natürlich die Pflicht zu helfen...

„Die Pflicht... seine Bereitwilligkeit anzubieten... die Pflicht, den Versuch zu machen... Sie meinen also auch, Sie auch, man habe die Pflicht... die Pflicht, seine Bereitwilligkeit anzubieten."

Dreimal wiederholte er den Satz. Mir graute vor dieser stumpfen, verbissenen Art des Wiederholens. War dieser Mensch wahnsinnig? War er betrunken? Aber als ob ich die Vermutung laut mit den Lippen ausgesprochen hätte, sagte er plötzlich mit einer ganz andern Stimme: „Sie werden mich vielleicht für irr halten oder für betrunken. Nein, das bin ich nicht – noch nicht. Nur das Wort, das Sie sagten, hat mich so merkwürdig berührt… so merkwürdig, weil es gerade das ist, was mich jetzt quält, nämlich ob man die Pflicht hat… die Pflicht…“

Er begann wieder zu stottern. Dann brach er kurz ab und begann mit einem neuen Ruck.

„Ich bin nämlich Arzt. Und da gibt es oft solche Fälle, solche verhängnisvolle… ja, sagen wir Grenzfälle, wo man nicht weiß, ob man die Pflicht hat… nämlich, es gibt ja nicht nur eine Pflicht, die gegen den andern, sondern eine für sich selbst und eine für den Staat und eine für die Wissenschaft… Man soll helfen, natürlich, dazu ist man doch da… aber solche Maximen sind immer nur theoretisch… Wie weit soll man denn helfen?… Da sind Sie, ein fremder Mensch, und ich bin Ihnen fremd, und ich bitte Sie, zu schweigen darüber, daß Sie mich gesehen haben… gut, Sie schweigen, Sie erfüllen diese Pflicht… Ich bitte Sie, mit mir zu sprechen, weil ich krepiere an meinem Schweigen… Sie sind bereit, mir zuzuhören… gut… Aber das ist ja leicht… Wenn ich Sie aber bitten würde, mich zu packen und über Bord zu werfen… da hört sich doch die Gefälligkeit, die Hilfsbereitschaft auf. Irgendwo endets doch… dort, wo man anfängt mit seinem eigenen Leben, seiner eigenen Verantwortung… irgendwo muß es doch enden… irgendwo muß diese Pflicht doch aufhören… Oder vielleicht soll sie gerade beim Arzt nicht aufhören dürfen? Muß der ein Heiland, ein Allerweltshelfer sein, bloß weil er ein Diplom mit lateinischen Worten hat, muß der wirklich sein Leben hinwerfen und sich Wasser ins Blut schütten, wenn irgendeine… irgendeiner kommt und will, daß er edel sei, hilfreich und gut? Ja, irgendwo hört die Pflicht auf… dort, wo man nicht mehr kann, gerade dort…“ Er hielt wieder inne und riß sich auf.

„Verzeihen Sie… ich rede gleich so erregt… aber ich bin nicht betrunken… noch nicht betrunken… auch das kommt jetzt oft bei mir vor, ich gestehe es Ihnen ruhig ein, in dieser höllischen Einsamkeit… Bedenken Sie, ich habe sieben Jahre nur fast zwischen Eingeborenen und Tieren gelebt… da verlernt man das ruhige Reden. Wenn man sich dann auftut, flutets gleich über… Aber warten Sie… ja, ich weiß schon… ich wollte Sie fragen, wollte Ihnen so einen Fall vorlegen, ob man die Pflicht habe zu helfen… so ganz engelhaft rein zu helfen, ob man… Übrigens ich fürchte, es wird lang werden. Sind Sie wirklich nicht müde?“

„Nein, durchaus nicht.“

„Ich... ich danke Ihnen... Nehmen Sie nicht?“

Er hatte irgendwo hinter sich ins Dunkel getappt. Etwas klirrte gegeneinander, zwei, drei, jedenfalls mehrere Flaschen, die er neben sich gestellt. Er bot mir ein Glas Whisky, an dem ich flüchtig nippte, während er mit einem Ruck das seine hinabgoß. Einen Augenblick stand Schweigen zwischen uns. Da schlug die Glocke: halb eins.

****

„Also... ich möchte Ihnen einen Fall erzählen. Nehmen Sie an, ein Arzt in einer... einer kleineren Stadt... oder eigentlich am Lande... ein Arzt, der... ein Arzt, der...“

Er stockte wieder. Dann riß er sich plötzlich den Sessel heran zu mir.

„So geht es nicht. Ich muß Ihnen alles direkt erzählen, von Anfang an, sonst verstehen Sie es nicht... Das, das läßt sich nicht als Exempel, als Theorie entwickeln... ich muß Ihnen meinen Fall erzählen. Da gibt es keine Scham, kein Verstecken... vor mir ziehen sich auch die Leute nackt aus und zeigen mir ihren Grind, ihren Harn und ihre Exkremente... wenn man geholfen haben will, darf man nicht herumreden und nichts verschweigen... Also ich werde Ihnen keinen Fall erzählen von einem sagenhaften Arzt... ich ziehe mich nackt aus und sage: ich... das Schämen habe ich verlernt in dieser dreckigen Einsamkeit, in diesem verfluchten Land, das einem die Seele ausfrißt und das Mark aus den Lenden saugt.“

Ich mußte irgendeine Bewegung gemacht haben, denn er unterbrach sich.

„Ach, Sie protestieren... ich verstehe, Sie sind begeistert von Indien, von den Tempeln und den Palmenbäumen, von der ganzen Romantik einer Zweimonatsreise. Ja, so sind sie zauberhaft, die Tropen, wenn man sie in der Eisenbahn, im Auto, in der Rikscha durchstreift: ich habe das auch nicht anders gefühlt, als ich zum erstenmal herüber kam vor sieben Jahren. Was träumte ich da nicht alles, die Sprachen wollte ich lernen und die heiligen Bücher im Urtext lesen, die Krankheiten studieren, wissenschaftlich arbeiten, die Psyche der Eingeborenen ergründen – so sagt man ja im europäischen Jargon – ein Missionar der Menschlichkeit, der Zivilisation werden.

Alle, die kommen, träumen denselben Traum. Aber in diesem unsichtbaren Glashaus dort geht einem die Kraft aus, das Fieber – man kriegts ja doch, mag man noch so viel Chinin in sich fressen – greift einem ans Mark, man wird schlapp und faul, wird weich, eine Qualle. Irgendwie ist man als Europäer von seinem wahren Wesen abgeschnitten, wenn man aus den großen Städten weg in so eine verfluchte Sumpfstation kommt: auf kurz oder lang hat jeder seinen Knax weg, die einen saufen, die andern rauchen Opium, die dritten prügeln und werden Bestien – irgendeinen Schuß Narrheit kriegt jeder ab. Man sehnt sich nach Europa, träumt davon, wieder einen Tag auf einer Straße zu gehen, in einem hellen steinernen Zimmer unter weißen Menschen zu sitzen, Jahr um Jahr träumt man davon, und kommt dann die Zeit, wo man Urlaub hätte, so ist man schon zu träge, um zu gehen. Man weiß, drüben ist man vergessen, fremd, eine Muschel in diesem Meer, auf die jeder tritt. So bleibt man und versumpft und verkommt in diesen heißen, nassen Wäldern. Es war ein verfluchter Tag, an dem ich mich in dieses Drecknest verkauft habe...

Übrigens: ganz so freiwillig war das ja auch nicht. Ich hatte in Deutschland studiert, war recte Mediziner geworden, ein guter Arzt sogar mit einer Anstellung an der Leipziger Klinik; irgendwo in einem verschollenen Jahrgang der Medizinischen Blätter haben sie damals viel Aufhebens gemacht von einer neuen Injektion, die ich als erster praktiziert hatte. Da kam eine Weibergeschichte, eine Person, die ich im Krankenhaus kennen lernte: sie hatte ihren Geliebten so toll gemacht, daß er sie mit dem Revolver anschoß, und bald war ich ebenso toll wie er.

Sie hatte eine Art, hochmütig und kalt zu sein, die mich rasend machte – mich hatten immer schon Frauen in der Faust, die herrisch und frech waren, aber diese bog mich zusammen, daß mir die Knochen brachen. Ich tat, was sie wollte, ich – nun, warum soll ichs nicht sagen, es sind acht Jahre her – ich tat für sie einen Griff in die Spitalskasse, und als die Sache aufflog, war der Teufel los. Ein Onkel deckte noch den Abgang, aber mit der Karriere war es vorbei. Damals hörte ich gerade, die holländische Regierung werbe Ärzte an für die Kolonien und biete ein Handgeld. Nun, ich dachte gleich, es müßte ein sauberes Ding sein, für das man Handgeld biete, ich wußte, daß die Grabkreuze auf diesen Fieberplantagen dreimal so schnell wachsen als bei uns, aber wenn man jung ist, glaubt man, das Fieber und der Tod springt immer nur auf die andern. Nun, ich hatte da nicht viel Wahl, ich fuhr nach Rotterdam, verschrieb mich auf zehn Jahre, bekam ein ganz nettes Bündel Banknoten, die Hälfte schickte ich nach Hause an den Onkel, die andere Hälfte jagte mir eine Person dort im Hafenviertel ab, die alles von mir herauskriegte, nur weil sie jener verfluchten Katze so ähnlich war.

Ohne Geld, ohne Uhr, ohne Illusionen bin ich dann abgesegelt von Europa und war nicht sonderlich traurig, als wir aus dem Hafen steuerten. Und dann saß ich so auf Deck wie Sie, wie alle saßen und sah das Südkreuz und die Palmen, das Herz ging mir auf – ah, Wälder, Einsamkeit, Stille, träumte ich! Nun – an Einsamkeit bekam ich gerade genug. Man setzte mich nicht nach Batavia oder Surabaya, in eine Stadt, wo es Menschen gibt und Klubs und Golf und Bücher und Zeitungen, sondern – nun der Name tut ja nichts zur Sache – in irgendeine der Distriktstationen, zwei Tagereisen von der nächsten Stadt. Ein paar langweilige, verdorrte Beamte, ein paar Halfcast, das war meine ganze Gesellschaft, sonst weit und breit nur Wald, Plantagen, Dickicht und Sumpf.

Im Anfang wars noch erträglich. Ich trieb allerhand Studien; einmal, als der Vizeresident auf der Inspektionsreise mit dem Automobil umgeworfen und sich ein Bein zerschmettert hatte, machte ich ohne Gehilfen eine Operation, über die viel geredet wurde, ich sammelte Gifte und Waffen der Eingeborenen, ich beschäftigte mich mit hundert kleinen Dingen, um mich wach zu halten. Aber all dies ging nur, solang die Kraft von Europa her in mir noch funktionierte: dann trocknete ich ein. Die paar Europäer langweilten mich, ich brach den Verkehr ab, trank und träumte in mich hinein. Ich hatte ja nur noch zwei Jahre, dann war ich frei mit Pension, konnte nach Europa zurückkehren, noch einmal ein Leben anfangen. Eigentlich tat ich nichts mehr als warten, stilliegen und warten. Und so säße ich heute noch, wenn nicht sie... wenn das nicht gekommen wäre.“

****

Die Stimme im Dunkeln hielt inne. Auch die Pfeife glimmte nicht mehr. So still war es, daß ich mit einem Male wieder das Wasser hörte, das sich schäumend am Kiel brach, und den fernen, dumpfen Herzstoß der Maschine. Ich hätte mir gern eine Zigarette angezündet, aber ich hatte Furcht vor dem grellen Aufschlag des Zündholzes und dem Reflex in seinem Gesicht. Er schwieg und schwieg. Ich wußte nicht, ob er zu Ende sei, ob er duselte, ob er schlief, so tot war sein Schweigen. Da schlug die Schiffsglocke einen geraden, kräftigen Schlag: ein Uhr. Er fuhr auf: ich hörte wieder das Glas klingen. Offenbar tastete die Hand suchend zum Whisky hinab. Ein Schluck gluckste leise – dann plötzlich begann die Stimme wieder, aber jetzt gleichsam gespannter, leidenschaftlicher.

„Ja also... warten Sie... ja also, das war so. Ich sitze da droben in meinem verfluchten Nest, sitze wie die Spinne im Netz regungslos seit Monaten schon. Es war gerade nach der Regenzeit, Wochen und Wochen hatte es auf das Dach geplätschert, kein Mensch war gekommen, kein Europäer, täglich, täglich hatte ich dagesessen mit meinen gelben Weibern im Haus und meinem guten Whisky. Ich war damals gerade ganz „down“, ganz europakrank: wenn ich irgendeinen Roman las von hellen Straßen und weißen Frauen, begannen mir die Finger zu zittern.

Ich kann Ihnen den Zustand nicht ganz schildern, es ist eine Art Tropenkrankheit, eine wütige, fiebrige und doch kraftlose Nostalgie, die einen manchmal packt. So saß ich damals, ich glaube über einem Atlas, und träumte mir Reisen aus. Da klopft es aufgeregt an die Tür, der Boy steht draußen und eines von den Weibern, beide haben die Augen ganz aufgerissen vor Erstaunen. Sie machen große Gebärden: eine Dame sei hier, eine Lady, eine weiße Frau.

Ich fahre auf. Ich habe keinen Wagen kommen gehört, kein Automobil. Eine weiße Frau hier in dieser Wildnis?

Ich will die Treppe hinab, reiße mich aber noch zurück. Ein Blick in den Spiegel, hastig richte ich mich ein wenig zurecht. Ich bin nervös, unruhig, irgendwie gequält von unangenehmem Vorgefühl, denn ich weiß niemanden auf der Welt, der aus Freundschaft zu mir käme. Endlich gehe ich hinunter.

Im Vorraum wartet die Dame und kommt mir hastig entgegen. Ein dicker Automobilschleier verhüllt ihr Gesicht. Ich will sie begrüßen, aber sie fängt mir rasch das Wort ab. „Guten Tag, Doktor“, sagte sie auf englisch in einer fließenden (etwas zu leicht fließenden und wie im voraus eingelernten) Art. „Verzeihen Sie, daß ich Sie überfalle. Aber wir waren gerade in der Station, unser Auto hält drüben“ – warum fährt sie nicht bis vors Haus, schießt es mir blitzschnell durch den Kopf – „da erinnerte ich mich, daß Sie hier wohnen. Ich habe schon so viel von Ihnen gehört, Sie haben ja eine wirkliche Zauberei mit dem Vizeresidenten gemacht, sein Bein ist wieder tadellos allright, er spielt Golf wie früher. Ah, ja, alles spricht noch davon drunten bei uns, und wir wollten alle unseren brummigen Surgeon und noch die zwei andern hergeben, wenn Sie zu uns kämen. Überhaupt, warum sieht man Sie nie drunten, Sie leben ja wie ein Joghi...“

Und so plappert sie weiter, hastig und immer hastiger, ohne mich zu Worte kommen zu lassen. Etwas Nervöses und Fahriges ist in diesem talkigen Geschwätz, und ich werde selbst unruhig davon. Warum spricht sie soviel, frage ich mich innerlich, warum stellt sie sich nicht vor, warum nimmt sie den Schleier nicht ab? Hat sie Fieber? Ist sie krank? Ist sie toll? Ich werde immer nervöser, weil ich die Lächerlichkeit empfinde, so stumm vor ihr zu stehen, übergossen von ihrer prasselnden Geschwätzigkeit. Endlich stoppt sie ein wenig, und ich kann sie hinaufbitten. Sie macht dem Boy eine Bewegung, zurückzubleiben, und geht vor mir die Treppe empor.

„Nett haben Sie es hier", sagt sie, in meinem Zimmer sich umsehend. „Ah, die schönen Bücher! die möchte ich alle lesen!" Sie tritt an das Regal und mustert die Büchertitel. Zum erstenmal, seit ich ihr entgegengetreten, schweigt sie für eine Minute.

„Darf ich Ihnen einen Tee anbieten?" fragte ich.

Sie wendet sich nicht um und sieht nur auf die Büchertitel. „Nein, danke, Doktor... wir müssen gleich wieder weiter... ich habe nicht viel Zeit... war ja nur ein kleiner Ausflug... Ach, da haben Sie auch den Flaubert, den liebe ich so sehr... wundervoll, ganz wundervoll, die ›Education sentimentale‹... ich sehe, Sie lesen auch französisch... Was Sie alles können!... ja, die Deutschen, die lernen alles auf der Schule... Wirklich großartig, so viel Sprachen zu können!... Der Vizeresident schwört auf Sie, sagt immer, Sie seien der einzige, dem er unter das Messer ginge... unser guter Surgeon drüben taugt gerade zum Bridgespiel... Übrigens wissen Sie – (sie wendete sich noch immer nicht um) heute kams mir selbst in den Sinn, ich sollte Sie einmal konsultieren... und weil wir eben vorüberfuhren, dachte ich... nun, Sie haben jetzt wohl zu tun... ich komme lieber ein andermal."

„Deckst du endlich die Karten auf!" dachte ich mir sofort. Aber ich ließ nichts merken, sondern versicherte ihr, es würde mir eine Ehre sein, jetzt und wann immer sie wolle, ihr zu dienen.

„Es ist nichts Ernstes," sagte sie, sich halb umwendend und gleichzeitig in einem Buch blätternd, das sie vom Regal genommen hatte, „nichts Ernstes... Kleinigkeiten... Weibersachen... Schwindel, Ohnmachten. Heute früh schlug ich, als wir eine Kurve machten, plötzlich hin, raide morte... der Boy mußte mich aufrichten im Auto und Wasser holen... nun, vielleicht ist der Chauffeur zu rasch gefahren... meinen Sie nicht, Doktor?"

„Ich kann das so nicht beurteilen. Haben Sie öfter derlei Ohnmachten?"

„Nein..., das heißt ja... in der letzten Zeit... gerade in der allerletzten Zeit... ja... solche Ohnmachten und Übelkeiten."

Sie steht schon wieder vor dem Bücherschrank, tut das Buch hinein, nimmt ein anderes heraus und blättert darin. Merkwürdig, warum blättert sie immer so... so nervös, warum schaut sie unter dem Schleier nicht auf? Ich sage mit

Absicht nichts. Es reizt mich, sie warten zu lassen. Endlich fängt sie wieder an in ihrer nonchalanten, plapperigen Art.

„Nicht wahr, Doktor, nichts Bedenkliches das? Keine Tropensache... nichts Gefährliches..."

„Ich müßte erst sehen, ob Sie Fieber haben. Darf ich um Ihren Puls bitten..."

Ich gehe auf sie zu. Sie weicht leicht zur Seite.

„Nein, nein, ich habe kein Fieber... gewiß, ganz gewiß nicht... ich habe mich selbst gemessen jeden Tag, seit... seit diese Ohnmachten kamen. Nie Fieber, immer tadellos 36.4 auf den Strich. Auch mein Magen ist gesund."

Ich zögere einen Augenblick. Die ganze Zeit schon prickelt in mir ein Argwohn: ich spüre, diese Frau will etwas von mir, man kommt nicht in eine Wildnis, um über Flaubert zu sprechen. Eine, zwei Minuten lasse ich sie warten. „Verzeihen Sie," sage ich dann geradewegs, „darf ich einige Fragen ganz frei stellen?"

„Gewiß, Doktor! Sie sind doch Arzt", antwortet sie, aber schon wendet sie mir wieder den Rücken und spielt mit den Büchern.

„Haben Sie Kinder gehabt?"

„Ja, einen Sohn."

„Und haben Sie... haben Sie vorher... ich meine damals... haben Sie da ähnliche Zustände gehabt?"

„Ja."

Ihre Stimme ist jetzt ganz anders. Ganz klar, ganz bestimmt, gar nicht mehr plapprig, gar nicht mehr nervös.

„Und wäre es möglich, daß Sie... verzeihen Sie die Frage... daß Sie jetzt in einem ähnlichen Zustande sind?"

„Ja."

Wie ein Messer scharf und schneidend läßt sie das Wort fallen. In ihrem abgewandten Kopf zuckt nicht eine Linie.

„Vielleicht wäre es da am besten, gnädige Frau, ich nehme eine allgemeine Untersuchung vor... darf ich Sie vielleicht bitten, sich... sich in das andere Zimmer hinüber zu bemühen?"

Da wendet sie sich plötzlich um. Durch den Schleier fühle ich einen kalten, entschlossenen Blick mir gerade entgegen.

„Nein... das ist nicht nötig... ich habe volle Gewißheit über meinen Zustand.“„

****

Die Stimme zögert einen Augenblick. Wieder blinkert im Dunkel das gefüllte Glas.

„Also hören Sie... aber versuchen Sie zuerst einen Augenblick sich das zu überdenken. Da drängt sich zu einem, der in seiner Einsamkeit vergeht, eine Frau herein, die erste weiße Frau betritt seit Jahren das Zimmer... und plötzlich spüre ichs, es ist etwas Böses im Zimmer, eine Gefahr. Irgendwie überliefs mich: mir graute vor der stählernen Entschlossenheit dieses Weibes, die da mit plapprigen Reden hereingekommen war und dann mit einemmal ihre Forderung zückt, wie ein Messer. Denn was sie von mir wollte, wußte ich ja, wußte ich sofort – es war nicht das erstemal, daß Frauen so etwas von mir verlangten, aber sie kamen anders, kamen verschämt oder flehend, kamen mit Tränen und Beschwörungen. Hier aber war eine... ja, eine stählerne, eine männliche Entschlossenheit... von der ersten Sekunde spürte ichs, daß diese Frau stärker war als ich... daß sie mich in ihren Willen zwingen konnte, wie sie wollte... Aber... aber... es war auch etwas Böses in mir... der Mann, der sich wehrte, irgendeine Erbitterung, denn... ich sagte es ja schon... von der ersten Sekunde, ja, noch ehe ich sie gesehen, empfand ich diese Frau als Feind.

Ich schwieg zunächst. Schwieg hartnäckig und erbittert. Ich spürte, daß sie mich unter dem Schleier ansah – gerade und fordernd ansah, daß sie mich zwingen wollte zu sprechen. Aber ich gab nicht so leicht nach. Ich begann zu sprechen, aber... ausweichend... ja unbewußt ahmte ich ihre plapprige, gleichgültige Art nach. Ich tat, als ob ich sie nicht verstünde, denn – ich weiß nicht, ob Sie das nachfühlen können – ich wollte sie zwingen, deutlich zu werden, ich wollte nicht anbieten, sondern... gebeten sein... gerade von ihr, weil sie so herrisch kam... und weil ich wußte, daß ich bei Frauen nichts so unterliege als dieser hochmütigen kalten Art.

Ich redete also herum, dies sei ganz unbedenklich, solche Ohnmachten gehörten zum regulären Lauf der Dinge, im Gegenteil, sie verbürgten beinahe eine gute Entwicklung. Ich zitierte Fälle aus den klinischen Zeitungen... ich sprach, ich sprach, lässig und leicht, immer die Angelegenheit ganz wie eine Banalität betrachtend und... und wartete immer, daß sie mich unterbrechen würde. Denn ich wußte, sie würde es nicht ertragen.

Da fuhr sie schon scharf dazwischen, mit einer Handbewegung gleichsam das ganze beruhigende Gerede wegstreifend.

„Das ist es nicht, Doktor, was mich unsicher macht. Damals, als ich meinen Buben bekam, war ich in besserer Verfassung… aber jetzt bin ich nicht mehr allright… ich habe Herzzustände…“

„Ach, Herzzustände“, wiederholte ich, scheinbar beunruhigt, „da will ich doch gleich nachsehen.“ Und ich machte eine Bewegung, als ob ich aufstehen und das Hörrohr holen wollte.

Aber schon fuhr sie dazwischen. Die Stimme war jetzt ganz scharf und bestimmt – wie am Kommandoplatz.

„Ich *habe* Herzzustände, Doktor, und ich muß Sie bitten, zu glauben, was ich Ihnen sage. Ich möchte nicht viel Zeit mit Untersuchungen verlieren – Sie könnten mir, meine ich, etwas mehr Vertrauen entgegenbringen. Ich wenigstens habe mein Vertrauen zu Ihnen genug bezeugt.“

Jetzt war es schon Kampf, offene Herausforderung. Und ich nahm sie an.

„Zum Vertrauen gehört Offenheit, rückhaltlose Offenheit. Reden Sie klar, ich bin Arzt. Und vor allem nehmen Sie den Schleier ab, setzen Sie sich her, lassen Sie die Bücher und die Umwege. Man kommt nicht zum Arzt im Schleier.“

Sie sah mich an, aufrecht und stolz. Einen Augenblick zögerte sie. Dann setzte sie sich nieder, zog den Schleier hoch. Ich sah ein Gesicht, ganz so wie ich es – gefürchtet hatte, ein undurchdringliches Gesicht, hart, beherrscht, von einer alterslosen Schönheit, ein Gesicht mit grauen englischen Augen, in denen alles Ruhe schien und hinter die man doch alles Leidenschaftliche träumen konnte. Dieser schmale, verpreßte Mund gab kein Geheimnis her, wenn er nicht wollte. Eine Minute lang sahen wir einander an – sie befehlend und fragend zugleich, mit einer so kalten, stählernen Grausamkeit, daß ich es nicht ertrug und unwillkürlich zur Seite blickte.

Sie klopfte leicht mit dem Knöchel auf den Tisch. Also auch in ihr war Nervosität. Dann sagte sie plötzlich rasch:“Wissen Sie, Doktor, was ich von Ihnen will, oder wissen Sie es nicht?“

„Ich glaube es zu wissen. Aber seien wir lieber ganz deutlich. Sie wollen Ihrem Zustand ein Ende bereiten… Sie wollen, daß ich Sie von Ihrer Ohnmacht, Ihren Übelkeiten befreie, indem ich… indem ich die Ursache beseitige. Ist es das?“

„Ja."

Wie ein Fallbeil zuckte das Wort.

„Wissen Sie auch, daß solche Versuche gefährlich sind… für beide Teile…?"

„Ja."

„Daß es gesetzlich mir untersagt ist?"

„Es gibt Möglichkeiten, wo es nicht untersagt, sondern sogar geboten ist."

„Aber diese erfordern eine ärztliche Indikation."

„So werden Sie diese Indikation finden. Sie sind Arzt."

Klar, starr, ohne zu zucken, blickten mich ihre Augen dabei an. Es war ein Befehl, und ich Schwächling bebte in Bewunderung vor der dämonischen Herrischkeit ihres Willens. Aber ich krümmte mich noch, ich wollte nicht zeigen, daß ich schon zertreten war. – „Nur nicht zu rasch! Umstände machen! Sie zur Bitte zwingen", funkelte in mir irgendein Gelüst.

„Das liegt nicht immer im Willen des Arztes. Aber ich bin bereit, mit einem Kollegen im Krankenhaus…"

„Ich will Ihren Kollegen nicht… ich bin zu Ihnen gekommen."

„Darf ich fragen, warum gerade zu mir?"

Sie sah mich kalt an.

„Ich habe kein Bedenken, es Ihnen zu sagen. Weil Sie abseits wohnen, weil Sie mich nicht kennen – weil Sie ein guter Arzt sind, und weil Sie…" jetzt zögerte sie zum ersten Male – „wohl nicht mehr lange in dieser Gegend bleiben werden, besonders wenn Sie… wenn Sie eine größere Summe nach Hause bringen können."

Mich überliefs kalt. Diese eherne, diese Merchant-, diese Kaufmannsklarheit der Berechnung betäubte mich. Bisher hatte sie ihre Lippen noch nicht zur Bitte aufgetan – aber alles längst auskalkuliert, mich erst umlauert und dann aufgespürt. Ich spürte, wie das Dämonische ihres Willens in mich eindrang, aber ich wehrte mich mit all meiner Erbitterung. Noch einmal zwang ich mich sachlich – ja fast ironisch zu sein.

„Und diese größere Summe würden Sie… würden Sie mir zur Verfügung stellen?"

„Für Ihre Hilfe und sofortige Abreise."

„Wissen Sie, daß ich dadurch meine Pension verliere?“

„Ich werde sie Ihnen entschädigen.“

„Sie sind sehr deutlich... Aber ich will noch mehr Deutlichkeit. Welche Summe haben Sie als Honorar in Aussicht genommen?“

„Zwölftausend Gulden, zahlbar auf Scheck in Amsterdam.“

Ich... zitterte... ich zitterte vor Zorn und... ja auch vor Bewunderung. Alles hatte sie berechnet, die Summe und die Art der Zahlung, durch die ich zur Abreise genötigt war, sie hatte mich eingeschätzt und gekauft, ohne mich zu kennen, hatte über mich verfügt im Vorgefühl ihres Willens. Am liebsten hätte ich ihr ins Gesicht geschlagen... Aber wie ich zitternd aufstand – auch sie war aufgestanden – und ihr gerade Auge in Auge starrte, da überkam mich plötzlich bei dem Blick auf diesen verschlossenen Mund, der nicht bitten, auf ihre hochmütige Stirn, die sich nicht beugen wollte... eine... eine Art gewalttätiger Gier. Sie mußte irgend etwas davon fühlen, denn sie spannte ihre Augenbrauen hoch, wie wenn man jemand Lästigen wegweisen will: der Haß zwischen uns war plötzlich nackt. Ich wußte, sie haßte mich, weil sie mich brauchte, und ich haßte sie, weil... weil sie nicht bitten wollte. Diese eine, diese eine Sekunde Schweigen sprachen wir zum erstenmal ganz aufrichtig zueinander. Dann biß sich plötzlich wie ein Reptil mir ein Gedanke ein, und ich sagte ihr... ich sagte ihr...

Aber warten Sie, so würden Sie es falsch verstehen, was ich tat... was ich sagte... ich muß Ihnen erst erklären, wie... wieso dieser wahnsinnige Gedanke in mich kam...“

****

Wieder klirrte leise im Dunkel das Glas. Und die Stimme wurde erregter.

„Nicht daß ich mich entschuldigen will, mich rechtfertigen, mich reinwaschen... Aber Sie verstehen es sonst nicht... Ich weiß nicht, ob ich je so etwas wie ein guter Mensch gewesen bin, aber... ich glaube, hilfreich war ich immer... In dem dreckigen Leben da drüben war das ja die einzige Freude, die man hatte, mit der Handvoll Wissenschaft, die man sich ins Hirn gepreßt, irgendeinem Stück Leben den Atem erhalten zu können... so eine Art Herrgottsfreude... Wirklich, es waren meine schönsten Augenblicke, wenn so ein gelber Bursch kam, blauweiß vor Schrecken, einen Schlangenbiß im hochgeschwollenen Fuß, und schon heulte, man solle ihm das Bein nicht abschneiden, und ich kriegte es noch fertig, ihn zu retten. Stundenweit bin ich gefahren, wenn irgendein Weib im Fieber lag – auch so wie diese es wollte, habe ich geholfen, schon in Europa drüben an der Klinik. Aber da spürte mans wenigstens, daß dieser Mensch einen *brauchte,* da wußte mans, daß man jemand vom Tode rettete oder vor der Verzweiflung – und das braucht man eben selbst zum Helfen, dies Gefühl, daß der andere einen braucht.

Aber diese Frau – ich weiß nicht, ob ich es Ihnen schildern kann – sie regte mich auf, reizte mich von dem Augenblick, da sie scheinbar promenierend hereinkam, durch ihren Hochmut zu einem Widerstand, sie reizte alles – wie soll ichs sagen... sie reizte alles Gedrückte, alles Versteckte, alles Böse in mir zur Gegenwehr. Daß sie Lady spielte, unnahbar kühl ein Geschäft entrierte, wo es um Tod und Leben ging, das machte mich toll... Und dann... dann... schließlich wird man doch nicht schwanger vom Golfspielen... ich wußte... das heißt, ich mußte plötzlich mit einer – und das war jener Gedanke – mit einer entsetzlichen Deutlichkeit mich daran erinnern, daß diese Kühle, diese Hochmütige, diese Kalte, die steil die Augenbrauen über ihre stählernen Augen hochzog, als ich sie nur abwehrend... ja fast wegstoßend anblickte, daß die sich zwei oder drei Monate vorher heiß im Bett mit einem Mann gewälzt hatte, nackt wie ein Tier und vielleicht stöhnend vor Lust, die Körper ineinander verbissen wie zwei Lippen... Das, das war der brennende Gedanke, der mich überfiel, als sie mich so hochmütig, so unnahbar kühl, ganz wie ein englischer Offizier anblickte... und da, da spannte sich alles in mir... ich war besessen von der Idee, sie zu erniedrigen... von dieser Sekunde sah ich durch das Kleid ihren Körper nackt... von dieser Sekunde an lebte ich nur im Gedanken, sie zu besitzen, ein Stöhnen aus ihren harten Lippen zu pressen, diese Kalte, diese Hochmütige in Wollust zu fühlen so wie jener, jener andere, den ich nicht kannte.

Das... das wollte ich Ihnen erklären... Ich habe nie, so verkommen ich war, sonst als Arzt die Situation zu nutzen gesucht... Aber diesmal war es ja nicht Geilheit, nicht Brunst, nichts Sexuelles, wahrhaftig nicht... ich würde es ja eingestehen... nur die Gier, eines Hochmuts Herr zu werden... Herr als Mann... Ich sagte es Ihnen, glaube ich, schon, daß hochmütige, scheinbar kühle Frauen von je über mich Macht hatten... aber jetzt, jetzt kam noch dies dazu, daß ich sieben Jahre hier lebte, ohne eine weiße Frau gehabt zu haben, daß ich Widerstand nicht kannte... Denn diese Mädchen hier, diese zwitschernden kleinen zierlichen Tierchen, die zittern ja vor Ehrfurcht, wenn ein Weißer, ein ›Herr‹, sie nimmt... sie löschen aus in Demut, immer sind sie einem offen, immer bereit, mit ihrem leisen, glucksenden Lachen einem zu dienen... aber gerade diese Unterwürfigkeit, dieses Sklavische verschweint einem den Genuß… Verstehen Sie jetzt, verstehen Sie es, wie das dann auf mich hinschmetternd wirkte, wenn da plötzlich eine Frau kam, voll von Hochmut und Haß, verschlossen bis an die Fingerspitzen, zugleich funkelnd von Geheimnis und beladen mit früherer Leidenschaft… wenn eine solche Frau in den Käfig eines solchen Mannes, einer so vereinsamten, verhungerten, abgesperrten Menschenbestie frech eintritt… Das… das wollte ich nur sagen, damit Sie das andere verstehen… das, was jetzt kam. Also… voll von irgendeiner bösen Gier, vergiftet von dem Gedanken an sie, nackt, sinnlich, hingegeben, ballte ich mich gleichsam zusammen und täuschte Gleichgültigkeit vor. Ich sagte kühl: „Zwölftausend Gulden?… Nein, dafür werde ich es nicht tun."

Sie sah mich an, ein wenig blaß. Sie spürte wohl schon, daß in diesem Widerstand nicht Geldgier war. Aber doch sagte sie:

„Was verlangen Sie also?"

Ich ging auf den kühlen Ton nicht mehr ein. „Spielen wir mit offenen Karten. Ich bin kein Geschäftsmann… ich bin nicht der arme Apotheker aus Romeo und Julia, der für ›corrupted gold‹ sein Gift verkauft… ich bin vielleicht das Gegenteil eines Geschäftsmannes… auf diesem Wege werden Sie Ihren Wunsch nicht erfüllt sehen."

„Sie wollen es also nicht tun?"

„Nicht für Geld."

Es wurde ganz still für eine Sekunde zwischen uns. So still, daß ich sie zum erstenmal atmen hörte.

„Was können Sie denn sonst wünschen?"

Jetzt hielt ich mich nicht mehr.

„Ich wünsche zuerst, daß Sie… daß Sie zu mir nicht wie zu einem Krämer reden, sondern wie zu einem Menschen. Daß Sie, wenn Sie Hilfe brauchen, nicht… nicht gleich mit Ihrem schändlichen Geld kommen… sondern bitten… mich, den Menschen, bitten, Ihnen, dem Menschen, zu helfen… Ich bin nicht nur Arzt, ich habe nicht nur Sprechstunden… ich habe auch andere Stunden… vielleicht sind Sie in eine solche Stunde gekommen…"

Sie schweigt einen Augenblick. Dann krümmt sich ihr Mund ganz leicht, zittert und sagt rasch:

„Also wenn ich Sie bitten würde… dann würden Sie es tun?"

„Sie wollen schon wieder ein Geschäft machen – Sie wollen nur bitten, wenn ich erst verspreche. Erst müssen Sie mich bitten – dann werde ich Ihnen antworten."

Sie wirft den Kopf hoch wie ein trotziges Pferd. Zornig sieht sie mich an.

„Nein, – ich werde Sie nicht bitten. Lieber zugrunde gehen!"

Da packt mich der Zorn, der rote, sinnlose Zorn.

„Dann werde ich fordern, wenn Sie nicht bitten wollen. Ich glaube, ich muß nicht erst deutlich sein – Sie wissen, was ich von Ihnen begehre. Dann – dann werde ich Ihnen helfen."

Einen Augenblick starrte sie mich an. Dann – o ich kann, ich kann nicht sagen, wie entsetzlich das war – dann spannten sich ihre Züge, und dann... dann *lachte* sie mit einem Male... lachte sie mir mit einer unsagbaren Verächtlichkeit ins Gesicht... mit einer Verächtlichkeit, die mich zerstäubte... und die mich berauschte zugleich... Es war wie eine Explosion, so plötzlich, so aufspringend, so mächtig losgesprengt von einer ungeheuren Kraft dieses Lachen der Verächtlichkeit, daß ich... ja daß ich hätte zu Boden sinken können und ihr die Füße küssen. Eine Sekunde dauerte es nur... es war wie ein Blitz, und ich hatte das Feuer im ganzen Körper... da wandte sie sich schon und ging hastig auf die Tür zu.

Unwillkürlich wollte ich ihr nach... mich entschuldigen... sie anflehen... meine Kraft war ja ganz zerbrochen... da kehrte sie sich noch einmal um und sagte... nein, sie *befahl*:

„Unterstehen Sie sich nicht mir zu folgen oder nachzuspüren... Sie würden es bereuen."

Und schon krachte hinter ihr die Türe zu."

****

Wieder ein Zögern. Wieder ein Schweigen... Wieder nur dies Rauschen, als ob das Mondlicht strömte. Und dann endlich wieder die Stimme.

„Die Tür schlug zu... aber ich stand unbeweglich an der Stelle... ich war gleichsam hypnotisiert von dem Befehl... ich hörte sie die Treppe hinabsteigen, die Haustür zumachen... ich hörte alles, und mein ganzer Wille drängte ihr nach... sie... ich weiß nicht was... sie zurückzurufen, oder zu schlagen oder zu erdrosseln... aber ihr nach... ihr nach... Und doch konnte ich nicht. Meine Glieder waren gleichsam gelähmt wie von einem elektrischen Schlag... ich war eben getroffen, getroffen bis ins Mark hinein von dem herrischen Blitz dieses Blickes... Ich weiß, das ist nicht zu erklären, nicht zu erzählen... es mag lächerlich klingen, aber ich stand und stand... ich brauchte Minuten, vielleicht fünf, vielleicht zehn Minuten, ehe ich einen Fuß wegreißen konnte von der Erde...

Aber kaum daß ich einen Fuß gerührt, war ich schon heiß, war ich schon rasch... im Nu eilte ich die Treppe hinab... Sie konnte ja nur die Straße hinabgegangen sein zur Zivilstation... ich stürze in den Schuppen, das Rad zu holen, sehe, daß ich den Schlüssel vergessen habe, reiße den Verschlag auf, daß der Bambus splittert und kracht... und schon schwinge ich mich auf das Rad und sause ihr nach... ich muß sie... ich muß sie erreichen, ehe sie zu ihrem Automobil gelangt... ich muß sie sprechen...

Die Straße staubt an mir vorbei... jetzt merke ich erst, wie lange ich oben starr gestanden haben mußte... da... auf der Kurve im Wald knapp vor der Station sehe ich sie, wie sie hastig mit steifem geradem Schritt hineilt, begleitet von dem Boy... Aber auch sie muß mich gesehen haben, denn sie spricht jetzt mit dem Boy, der zurückbleibt, und geht allein weiter... Was will sie tun? Warum will sie allein sein?... Will sie mit mir sprechen, ohne daß er es hört?... Blindwütig trete ich in die Pedale hinein... Da springt mir plötzlich quer von der Seite etwas über den Weg... der Boy... ich kann gerade noch das Rad zur Seite reißen und krache hin...

Ich stehe fluchend auf... unwillkürlich hebe ich die Faust, um dem Tölpel eins hinzuknallen, aber er springt zur Seite... Ich rüttle mein Fahrrad hoch, um wieder aufzusteigen... Aber da springt der Halunke vor, faßt das Rad und sagt in seinem erbärmlichen Englisch: „You remain here."

Sie haben nicht in den Tropen gelebt... Sie wissen nicht, was das für eine Frechheit ist, wenn ein solcher gelber Halunke einem weißen ›Herrn‹ das Rad faßt und ihm, dem ›Herrn‹, befiehlt, dazubleiben. Statt aller Antwort schlage ich ihm die Faust ins Gesicht... er taumelt, aber er hält das Rad fest... seine Augen, seine engen, feigen Augen sind weit aufgerissen in sklavischer Angst... aber er hält die Stange, hält sie teuflisch fest... „You remain here", stammelt er noch einmal. Zum Glück hatte ich keinen Revolver bei mir. Ich hätte ihn sonst niedergeknallt. „Weg, Kanaille!" sage ich nur. Er starrt mich geduckt an, läßt aber die Stange nicht los.

Ich schlage ihm noch einmal auf den Schädel, er läßt noch immer nicht. Da faßt mich die Wut... ich sehe, daß sie schon fort, vielleicht schon entkommen ist... und versetzte ihm einen regelrechten Boxerschlag unters Kinn, daß er hinwirbelt. Jetzt habe ich wieder mein Rad... aber wie ich aufspringe, stockt der Lauf... bei dem gewaltsamen Zerren hat sich die Speiche verbogen... Ich versuche mit fiebernden Händen sie geradezudrehen... Es geht nicht... so schmeiße ich das Rad quer auf den Weg neben den Halunken hin, der blutend aufsteht und zur Seite weicht... Und dann – nein, Sie können nicht fühlen, wie lächerlich das dort vor allen Menschen ist, wenn ein Europäer... nun, ich wußte nicht mehr, was ich tat... ich hatte nur den einen Gedanken: ihr nach, sie erreichen... und so lief ich, lief wie ein Rasender die Landstraße entlang vorbei an den Hütten, wo das gelbe Gesindel staunend sich vordrängte, einen weißen Mann, den Doktor, *laufen* zu sehen.

Schweißtriefend kam ich in der Station an... Meine erste Frage: Wo ist das Auto?... Eben weggefahren... Verwundert sehen mich die Leute an: als Rasender muß ich ihnen erscheinen, wie ich da naß und schmierig ankam, die Frage voranschreiend, ehe ich noch stand... Unten an der Straße sehe ich weiß den Qualm des Autos wirbeln... es ist ihr gelungen... gelungen wie alles ihrer harten, grausam harten Berechnung gelingen muß.

Aber die Flucht hilft ihr nichts... In den Tropen gibt es kein Geheimnis unter den Europäern... einer kennt den andern, alles wird zum Ereignis... Nicht umsonst ist ihr Chauffeur eine Stunde im Bungalow der Regierung gestanden... in einigen Minuten weiß ich alles... Weiß, wer sie ist... daß sie unten in – nun in der Regierungsstadt wohnt, acht Eisenbahnstunden von hier... daß sie – nun sagen wir, die Frau eines Großkaufmannes ist, rasend reich, vornehm, eine Engländerin... ich weiß, daß ihr Mann jetzt fünf Monate in Amerika war und nächster Tage eintreffen soll, um sie mit nach Europa zu nehmen...

Sie aber – und wie Gift brennt sich mir der Gedanke in die Adern hinein – sie kann höchstens zwei oder drei Monate in andern Umständen sein...“

****

„Bisher konnte ich Ihnen noch alles begreiflich machen... vielleicht nur deshalb, weil ich bis zu diesem Augenblickemich noch selbst verstand... mir als Arzt immer die Diagnose meines Zustands selbst stellte. Aber von da an begann es wie ein Fieber in mir... ich verlor die Kontrolle über mich... das heißt, ich wußte genau, wie sinnlos alles war, was ich tat; aber ich hatte keine Macht mehr über mich... ich verstand mich selbst nicht mehr... ich lief nur in der Besessenheit meines Ziels vorwärts... Übrigens warten Sie... vielleicht kann ich es Ihnen doch begreiflich machen... Wissen Sie, was Amok ist?“

„Amok?... ich glaube mich zu erinnern... Eine Art Trunkenheit bei den Malaien...“

„Es ist mehr als Trunkenheit... es ist Tollheit, eine Art menschlicher Hundswut... ein Anfall mörderischer, sinnloser Monomanie, der sich mit keiner andern alkoholischen Vergiftung vergleichen läßt... ich habe selbst während meines Aufenthaltes einige Fälle studiert – für andere ist man ja immer sehr klug und sehr sachlich – ohne aber je das furchtbare Geheimnis ihres Ursprungs freilegen zu können... Irgendwie hängt es mit dem Klima zusammen, mit dieser schwülen, geballten Atmosphäre, die auf die Nerven wie ein Gewitter drückt, bis sie einmal losspringen... Also Amok... ja, Amok, das ist so: Ein Malaie, irgendein ganz einfacher, ganz gutmütiger Mensch, trinkt sein Gebräu in sich hinein... er sitzt da, stumpf, gleichgültig, matt... so wie ich in meinem Zimmer saß... und plötzlich springt er auf, faßt den Dolch und rennt auf die Straße... rennt geradeaus, immer nur geradeaus... ohne zu wissen wohin... Was ihm in den Weg tritt, Mensch oderTier, das stößt er nieder mit seinem Kris, und der Blutrausch macht ihn nur noch hitziger... Schaum tritt dem Laufenden vor die Lippen, er heult wie ein Rasender... aber er rennt, rennt, rennt, sieht nicht mehr nach rechts, sieht nicht nach links, rennt nur mit seinem gellen Schrei, seinem blutigen Kris in dieses entsetzliche Geradeaus... Die Leute in den Dörfern wissen, daß keine Macht einen Amokläufer aufhalten kann... so brüllen sie warnend voraus, wenn er kommt: „Amok! Amok!“, und alles flüchtet... er aber rennt, ohne zu hören, rennt, ohne zu sehen, stößt nieder, was ihm begegnet... bis man ihn totschießt wie einen tollen Hund oder er selbst schäumend zusammenbricht...

Einmal habe ich das gesehen, vom Fenster meines Bungalow aus... es war grauenhaft... aber nur dadurch, daß ichs gesehen habe, begreife ich mich selbst in jenen Tagen... denn so, genau so, mit diesem furchtbaren Blick geradeaus, ohne nach rechts oder links zu sehen, mit dieser Besessenheit stürmte ich los... dieser Frau nach... Ich weiß nicht mehr, wie ich alles tat, in so rasendem Lauf, in so unsinniger Geschwindigkeit flog es vorbei... Zehn Minuten, nein, fünf, nein zwei... nachdem ich alles von dieser Frau wußte, ihren Namen, ihr Haus, ihr Schicksal, jagte ich schon auf einem rasch geborgten Rad in mein Haus zurück, warf einen Anzug in den Koffer, steckte Geld zu mir und fuhr zur Station der Eisenbahn mit einem Wagen... fuhr, ohne mich abzumelden beim Distriktsbeamten... ohne einen Vertreter zu ernennen, ließ das Haus offen stehen und liegen wie es war... Um mich standen Diener, die Weiber staunten und fragten, ich antwortete nicht, wandte mich nicht um... fuhr zur Eisenbahn und mit dem nächsten Zug hinab in die Stadt... Eine Stunde im ganzen, nachdem diese Frau in mein Zimmer getreten, hatte ich meine Existenz hinter mich geworfen und rannte Amok ins Leere hinein...

Geradeaus rannte ich, mit dem Kopf gegen die Wand... um sechs Uhr abends war ich angekommen... um sechs Uhr zehn war ich in ihrem Haus und ließ mich melden... Es war... Sie werden es verstehen... das Sinnloseste, das Stupideste, was ich tun konnte... aber der Amokläufer rennt ja mit leeren Augen, er sieht nicht, wohin er rennt... Nach einigen Minuten kam der Diener zurück... höflich und kühl... die gnädige Frau sei nicht wohl und könne nicht empfangen...

Ich taumelte die Türe hinaus... Eine Stunde schlich ich noch um das Haus herum, besessen von der wahnwitzigen Hoffnung, sie würde vielleicht nach mir suchen... dann nahm ich mir erst ein Zimmer im Strandhotel und zwei Flaschen Whisky auf das Zimmer... die und eine doppelte Dosis Veronal halfen mir... ich schlief endlich ein... und dieser dumpfe, schlammige Schlaf war die einzige Pause in diesem Rennen zwischen Leben und Tod."

****

Die Schiffsglocke klang. Zwei harte, volle Schläge, die noch im weichen Teich der fast reglosen Luft zitternd weiterschwangen und dann verebbten in das leise, unaufhörliche Rauschen, das unter dem Kiele und zwischen derleidenschaftlichen Rede beharrlich mitlief. Der Mensch im Dunkeln mir gegenüber mußte erschreckt aufgefahren sein, seine Rede stockte. Wieder hörte ich die Hand hinab zur Flasche fingern, wieder das leise Glucksen. Dann begann er gleichsam beruhigt, mit einer festeren Stimme.

„Die Stunden von diesem Augenblick an kann ich Ihnen kaum erzählen. Ich glaube heute, daß ich damals Fieber hatte, jedenfalls war ich in einer Art Überreiztheit, die an Tollheit grenzte – ein Amokläufer, wie ich Ihnen sagte. Aber vergessen Sie nicht, es war Dienstag nachts, als ich ankam, Samstag aber sollte – dies hatte ich inzwischen erfahren – ihr Gatte mit dem P. & O.-Dampfer von Yokohama eintreffen, es blieben also nur drei Tage, drei knappe Tage für den Entschluß und für die Hilfe. Verstehen Sie das: ich wußte, daß ich ihr sofort helfen mußte, und konnte doch kein Wort zu ihr sprechen. Und gerade dieses Bedürfnis, mein lächerliches, mein tollwütiges Benehmen zu entschuldigen, das hetzte mich weiter.

Ich wußte um die Kostbarkeit jedes Augenblickes, ich wußte, daß es für sie um Leben und Tod ginge, und hatte doch keine Möglichkeit, mich nur mit einem Flüstern, mit einem Zeichen ihr zu nähern, denn gerade das Stürmische, das Tölpische meines Nachrennens hatte sie erschreckt. Es war... ja, warten Sie... es war, wie wenn einer einem nachrennt, um ihn zu warnen vor einem Mörder, und der andere hält ihn selbst für den Mörder, und so rennt er weiter in sein Verderben... sie sah nur den Amokläufer in mir, der sie verfolgte, um sie zu demütigen, aber ich... das war ja der entsetzliche Widersinn... ich dachte gar nicht mehr an das... ich war ja schon ganz vernichtet, ich wollte ihr nur helfen, ihr nur dienen... einen Mord hätte ich getan, ein Verbrechen, um ihr zu helfen... Aber sie, sie verstand es nicht.

Als ich morgens aufwachte und gleich wieder hinlief zu ihrem Haus, stand der Boy vor der Tür, derselbe Boy, den ich ins Gesicht geschlagen, und wie er mich von ferne sah – er mußte auf mich gewartet haben –, huschte er hinein in die Tür. Vielleicht tat er es nur, um mich im geheimen anzumelden... vielleicht... ah, diese Ungewißheit, wie peinigt sie mich jetzt... vielleicht war schon alles bereit, mich zu empfangen... aber da, wie ich ihn sah, mich erinnerte an meine Schmach, da war ich es wieder, der nicht wagte, noch einmal den Besuch zu wiederholen... Die Knie zitterten mir. Knapp vor der Schwelle drehte ich mich um und ging wieder fort... ging fort, während sie vielleicht in ähnlicher Qual auf mich wartete.

Ich wußte jetzt nicht mehr, was tun in der fremden Stadt, die an meinen Fersen wie Feuer glühte... Plötzlich fiel mir etwas ein, schon rief ich einen Wagen und fuhr zum Vizeresidenten, zu demselben, dem ich damals in meiner Station geholfen, und ließ mich melden... Irgend etwas muß schon in meinem äußern Wesen befremdend gewesen sein, denn er sah mich mit einem gleichsam erschreckten Blick an, und seine Höflichkeit hatte etwas Beunruhigtes... vielleicht erkannte er schon den Amokläufer in mir... Ich sagte ihm kurz entschlossen, ich erbäte meine Versetzung in die Stadt, ich könne auf meinem Posten nicht mehr länger existieren... ich müsse sofort übersiedeln... Er sah mich... ich kann Ihnen nicht sagen, wie er mich ansah... so wie eben ein Arzt einen Kranken ansieht... „Ein Nervenzusammenbruch, lieber Doktor", sagte er dann, „ich verstehe das nur zu gut. Nun, es wird sich schon richten lassen; aber warten Sie... sagen wir vier Wochen... ich muß erst einen Ersatz finden." „Ich kann nicht warten, nicht einen Tag", antwortete ich. Wieder kam dieser merkwürdige Blick. „Es muß gehen, Doktor," sagte er ernst, „wir dürfen die Station nicht ohne Arzt lassen. Aber ich verspreche Ihnen, daß ich noch heute alles einleite." Ich blieb stehen, mit verbissenen Zähnen: zum erstenmal spürte ich deutlich, daß ich ein verkaufter Mensch, ein Sklave sei. Schon ballte sich alles zu einem Trotz zusammen, aber er, der Geschmeidige, kam mir zuvor: „Sie sind menschenentwöhnt, Doktor, und das wird schließlich eine Krankheit. Wir haben uns alle gewundert, daß Sie nie herkamen, nie Urlaub nahmen. Sie brauchen mehr Geselligkeit, mehr Anregung. Kommen Sie doch wenigstens diesen Abend, wir haben heute Empfang bei der Regierung, Sie finden die ganze Kolonie, und manche mochten Sie längst kennen lernen, haben oft nach Ihnen gefragt und Sie hierhergewünscht."

Das letzte Wort riß mich auf. Nach mir gefragt? Sollte sie es gewesen sein? Ich war plötzlich ein anderer: sofort dankte ich ihm höflichst für seine Einladung und sicherte mein Kommen pünktlich zu. Und ich war auch pünktlich, viel zu pünktlich. Muß ich Ihnen erst sagen, daß ich, von meiner Ungeduld gejagt, der erste in dem großen Saale des Regierungsgebäudes war, schweigend umgeben von den gelben Dienern, die mit ihren nackten Sohlen wippend hin und her eilten und mich – wie mir in meinem verwirrten Bewußtsein dünkte – hinterrücks belächelten.

Eine Viertelstunde war ich der einzige Europäer inmitten all der geräuschlosen Vorbereitungen und so allein mit mir, daß ich das Ticken der Uhr in meiner Westentasche hörte. Dann kamen endlich ein paar Regierungsbeamte mit ihren Familien, schließlich auch der Gouverneur, der mich in ein längeres Gespräch zog, in dem ich beflissen und, wie ich glaube, geschickt antwortete, bis... bis ich plötzlich, von einer geheimnisvollen Nervosität befallen, alle Geschmeidigkeit verlor und zu stammeln begann. Obzwar mit dem Rücken gegen die Saaltür gelehnt, spürte ich mit einem Male, daß sie eingetreten, daß sie anwesend sein müßte: ich könnte Ihnen nicht sagen, wieso mich diese plötzliche Gewißheit verwirrend faßte, aber noch während ich mit dem Gouverneur sprach, den Klang seiner Worte im Ohr, spürte ich im Rücken irgendwo ihre Gegenwart. Glücklicherweise endete der Gouverneur bald das Gespräch – ich glaube, ich hätte mich sonst plötzlich brüsk umgewandt, so stark war dieses geheimnisvolle Ziehen in meinen Nerven, so brennend gereizt meine Begier.

Und wirklich, kaum daß ich mich umwandte, sah ich sie schon ganz genau an jener Stelle, wo sie unbewußt mein Gefühl geahnt. Sie stand in einem gelben Ballkleid, das ihre schmalen, reinen Schultern wie mattes Elfenbein vorleuchten ließ, plaudernd inmitten einer Gruppe. Sie lächelte, aber doch, mir war, als hätte ihr Gesicht einen gespannten Zug. Ich trat näher – sie konnte mich nicht sehen oder wollte mich nicht sehen – und blickte in dieses Lächeln, das gefällig und höflich um die schmalen Lippen zitterte.

Und dieses Lächeln berauschte mich von neuem, weil es... nun weil ich wußte, daß es Lüge war, Kunst oder Technik, Meisterschaft der Verstellung. Mittwoch ist heute, fuhr mir durch den Kopf, Samstag kommt das Schiff mit dem Gatten... wie kann sie so lächeln, so... so sicher, so sorglos lächeln und den Fächer lässig in der Hand spielen lassen, statt ihn zu zerkrampfen in Angst? Ich... ich, der Fremde... ich zitterte seit zwei Tagen vor jener Stunde... ich, der Fremde, lebte ihre Angst, ihr Entsetzen mit allen Exzessen des Gefühls mit... und sie ging auf den Ball und lächelte, lächelte, lächelte...

Rückwärts setzte die Musik ein. Der Tanz begann. Ein älterer Offizier hatte sie aufgefordert, sie ließ mit einer Entschuldigung den plaudernden Kreis und schritt an seinem Arm gegen den andern Saal zu, an mir vorbei. Wie sie mich erblickte, spannte sich plötzlich ihr Gesicht gewaltsam zusammen – aber nur eine Sekunde lang, dann nickte sie mir mit einem höflichen Erkennen (ehe ich mich noch zu grüßen oder nichtgrüßen entschlossen hatte) wie einem zufälligen Bekannten zu: „Guten Abend, Doktor“ und war schon vorbei. Niemand hätte ahnen können, was in diesem graugrünen Blick verborgen war, und ich, ich selbst wußte es nicht.

Warum grüßte sie... warum erkannte sie mich nun mit einmal an?... War das Abwehr, war es Annäherung, war es nur die Verlegenheit der Überraschung? Ich kann Ihnen nicht schildern, in welcher Erregtheit ich zurückblieb, alles war aufgewühlt, war explosiv in mir zusammengepreßt, und wie ich sie so sah, lässig walzend am Arme des Offiziers, auf der Stirne den kühlen Glanz der Sorglosigkeit, indes ich doch wußte, daß sie... daß sie so wie ich nur *daran* ... daran dachte... daß wir zwei hier allein ein furchtbares Geheimnis gemeinsam hatten... und sie walzte... in diesen Sekunden wurde meine Angst, meine Gier und meine Bewunderung noch mehr Leidenschaft als jemals.

Ich weiß nicht, ob mich jemand beobachtet hat, aber gewiß verriet ich mich in meinem Verhalten noch viel mehr, als sie sich verbarg – ich konnte eben nicht in eine andere Richtung schauen, ich mußte... ja, ich mußte sie ansehen, ich sog, ja ich zerrte von ferne an ihrem verschlossenen Gesicht, ob die Maske nicht für eine Sekunde fallen wollte. Und sie mußte diesen starren Blick unangenehm empfunden haben. Als sie am Arme ihres Tänzers zurückschritt, sah sie mich im Blitzlicht einer Sekunde an, scharf befehlend, wie wegweisend: wieder spannte sich jene kleine Falte des hochmütigen Zornes, die ich schon von damals kannte, böse über ihrer Stirn.

Aber... aber... ich sagte es Ihnen ja... ich lief Amok, ich sah nicht nach rechts und nicht nach links. Ich verstand sie sofort – dieser Blick hieß: sei nicht auffällig! bezähme dich! – ich wußte, daß sie... wie soll ich es sagen?... daß sie Diskretion des Benehmens hier im offenen Saal von mir wollte... ich verstand, daß, wenn ich jetzt heimginge, ich morgen gewiß sein könne, von ihr empfangen zu werden... daß sie es nur jetzt, nur jetzt vermeiden wollte, meiner auffälligen Vertraulichkeit ausgesetzt zu sein, daß sie – und wie sehr mit Recht – von meinem Ungeschick eine Szene fürchtete... Sie sehen... ich wußte alles, ich verstand diesen befehlenden grauen Blick, aber... aber es war zu stark in mir, ich mußte sie sprechen. Und so schwankte ich hin zu der Gruppe, in der sie plaudernd stand, schob mich – obwohl ich nur einige der Anwesenden kannte – ganz an den lockeren Kreis heran nur aus Begier, sie sprechen zu hören, und doch immer scheu mich duckend wie ein geprügelter Hund vor ihrem Blick, wenn er kalt an mir vorbeistreifte, als sei ich eine der Leinenportieren, an der ich lehnte, oder die Luft, die sie leicht bewegte. Aber ich stand, durstig nach einem Wort, das sie zu mir sprechen sollte, nach einem Zeichen des Einverständnisses, stand und stand starren Blickes inmitten des Geplauders wie ein Block. Unbedingt mußte es schon auffällig geworden sein, unbedingt, denn keiner richtete ein Wort an mich, und sie mußte leiden unter meiner lächerlichen Gegenwart.

Wie lange ich so gestanden hätte, ich weiß es nicht... eine Ewigkeit vielleicht... ich *konnte* ja nicht fort aus dieser Bezauberung des Willens. Gerade die Hartnäckigkeit meiner Wut lähmte mich... Aber sie ertrug es nicht länger... plötzlich wandte sie sich mit der prachtvollen Leichtigkeit ihres Wesens gegen die Herren und sagte: „Ich bin ein wenig müde... ich will heute einmal früher zu Bett gehen... Gute Nacht!"... und schon streifte sie mit einem gesellschaftlich fremden Kopfnicken an mir vorbei... ich sah noch die hochgezogene Falte auf der Stirn und dann nur mehr den Rücken, den weißen, kühlen, nackten Rücken. Eine Sekunde lang dauerte es, bevor ich begriff, daß sie fortging... daß ich sie nicht mehr sehen, nicht mehr sprechen könnte diesen Abend, diesen letzten Abend der Rettung... einen Augenblick lang also stand ich noch starr, bis ichs begriff... dann... dann...

Aber warten Sie... warten Sie... Sie werden sonst das Sinnlose, das Stupide meiner Tat nicht verstehen... ich muß Ihnen erst den ganzen Raum schildern... Es war der große Saal des Regierungsgebäudes, ganz von Lichtern erhellt und fast leer, der ungeheure Saal... die Paare waren zum Tanz gegangen, die Herren zum Spiel... nur an den Ecken plauderten einige Gruppen... der Saal war also leer, jede Bewegung auffällig und im grellen Licht sichtbar... und diesen großen weiten Saal schritt sie langsam und leicht mit ihren hohen Schultern durch, ab und zu einen Gruß mit ihrer unbeschreiblichen Haltung erwidernd... mit dieser herrlichen erfrorenen hoheitlichen Ruhe, die mich an ihr so entzückte... Ich... ich war zurückgeblieben, ich sagte es Ihnen ja, ich war gleichsam gelähmt, bevor ich es begriff, daß sie fortging... und da, als ich es begriff, war sie schon am andern Ende des Saales knapp vor der Türe... Da... oh, ich schäme mich jetzt noch, es zu denken... da packte es mich plötzlich an und ich lief, hören Sie: ich lief... ich ging nicht, ich lief mit polternden Schuhen, die laut widerhallten, quer durch den Saal ihr nach... Ich hörte meine Schritte, ich sah alle Blicke erstaunt auf mich gerichtet... ich hätte vergehen können vor Scham... noch während ich lief, war mir schon der Wahnsinn bewußt... aber ich konnte... ich konnte nicht mehr zurück... Bei der Tür holte ich sie ein... Sie wandte sich um... ihre Augen stießen wie ein grauer Stahl in mich hinein, ihre Nasenflügel zitterten vor Zorn... ich wollte eben zu stammeln anfangen... da... da... lachte sie plötzlich hellauf... ein helles, unbesorgtes, herzliches Lachen, und sagte laut... so laut, daß es alle hören konnten... „Ach, Doktor, jetzt fällt Ihnen erst das Rezept für meinen Buben ein... ja, die Herren der Wissenschaft..." Ein paar, die in der Nähe standen, lachten gutmütig mit... ich begriff, ich taumelte unter der Meisterschaft, mit der sie die Situation gerettet hatte... griff in die Brieftasche und riß ein leeres Blatt vom Block, das sie lässig nahm, ehe sie... noch einmal mit einem kalten, dankenden Lächeln... ging... Mir war leicht in der ersten Sekunde... ich sah, daß mein Irrsinn durch ihre Meisterschaft gutgemacht, die Situation gewonnen... aber ich wußte auch sofort, daß alles für mich verloren sei, daß diese Frau mich um meiner hitzigen Narrheit haßte... haßte mehr als den Tod... daß ich nun hundertmal und hundertmal vor ihre Tür kommen könnte und sie mich wegweisen würde wie einen Hund.

Ich taumelte durch den Saal... ich merkte, daß die Leute auf mich blickten... ich muß irgendwie sonderbar ausgesehen haben... Ich ging zum Büfett, trank zwei, drei, vier Gläser Kognak hintereinander... das rettete mich vor dem Umsinken... meine Nerven konnten schon nicht mehr, sie waren wie durchgerissen... Dann schlich ich bei einer Nebentür hinaus, heimlich wie ein Verbrecher... Um kein Fürstentum der Welt hätte ich jenen Saal nochmals durchschreiten können, wo ihr Lachen noch gell an allen Wänden klebte... ich ging... genau weiß ichs nicht mehr zu sagen, wohin ich ging... in ein paar Kneipen und soff mich an... soff mich an wie einer, der sich alles Wache wegsaufen will... aber... es ward mir nicht dumpf in den Sinnen... das Lachen stak in mir, schrill und böse... das Lachen, dieses verfluchte Lachen konnte ich nicht betäuben... Ich irrte dann noch am Hafen herum... meinen Revolver hatte ich zu Hause gelassen, sonst hätte ich mich erschossen. Ich dachte an nichts anderes, und mit diesem Gedanken ging ich auch heim... nur mit diesem Gedanken an das Schubfach links im Kasten, wo mein Revolver lag... nur mit diesem einen Gedanken.

Daß ich mich dann nicht erschoß... ich schwöre Ihnen, das war nicht Feigheit... es wäre für mich eine Erlösung gewesen, den schon gespannten kalten Hahn abzudrücken... aber wie soll ich es Ihnen erklären... ich fühlte noch eine Pflicht in mir... ja, jene Pflicht zu helfen, jene verfluchte Pflicht... mich machte der Gedanke wahnsinnig, daß sie mich noch brauchen könnte, daß sie mich brauchte... es war ja schon Donnerstag morgens, als ich heimkam, und Samstag... ich sagte es Ihnen ja... Samstag kam das Schiff, und daß *diese* Frau, diese hochmütige, stolze Frau die Schande vor ihrem Gatten, vor der Welt nicht überleben würde, das wußte ich... Ah, wie mich solche Gedanken gemartert haben an die sinnlos vertane kostbare Zeit, an meine irrwitzige Übereilung, die jede rechtzeitige Hilfe vereitelt hatte... stundenlang, ja stundenlang, ich schwöre es Ihnen, bin ich im Zimmer niedergegangen, auf und ab, und habe mir das Hirn zermartert, wie ich mich ihr nähern, wie ich alles gutmachen, wie ich ihr helfen könnte... denn daß sie mich nicht mehr vorlassen würde in ihrem Haus, das war mir gewiß... ich hatte das Lachen noch in allen Nerven und das Zucken des Zornes um ihre Nasenflügel... stundenlang, wirklich stundenlang bin ich so die drei Meter des schmalen Zimmers auf und ab gerannt... es war schon Tag, es war schon Vormittag...

Und plötzlich schmiß es mich hin zu dem Tisch... ich riß ein Bündel Briefblätter heraus und begann ihr zu schreiben... alles zu schreiben... einen hündisch winselnden Brief, in dem ich sie um Vergebung bat, in dem ich mich einen Wahnsinnigen, einen Verbrecher nannte... in dem ich sie beschwor, sich mir anzuvertrauen... Ich schwor in der nächsten Stunde zu verschwinden, aus der Stadt, aus der Kolonie, wenn sie wollte: aus der Welt... nur verzeihen sollte sie mir und mir vertrauen, sich helfen lassen in der letzten, der allerletzten Stunde... Zwanzig Seiten fieberte ich so hinunter... es muß ein toller, ein unbeschreiblicher Brief wie aus einem Delirium gewesen sein, denn als ich aufstand vom Tisch, war ich in Schweiß gebadet... das Zimmer schwankte, ich mußte ein Glas Wasser trinken... Dann erst versuchte ich den Brief noch einmal zu überlesen, aber mir graute nach den ersten Worten... zitternd faltete ich ihn zusammen, faßte schon ein Kuvert... Da plötzlich fuhrs mich durch. Mit einem Male wußte ich das wahre, das entscheidende Wort. Und ich riß noch einmal die Feder zwischen die Finger und schrieb auf das letzte Blatt: „Ich warte hier im Strandhotel auf ein Wort der Verzeihung. Wenn ich bis sieben Uhr keine Antwort habe, erschieße ich mich."

Dann nahm ich den Brief, schellte einem Boy und hieß ihn das Schreiben sofort überbringen. Endlich war alles gesagt – alles!"

****

Etwas klirrte und kollerte neben uns. Mit einer heftigen Bewegung hatte er die Whiskyflasche umgestoßen, ich hörte, wie seine Hand ihr suchend am Boden nachtastete und sie dann mit einem plötzlichen Schwung faßte: in weitem Bogen warf er die geleerte Flasche über Bord. Einige Minuten schwieg die Stimme, dann fieberte er wieder fort, noch erregter und hastiger als zuvor.

„Ich bin kein gläubiger Christ mehr... für mich gibt es keinen Himmel und keine Hölle... und wenn es eine gibt, so fürchte ich sie nicht, denn sie kann nicht ärger sein als jene Stunden, die ich von vormittag bis abends erlebte... Denken Sie sich ein kleines Zimmer, heiß in der Sonne, immer glühender im Mittagsbrand... ein kleines Zimmer, nur Tisch und Stuhl und Bett... Und auf diesem Tisch nichts als eine Uhr und einen Revolver und vor dem Tisch einen Menschen... einen Menschen, der nichts tut als immer auf diesen Tisch, auf den Sekundenzeiger der Uhr starren... einen Menschen, der nicht ißt und nicht trinkt und nicht raucht und sich nicht regt... der immer nur... hören Sie: immer nur, drei Stunden lang... auf den weißen Kreis des Zifferblattes starrt und auf den kleinen Zeiger, der tickend den Kreis umläuft... So... so... habe ich diesen Tag verbracht, nur gewartet, gewartet, gewartet... aber gewartet wie... wie eben ein Amokläufer etwas tut, sinnlos, tierisch, mit dieser rasenden, geradlinigen Beharrlichkeit.

Nun... ich werde Ihnen diese Stunden nicht schildern... das läßt sich nicht schildern... ich verstehe ja selbst nicht mehr, wie man das erleben kann ohne... ohne wahnsinnig zu werden... Also... um drei Uhr zweiundzwanzig Minuten... ich weiß es genau, ich starrte ja auf die Uhr... klopft es plötzlich an die Tür... Ich springe auf... springe, wie ein Tiger auf seine Beute springt, mit einem Ruck durch das ganze Zimmer zur Tür, reiße sie auf... ein ängstlicher kleiner Chinesenjunge steht draußen, einen zusammengefalteten Zettel in der Hand, und während ich gierig darnach greife, huscht er schon weg und ist verschwunden.

Ich reiße den Zettel auf, will ihn lesen... und kann ihn nicht lesen... Mir schwankt es rot vor den Augen... denken Sie die Qual, ich habe endlich, habe endlich das Wort von ihr… und nun zittert und tanzt es mir vor den Pupillen… Ich tauche den Kopf ins Wasser… nun wirds mir klarer… Nochmals nehme ich den Zettel und lese:

„Zu spät! Aber warten Sie zu Hause. Vielleicht rufe ich Sie noch."

Keine Unterschrift auf dem zerknüllten Papier, das von irgendeinem alten Prospekt abgefetzt war… hastige, verworrene Bleistiftzüge einer sonst sicheren Schrift… ich weiß nicht, warum mich das Blatt so erschütterte… Irgend etwas von Grauen, von Geheimnis haftete ihm an, es war wie auf einer Flucht geschrieben, stehend an einer Fensternische oder in einem fahrenden Wagen… Etwas Unbeschreibliches von Angst, von Hast, von Entsetzen schlug kalt von diesem heimlichen Zettel mir in die Seele… und doch… und doch, ich war glücklich: sie hatte mir geschrieben, ich mußte noch nicht sterben, ich durfte ihr helfen… vielleicht… ich durfte… oh, ich verlor mich ganz in den wahnwitzigsten Konjekturen und Hoffnungen… Hundertemal, tausendemal habe ich den kleinen Zettel gelesen, ihn geküßt… ihn durchforscht nach irgendeinem vergessenen, übersehenen Wort… immer tiefer, immer verworrener wurde meine Träumerei, ein phantastischer Zustand von Schlaf mit offenen Augen… eine Art Lähmung, irgend etwas ganz Dumpfes und doch Bewegtes zwischen Schlaf und Wachsein, das vielleicht Viertelstunden dauerte, vielleicht Stunden…

Plötzlich schreckte ich auf… Hatte es nicht geklopft?… Ich hielt den Atem an… eine Minute, zwei Minuten reglose Stille… Und dann wieder ganz leise, so wie eine Maus knabbert, ein leises aber heftiges Pochen… Ich sprang auf, noch ganz taumelig, riß die Tür auf – draußen stand der Boy, ihr Boy, derselbe, dem ich den Mund damals mit der Faust zerschlagen… sein braunes Gesicht war aschfahl, sein verwirrter Blick sagte Unglück… Sofort spürte ich Grauen… „Was… was ist geschehen?" konnte ich noch stammeln. „Come quickly", sagte er… sonst nichts… sofort raste ich die Treppe herunter, er mir nach… Ein Sado, so ein kleiner Wagen, stand bereit, wir stiegen ein… „Was ist geschehen?" fragte ich ihn…

Er sah mich zitternd an und schwieg mit verbissenen Lippen… Ich fragte nochmals – er schwieg und schwieg… Ich hätte ihm am liebsten wieder ins Gesicht geschlagen mit der Faust, aber… gerade seine hündische Treue zu ihr rührte mich… so fragte ich nicht mehr… Das Wägelchen trabte so hastig durch das Gewirr, daß die Menschen fluchend auseinanderstoben, lief aus dem Europäerviertel am Strand in die niedere Stadt und weiter, weiter ins schreiende

Gewirr der Chinesenstadt... Endlich kamen wir in eine enge Gasse, ganz abseits lag sie... vor einem niedern Hause hielt er an... Es war schmutzig und wie in sich zusammengekrochen, vorne ein kleiner Laden mit einem Talglicht... irgendeine dieser Buden, in die sich die Opiumhäuser oder Bordelle verstecken, ein Diebsnest oder ein Hehlerkeller... Hastig klopfte der Boy an...

Hinter dem Türspalt zischelte eine Stimme, fragte und fragte... Ich konnte es nicht mehr ertragen, sprang vom Sitz, stieß die angelehnte Tür auf... ein altes chinesisches Weib flüchtete mit einem kleinen Schrei zurück... hinter mir kam der Boy, führte mich durch den Gang... klinkte eine andere Tür auf... eine andere Türe in einen dunklen Raum, der übel roch von Branntwein und gestocktem Blut .. Irgend etwas stöhnte darin... ich tappte hin..."

****

Wieder stockte die Stimme. Und was dann ausbrach, war mehr ein Schluchzen als ein Sprechen.

„Ich... Ich tappte hin... und dort... dort lag auf einer schmutzigen Matte... verkrümmt vor Schmerz... ein stöhnendes Stück Mensch... dort lag sie... Ich konnte ihr Gesicht nicht sehen im Dunkel... Meine Augen waren noch nicht gewöhnt... so tastete ich nur hin... ihre Hand... heiß... brennend heiß... Fieber, hohes Fieber... und ich schauerte... ich wußte sofort alles... sie war hierher geflüchtet vor mir... hatte sich verstümmeln lassen von irgendeiner schmutzigen Chinesin, nur weil sie hier mehr Schweigsamkeit erhoffte... hatte sich morden lassen von irgendeiner teuflischen Hexe, lieber als mir zu vertrauen... nur weil ich Wahnsinniger... weil ich ihren Stolz nicht geschont, ihr nicht gleich geholfen hatte... weil sie den Tod weniger fürchtete als mich...

Ich schrie nach Licht. Der Boy sprang: die abscheuliche Chinesin brachte mit zitternden Händen eine rußende Petroleumlampe... ich mußte mich halten, um der gelben Kanaille nicht an die Gurgel zu springen... sie stellten die Lampe auf den Tisch... der Lichtschein fiel gelb und hell über den gemarterten Leib... Und plötzlich... plötzlich war alles weg von mir, alle Dumpfheit, aller Zorn, all diese unreine Jauche von aufgehäufter Leidenschaft... ich war nur mehr Arzt, helfender, spürender, wissender Mensch... ich hatte mich vergessen... ich kämpfte mit wachen, klaren Sinnen gegen das Entsetzliche... Ich fühlte den nackten Leib, den ich in meinen Träumen begehrt, nur mehr als... wie soll ich es sagen... als Materie, als Organismus... ich spürte nicht mehr sie, sondern nur das Leben, das sich gegen den Tod wehrte, den Menschen, der sich krümmte in mörderischer Qual... Ihr Blut, ihr heißes, heiliges Blut überströmte meine Hände, aber ich spürte es nicht in Lust und nicht in Grauen... ich war nur Arzt... ich sah nur das Leiden... und sah...

Und sah sofort, daß alles verloren war, wenn nicht ein Wunder geschehe... sie war verletzt und halb verblutet unter der verbrecherisch ungeschickten Hand... und ich hatte nichts, um das Blut zu stillen in dieser stinkenden Höhle, nicht einmal reines Wasser... alles, was ich anrührte, starrte von Schmutz...

„Wir müssen sofort ins Spital", sagte ich. Aber kaum daß ichs gesagt, bäumte sich krampfig der gemarterte Leib auf. „Nein... nein... lieber sterben... niemand es erfahren... niemand es erfahren... nach Hause... nach Hause..."

Ich verstand... nur mehr um das Geheimnis, um ihre Ehre rang sie... nicht um ihr Leben... Und – ich gehorchte... Der Boy brachte eine Sänfte... wir betteten sie hinein... und so... wie eine Leiche schon, matt und fiebernd... trugen wir sie durch die Nacht... nach Hause... die fragende, erschreckte Dienerschaft abwehrend... wie Diebe trugen wir sie hinein in ihr Zimmer und sperrten die Türen... Und dann... dann begann der Kampf, der lange Kampf gegen den Tod..."

****

Plötzlich krampfte sich eine Hand in meinen Arm, daß ich fast aufschrie vor Schreck und Schmerz. Im Dunkeln war mir das Gesicht mit einemmal fratzenhaft nah, ich sah die weißen Zähne, wie sie sich bleckten in plötzlichem Ausbruch, sah die Augengläser im fahlen Reflex des Mondlichts wie zwei riesige Katzenaugen glimmen. Und jetzt sprach er nicht mehr – er schrie, geschüttelt von einem heulenden Zorn:

„Wissen Sie denn, Sie fremder Mensch, der Sie hier lässig auf einem Deckstuhl sitzen, ein Spazierenfahrer durch die Welt, wissen Sie, wie das ist, wenn ein Mensch stirbt? Sind Sie schon einmal dabeigewesen, haben Sie es gesehen, wie der Leib sich aufkrümmt, die blauen Nägel ins Leere krallen, wie die Kehle röchelt, jedes Glied sich wehrt, jeder Finger sich stemmt gegen das Entsetzliche, und wie das Auge aufspringt in einem Grauen, für das es keine Worte gibt? Haben Sie das schon einmal erlebt, Sie Müßiggänger, Sie Weltfahrer, Sie, der Sie vom Helfen reden als von einer Pflicht? Ich habe es oft gesehen als Arzt, habe es gesehen als... als klinischen Fall, als Tatsache... habe es sozusagen studiert – aber *erlebt* habe ichs nur einmal, miterlebt, mitgestorben bin ich nur damals in jener Nacht... in jener entsetzlichen Nacht, wo ich saß und mir das Hirn zerpreßte, um etwas zu wissen, etwas zu finden, zu erfinden gegen das Blut, das rann und rann und rann, gegen das Fieber, das sie vor meinen Augen verbrannte… gegen den Tod, der immer näher kam und den ich nicht wegdrängen konnte vom Bett. Verstehen Sie, was das heißt, Arzt zu sein, alles wissen gegen alle Krankheiten – die Pflicht haben, zu helfen, wie Sie so weise sagen – und doch ohnmächtig bei einer Sterbenden zu sitzen, wissend und doch ohne Macht… nur dies eine, dies Entsetzliche wissend, daß man nicht helfen kann, ob man sich auch jede Ader in seinem Körper aufreißen möchte… einen geliebten Körper zu sehen, wie er elend verblutet, gemartert von Schmerzen, einen Puls zu fühlen, der fliegt und zugleich verlischt… der einem wegfließt unter den Fingern… Arzt zu sein und nichts zu wissen, nichts, nichts, nichts… nur dazusitzen und irgendein Gebet stammeln wie ein Hutzelweib in der Kirche, und dann wieder die Fäuste ballen gegen einen erbärmlichen Gott, von dem man weiß, daß es ihn nicht gibt… Verstehen Sie das? Verstehen Sie das?… Ich… ich verstehe nur eines nicht, wie… wie man es macht, daß man nicht mitstirbt in solchen Sekunden… daß man dann noch am nächsten Morgen von einem Schlaf aufsteht und sich die Zähne putzt und eine Krawatte umbindet… daß man noch leben kann, wenn man das miterlebte, was ich fühlte, wie dieser Atem, dieser erste Mensch, um den ich rang und kämpfte, den ich halten wollte mit allen Kräften meiner Seele… wie der wegglitt unter mir… irgendwohin, immer rascher wegglitt, Minute um Minute und ich nichts wußte in meinem fiebernden Gehirn, um diesen, diesen einen Menschen festzuhalten…

Und dazu, um teuflisch noch meine Qual zu verdoppeln, dazu noch dies… Während ich an ihrem Bett saß – ich hatte ihr Morphium eingegeben, um die Schmerzen zu lindern, und sah sie liegen, mit heißen Wangen, heiß und fahl – ja… während ich so saß, spürte ich vom Rücken her immer zwei Augen auf mich gerichtet mit einem fürchterlichen Ausdruck der Spannung… Der Boy saß dort auf den Boden gekauert und murmelte leise irgendwelche Gebete… Wenn mein Blick den seinen traf, so… nein, ich kann es nicht schildern… so kam etwas so Flehendes, so… so Dankbares in seinen hündischen Blick, und gleichzeitig hob er die Hände zu mir, als wollte er mich beschwören, sie zu retten… verstehen Sie: zu mir, zu mir hob er die Hände wie zu einem Gott… zu mir… dem ohnmächtigen Schwächling, der wußte, daß alles verloren… daß ich hier so unnötig sei wie eine Ameise, die am Boden raschelt… Ah, dieser Blick, wie er mich quälte, diese fanatische, diese tierische Hoffnung auf meine Kunst… ich hätte ihn anschreien können und mit dem Fuß treten, so weh tat er mir… und doch, ich spürte, wie wir beide zusammenhingen durch unsere

Liebe zu ihr... durch das Geheimnis... Ein lauerndes Tier, ein dumpfes Knäuel saß er zusammengeballt knapp hinter mir... kaum daß ich etwas verlangte, sprang er auf mit seinen nackten lautlosen Sohlen und reichte es zitternd... erwartungsvoll her, als sei das die Hilfe... die Rettung... Ich weiß, er hätte sich die Adern aufgeschnitten, um ihr zu helfen... so war diese Frau, solche Macht hatte sie über Menschen... und ich... ich hatte nicht Macht, ein Quentchen Blut zu retten... O diese Nacht, diese entsetzliche Nacht, diese unendliche Nacht zwischen Leben und Tod!

Gegen Morgen ward sie noch einmal wach... sie schlug die Augen auf... jetzt waren sie nicht mehr hochmütig und kalt... ein Fieber glitzerte feucht darin, als sie, gleichsam fremd, das Zimmer abtasteten... Dann sah sie mich an: sie schien nachzudenken, sich erinnern zu wollen an mein Gesicht... und plötzlich... ich sah es... erinnerte sie sich... denn irgendein Schreck, eine Abwehr... etwas... etwas Feindliches, Entsetztes spannte ihr Gesicht... sie arbeitete mit den Armen, als wollte sie flüchten... weg, weg, weg von mir... ich sah, sie dachte an das... an die Stunde von damals... Aber dann kam ein Besinnen... sie sah mich ruhiger an, atmete schwer... ich fühlte, sie wollte sprechen, etwas sagen... Wieder begannen die Hände sich zu spannen... sie wollte sich aufheben, aber sie war zu schwach... Ich beruhigte sie, beugte mich nieder... da sah sie mich an mit einem langen, gequälten Blick... ihre Lippen regten sich leise... es war nur ein letzter erlöschender Laut, wie sie sagte...

„Wird es niemand erfahren?... Niemand?“

„Niemand“, sagte ich mit aller Kraft der Überzeugung, „ich verspreche es Ihnen.“

Aber ihr Auge war noch unruhig... Mit fiebriger Lippe ganz undeutlich arbeitete sie's heraus.

„Schwören Sie mir... niemand erfahren... schwören.“

Ich hob die Finger wie zum Eid. Sie sah mich an... mit einem... einem unbeschreiblichen Blick... weich war er, warm, dankbar... ja, wirklich, wirklich dankbar... Sie wollte noch etwas sprechen, aber es ward ihr zu schwer. Lang lag sie, ganz matt von der Anstrengung, mit geschlossenen Augen. Dann begann das Entsetzliche... das Entsetzliche... eine ganze schwere Stunde kämpfte sie noch: erst morgens war es zu Ende...“

****

Er schwieg lange. Ich merkte es nicht eher, als vom Mitteldeck die Glocke in die Stille schlug, ein, zwei, drei harte Schläge – drei Uhr. Das Mondlicht war matter geworden, aber irgendeine andere gelbe Helle zitterte schon unsicher in der Luft, und Wind flog manchmal leicht wie eine Brise her. Eine halbe, eine Stunde mehr, und dann war es Tag, war dies Grauen ausgelöscht im klaren Licht. Ich sah seine Züge jetzt deutlicher, da die Schatten nicht mehr so dicht und schwarz in unsern Winkel fielen – er hatte die Kappe abgenommen, und unter dem blanken Schädel schien sein verquältes Gesicht noch schreckhafter. Aber schon wandten sich die glitzernden Brillengläser wieder mir zu, er straffte sich zusammen, und seine Stimme hatte einen höhnischen, scharfen Ton.

„Mit ihr wars nun zu Ende – aber nicht mit mir. Ich war allein mit der Leiche – aber allein in einem fremden Haus, allein in einer Stadt, die kein Geheimnis duldete, und ich... ich hatte das Geheimnis zu hüten... Ja, denken Sie sich das nur aus, die ganze Situation: eine Frau aus der besten Gesellschaft der Kolonie, vollkommen gesund, die noch abends zuvor auf dem Regierungsball getanzt hat, liegt plötzlich tot in ihrem Bett... ein fremder Arzt ist bei ihr, den angeblich ihr Diener gerufen... niemand im Haus hat gesehen, wann und woher er kam... man hat sie nachts auf einer Sänfte hereingetragen und dann die Türen geschlossen... und morgens ist sie tot... dann erst hat man die Diener gerufen, und plötzlich gellt das Haus von Geschrei... im Nu wissen es die Nachbarn, die ganze Stadt... und nur einer ist da, der das alles erklären soll... ich, der fremde Mensch, der Arzt aus einer entlegenen Station... Eine erfreuliche Situation, nicht wahr?...

Ich wußte, was mir bevorstand. Glücklicherweise war der Boy bei mir, der brave Bursche, der mir jeden Wink von den Augen las – auch dieses gelbe dumpfe Tier verstand, daß hier noch ein Kampf ausgetragen werden müsse. Ich hatte ihm nur gesagt: „Die Frau will, daß niemand erfährt, was geschehen ist.“ Er sah mir in die Augen mit seinem hündisch feuchten und doch entschlossenen Blick: „Yes, Sir“, mehr sagte er nicht. Aber er wusch die Blutspuren vom Boden, richtete alles in beste Ordnung – und gerade seine Entschlossenheit gab mir die meine wieder.

Nie im Leben, das weiß ich, habe ich eine ähnlich zusammengeballte Energie gehabt, nie werde ich sie wieder haben. Wenn man alles verloren hat, dann kämpft man um das Letzte wie ein Verzweifelter – und das Letzte war ihr Vermächtnis, das Geheimnis. Ich empfing voll Ruhe die Leute, erzählte ihnen allen die gleiche erdichtete Geschichte, wie der Boy, den sie um den Arzt gesandt hatte, mich zufällig auf dem Wege traf. Aber während ich scheinbar ruhig redete, wartete... wartete ich immer auf das Entscheidende... auf den Totenbeschauer, der erst kommen mußte, ehe wir sie in den Sarg verschließen konnten und das Geheimnis mit ihr... Es war, vergessen Sie nicht, Donnerstag, und Samstag kam ihr Gatte...

Um neun Uhr hörte ich endlich, wie man den Amtsarzt anmeldete. Ich hatte ihn rufen lassen – er war mein Vorgesetzter im Rang und gleichzeitig mein Konkurrent, derselbe Arzt, von dem sie seinerzeit so verächtlich gesprochen und der offenbar meinen Wunsch nach Versetzung bereits erfahren hatte. Bei seinem ersten Blick spürte ichs schon: er war mir Feind. Aber gerade das straffte meine Kraft.

Im Vorzimmer fragte er schon: „Wann ist Frau... – er nannte ihren Namen – gestorben?“

„Um sechs Uhr morgens.“

„Wann sandte sie zu Ihnen?“

„Um elf Uhr abends.“

„Wußten Sie, daß ich ihr Arzt war?“

„Ja, aber es tat Eile not... und dann... die Verstorbene hatte ausdrücklich mich verlangt. Sie hatte verboten, einen andern Arzt rufen zu lassen.“

Er starrte mich an: in seinem bleichen, etwas verfetteten Gesicht flog eine Röte hoch, ich spürte, daß er erbittert war. Aber gerade das brauchte ich – alle meine Energien drängten sich zu rascher Entscheidung, denn ich spürte, lange hielten es meine Nerven nicht mehr aus. Er wollte etwas Feindliches erwidern, dann sagte er lässig: „Wenn Sie schon meinen, mich entbehren zu können, so ist es doch meine amtliche Pflicht, den Tod zu konstatieren und... wie er eingetreten ist.“

Ich antwortete nicht und ließ ihn vorangehen. Dann trat ich zurück, schloß die Tür und legte den Schlüssel auf den Tisch. Überrascht zog er die Augenbrauen hoch:

„Was bedeutet das?“

Ich stellte mich ruhig ihm gegenüber:

„Es handelt sich hier nicht darum, die Todesursache festzustellen, sondern – eine andere zu finden. Diese Frau hat mich gerufen, um sie nach... nach den

Folgen eines verunglückten Eingriffes zu behandeln... ich konnte sie nicht mehr retten, aber ich habe ihr versprochen, ihre Ehre zu retten, und das werde ich tun. Und ich bitte Sie darum, mir zu helfen!“

Seine Augen waren ganz weit geworden vor Erstaunen. „Sie wollen doch nicht etwa sagen,“ stammelte er dann, „daß ich, der Amtsarzt, hier ein Verbrechen decken soll?“

„Ja, das will ich, das muß ich wollen.“

„Für Ihr Verbrechen soll ich...“

„Ich habe Ihnen gesagt, daß ich diese Frau nicht berührt habe, sonst... sonst stünde ich nicht vor Ihnen, sonst hätte ich längst mit mir Schluß gemacht. Sie hat ihr Vergehen – wenn Sie es so nennen wollen – gebüßt, die Welt braucht davon nichts zu wissen. Und ich werde es nicht dulden, daß die Ehre dieser Frau jetzt noch unnötig beschmutzt wird.“

Mein entschlossener Ton reizte ihn nur noch mehr auf. „Sie werden nicht dulden... so... nun, Sie sind ja mein Vorgesetzter... oder glauben es wenigstens schon zu sein... Versuchen Sie nur, mir zu befehlen... ich habe mirs gleich gedacht, da ist Schmutziges im Spiel, wenn man Sie aus Ihrem Winkel herruft... eine saubere Praxis, die Sie da anfangen, ein sauberes Probestück... Aber jetzt werde ich untersuchen, ich, und Sie können sich darauf verlassen, daß ein Protokoll, unter dem mein Name steht, richtig sein wird. Ich werde keine Lüge unterschreiben.“

Ich war ganz ruhig.

„Ja – das müssen Sie diesmal doch. Denn früher werden Sie das Zimmer nicht verlassen.“

Ich griff dabei in die Tasche – meinen Revolver hatte ich nicht bei mir. Aber er zuckte zusammen. Ich trat einen Schritt auf ihn zu und sah ihn an.

„Hören Sie, ich werde Ihnen etwas sagen... damit es nicht zum Äußersten kommt. Mir liegt an meinem Leben nichts... nichts an dem eines andern – ich bin nun schon einmal soweit... mir liegt einzig daran, mein Versprechen einzulösen, daß die Art dieses Todes geheim bleibt... Hören Sie: ich gebe Ihnen mein Ehrenwort, daß, wenn Sie das Zertifikat unterfertigen, diese Frau sei an... nun an einer Zufälligkeit gestorben, daß ich dann noch im Laufe dieser Woche die Stadt und Indien verlasse... daß ich, wenn Sie es verlangen, meinen Revolver nehme und mich niederschieße, sobald der Sarg in der Erde ist und ich sicher sein kann, daß niemand... Sie verstehen: *niemand* – mehr nachforschen kann. Das wird Ihnen wohl genügen – das muß Ihnen genügen."

Es muß etwas Drohendes, etwas Gefährliches in meiner Stimme gewesen sein, denn wie ich unwillkürlich nähertrat, wich er zurück mit jenem aufgerissenen Entsetzen, wie... wie eben Menschen vor dem Amokläufer flüchten, wenn er rasend hinrennt mit geschwungenem Kris... Und mit einemmal war er anders... irgendwie geduckt und gelähmt... seine harte Haltung brach ein. Er murmelte mit einem letzten ganz weichen Widerstand: „Es wäre das erstemal in meinem Leben, daß ich ein falsches Zertifikat unterzeichnete... immerhin, es wird sich schon eine Form finden lassen... man weiß ja auch, was vorkommt... Aber ich durfte doch nicht so ohne weiteres..."

„Gewiß durften Sie nicht," half ich ihm, um ihn zu bestärken – (›Nur rasch! nur rasch!‹ tickte es mir in den Schläfen) – „aber jetzt, da Sie wissen, daß Sie nur einen Lebenden kränken und einer Toten ein Entsetzliches täten, werden Sie doch gewiß nicht zögern."

Er nickte. Wir traten zum Tisch. Nach einigen Minuten war das Attest fertig (das dann auch in der Zeitung veröffentlicht wurde und glaubhaft eine Herzlähmung schilderte). Dann stand er auf, sah mich an:

„Sie reisen noch diese Woche, nicht wahr?"

„Mein Ehrenwort."

Er sah mich wieder an. Ich merkte, er wollte streng, wollte sachlich erscheinen. „Ich besorge sofort einen Sarg", sagte er, um seine Verlegenheit zu decken. Aber was war das in mir, das mich so... so furchtbar... so gequält machte – plötzlich streckte er mir die Hand hin und schüttelte sie mit einer aufspringenden Herzlichkeit. „Überstehen Sie's gut", sagte er – ich wußte nicht, was er meinte. War ich krank? War ich... wahnsinnig? Ich begleitete ihn zur Tür, schloß auf – aber das war meine letzte Kraft, die hinter ihm die Tür schloß. Dann kam dies Ticken wieder in die Schläfen, alles schwankte und kreiste: und gerade vor ihrem Bett fiel ich zusammen... so... so wie der Amokläufer am Ende seines Laufs sinnlos niederfällt mit zersprengten Nerven."

****

Wieder hielt er inne. Irgendwie fröstelte michs: war das erster Schauer des Morgenwinds, der jetzt leise sausend über das Schiff lief? Aber das gequälte Gesicht – nun schon halb erhellt vom Widerschein der Frühe – spannte sich wieder zusammen:

„Wie lang ich so auf der Matte gelegen hatte, weiß ich nicht. Da rührte michs an. Ich fuhr auf. Es war der Boy, der zaghaft mit seiner devoten Geste vor mir stand und mir unruhig in den Blick sah.

„Es will jemand herein... will sie sehen...“

„Niemand darf herein.“

„Ja... aber...“

Seine Augen waren erschreckt. Er wollte etwas sagen und wagte es doch nicht. Das treue Tier litt irgendwie eine Qual.

„Wer ist es?“

Er sah mich zitternd an wie in Furcht vor einem Schlag. Und dann sagte er – er nannte keinen Namen... woher ist in solch einem niedern Wesen mit einmal so viel Wissen, wie kommt es, daß in manchen Sekunden ein unbeschreibliches Zartgefühl derlei ganz dumpfe Menschen beseelt?... dann sagte er... ganz, ganz ängstlich... „Er ist es.“

Ich fuhr auf, verstand sofort und war sofort ganz Gier, ganz Ungeduld nach diesem Unbekannten. Denn sehen Sie, wie sonderbar... inmitten all dieser Qual, in diesem Fieber von Verlangen, von Angst und Hast hatte ich ganz an ›ihn‹ vergessen... vergessen, daß da noch ein Mann im Spiele war... der Mann, den diese Frau geliebt, dem sie leidenschaftlich das gegeben, was sie mir verweigert... Vor zwölf, vor vierundzwanzig Stunden hätte ich diesen Mann noch gehaßt, ihn noch zerfleischen können... Jetzt... ich kann, ich kann Ihnen nicht schildern, wie es mich jagte, ihn zu sehen... ihn... zu lieben, weil sie ihn geliebt.

Mit einem Ruck war ich bei der Tür. Ein junger, ganz junger blonder Offizier stand dort, sehr linkisch, sehr schmal, sehr blaß. Wie ein Kind sah er aus, so... so rührend jung... und unsäglich erschütterte michs gleich, wie er sich mühte, Mann zu sein, Haltung zu zeigen... seine Erregung zu verbergen... Ich sah sofort, daß seine Hände zitterten, als er zur Mütze fuhr... Am liebsten hätte ich ihn umarmt... weil er ganz so war, wie ich mirs wünschte, daß der Mann sein sollte, der diese Frau besessen... kein Verführer, kein Hochmütiger... nein, ein halbes Kind, ein reines, zärtliches Wesen, dem sie sich geschenkt.

Ganz befangen stand der junge Mensch vor mir. Mein gieriger Blick, mein leidenschaftlicher Aufsprung machten ihn noch mehr verwirrt. Das kleine Schnurrbärtchen über der Lippe zuckte verräterisch... dieser junge Offizier, dies Kind mußte sich bezwingen, um nicht herauszuschluchzen.

„Verzeihen Sie," sagte er dann endlich, „ich hätte gerne Frau... gerne noch... gesehen."

Unbewußt, ganz ohne es zu wollen, legte ich ihm, dem Fremden, meinen Arm um die Schulter, führte ihn, wie man einen Kranken führt. Er sah mich erstaunt an mit einem unendlich warmen und dankbaren Blick... irgendein Verstehen unserer Gemeinschaft war schon in dieser Sekunde zwischen uns beiden... Wir gingen zu der Toten... Sie lag da, weiß, in den weißen Linnen – ich spürte, daß meine Nähe ihn noch bedrückte... so trat ich zurück, um ihn allein zu lassen mit ihr.

Er ging langsam näher mit... mit so zuckenden, ziehenden Schritten... an seinen Schultern sah ichs, wie es in ihm wühlte und riß... er ging so wie... wie einer, der gegen einen ungeheuren Sturm geht... Und plötzlich brach er vor dem Bett in die Knie... genau so, wie ich hingebrochen war.

Ich sprang sofort vor, hob ihn empor und führte ihn zu einem Sessel. Er schämte sich nicht mehr, sondern schluchzte seine Qual heraus. Ich vermochte nichts zu sagen – nur mit der Hand strich ich ihm unbewußt über sein blondes, kindlich weiches Haar. Er griff nach meiner Hand... ganz lind und doch ängstlich... und mit einemmal fühlte ich seinen Blick an mir hängen...

„Sagen Sie mir die Wahrheit, Doktor," stammelte er, „hat sie selbst Hand an sich gelegt?"

„Nein", sagte ich.

„Und ist... ich meine... ist irgend... irgend jemand schuld an ihrem Tode?"

„Nein", sagte ich wieder, obwohl mirs aufquoll in der Kehle, ihm entgegenzuschreien: „Ich! Ich! Ich!... Und du!... Wir beide! Und ihr Trotz, ihr unseliger Trotz!" Aber ich hielt mich zurück. Ich wiederholte noch einmal: „Nein... niemand hat schuld daran... es war ein Verhängnis!"

„Ich kann es nicht glauben," stöhnte er, „ich kann es nicht glauben. Sie war noch vorgestern auf dem Balle, sielächelte, sie winkte mir zu. Wie ist das möglich, wie konnte das geschehen?"

Ich erzählte eine lange Lüge. Auch ihm verriet ich ihr Geheimnis nicht. Wie zwei Brüder sprachen wir zusammen alle diese Tage, gleichsam überstrahlt von dem Gefühl, das uns verband... und das wir einander nicht anvertrauten, aber wir spürten einer vom andern, daß unser ganzes Leben an dieser Frau hing... Manchmal drängte sichs mir würgend an die Lippen, aber dann biß ich die Zähne zusammen – nie hat er erfahren, daß sie ein Kind von ihm trug...

daß ich das Kind, sein Kind, hätte töten sollen, und daß sie es mit sich selbst in den Abgrund gerissen. Und doch sprachen wir nur von ihr in diesen Tagen, während derer ich mich bei ihm verbarg... denn – das hatte ich vergessen, Ihnen zu sagen – man suchte nach mir...

Ihr Mann war gekommen, als der Sarg schon geschlossen war... er wollte den Befund nicht glauben... die Leute munkelten allerlei... und er suchte mich... Aber ich konnte es nicht ertragen, ihn zu sehen, ihn, von dem ich wußte, daß sie unter ihm gelitten... ich verbarg mich... vier Tage ging ich nicht aus dem Hause, gingen wir beide nicht aus der Wohnung... ihr Geliebter hatte mir unter einem falschen Namen einen Schiffsplatz genommen, damit ich flüchten könne,... wie ein Dieb bin ich nachts auf das Deck geschlichen, daß niemand mich erkennt... Alles habe ich zurückgelassen, was ich besitze... mein Haus mit der ganzen Arbeit dieser sieben Jahre, mein Hab und Gut, alles steht offen für jeden, der es haben will... und die Herren von der Regierung haben mich wohl schon gestrichen, weil ich ohne Urlaub meinen Posten verließ... Aber ich konnte nicht leben mehr in diesem Haus, in dieser Stadt... in dieser Welt, wo alles mich an sie erinnert... wie ein Dieb bin ich geflohen in der Nacht... nur ihr zu entrinnen... nur zu vergessen...

Aber... wie ich an Bord kam... nachts... mitternachts... mein Freund war mit mir... da... da... zogen sie gerade am Kran etwas herauf... rechteckig, schwarz... ihren Sarg... hören Sie: ihren Sarg... sie hat mich hierher verfolgt, wie ich sie verfolgte... und ich mußte dabeistehen, mich fremd stellen, denn er, ihr Mann, war mit... er begleitet ihn nach England... vielleicht will er dort eine Autopsie machen lassen... er hat sie an sich gerissen... jetzt gehört sie wieder ihm... nicht uns mehr, uns... uns beiden... Aber ich bin noch da... ich gehe mit bis zur letzten Stunde... er wird, er darf es nie erfahren... ich werde ihr Geheimnis zu verteidigen wissen gegen jeden Versuch... gegen diesen Schurken, vor dem sie in den Tod gegangen ist... Nichts, nichts wird er erfahren... ihr Geheimnis gehört mir, nur mir allein...

Verstehen Sie jetzt... verstehen Sie jetzt... warum ich die Menschen nicht sehen kann... ihr Gelächter nicht hören... wenn sie flirten und sich paaren... denn da drunten... drunten im Lagerraum zwischen Teeballen und Paranüssen steht der Sarg verstaut... Ich kann nicht hin, der Raum ist versperrt... aber ich weiß es mit allen meinen Sinnen, weiß es in jeder Sekunde... auch wenn sie hier Walzer spielen und Tango... es ist ja dumm, das Meer da schwemmt über MillionenTote, auf jedem Fußbreit Erde, den man tritt, fault eine Leiche... aber doch, ich kann es nicht ertragen, ich kann es nicht ertragen, wenn sie Maskenbälle geben und so geil lachen… diese Tote, ich spüre sie, und ich weiß, was sie von mir will… ich weiß es, ich habe noch eine Pflicht… ich bin noch nicht zu Ende… noch ist ihr Geheimnis nicht gerettet… sie gibt mich noch nicht frei…“

****

Vom Mittelschiff kamen schlurfende Schritte, klatschende Laute: Matrosen begannen das Deck zu scheuern. Er fuhr auf wie ertappt: sein zerspanntes Gesicht bekam einen ängstlichen Zug. Er stand auf und murmelte: „Ich gehe schon… ich gehe schon.“

Es war eine Qual, ihn anzuschauen: seinen verwüsteten Blick, die gedunsenen Augen, rot von Trinken oder Tränen. Er wich meiner Anteilnahme aus: ich spürte aus seinem geduckten Wesen Scham, unendliche Scham, sich verraten zu haben an mich, an diese Nacht. Unwillkürlich sagte ich:

„Darf ich vielleicht nachmittags zu Ihnen in die Kabine kommen…“

Er sah mich an – ein höhnischer, harter, zynischer Zug zerrte an seinen Lippen, etwas Böses stieß und verkrümmte jedes Wort.

„Aha… Ihre famose Pflicht, zu helfen… aha… Mit der Maxime haben Sie mich ja glücklich zum Schwatzen gebracht. Aber nein, mein Herr, ich danke. Glauben Sie ja nicht, daß mir jetzt leichter sei, seit ich mir die Eingeweide vor Ihnen aufgerissen habe bis zum Kot in meinen Därmen. Mein verpfuschtes Leben kann mir keiner mehr zusammenflicken… ich habe eben umsonst der verehrlichen holländischen Regierung gedient… die Pension ist futsch, ich komme als armer Hund nach Europa zurück… ein Hund, der hinter einem Sarg herwinselt… man läuft nicht lange ungestraft Amok, am Ende schlägts einen doch nieder, und ich hoffe, ich bin bald am Ende… Nein, danke, mein Herr, für Ihren gütigen Besuch… ich habe schon in der Kabine meine Gefährten… ein paar gute alte Flaschen Whisky, die trösten mich manchmal, und dann meinen Freund von damals, an den ich mich leider nicht rechtzeitig gewandt habe, meinen braven Browning… der hilft schließlich besser als alles Geschwätz… Bitte, bemühen Sie sich nicht… das einzige Menschenrecht, das einem bleibt, ist doch: zu krepieren wie man will… und dabei ungeschoren zu bleiben von fremder Hilfe.“

Er sah mich noch einmal höhnisch… ja herausfordernd an, aber ich spürte: es war nur Scham, grenzenlose Scham. Dann duckte er die Schultern, wandte sich um, ohne zu grüßen, und ging merkwürdig schief und schlurfend über das schon helle Verdeck den Kabinen zu. Ich habe ihn nicht mehr gesehen.

Vergebens suchte ich ihn nachts und die nächste Nacht an der gewohnten Stelle. Er blieb verschwunden, und ich hätte an einen Traum geglaubt oder an eine phantastische Erscheinung, wäre mir nicht inzwischen unter den Passagieren ein anderer aufgefallen mit einem Trauerflor um den Arm, ein holländischer Großkaufmann, der, wie man mir bestätigte, eben seine Frau an einer Tropenkrankheit verloren hatte. Ich sah ihn ernst und gequält abseits von den andern auf und ab gehen, und der Gedanke, daß ich um seine geheimste Sorge wußte, gab mir eine geheimnisvolle Scheu: ich bog immer zur Seite, wenn er vorüberkam, um nicht mit einem Blick zu verraten, daß ich mehr von seinem Schicksal wußte als er selbst.

****

Im Hafen von Neapel ereignete sich dann jener merkwürdige Unfall, dessen Deutung ich in der Erzählung des Fremden zu finden glaube. Die meisten Passagiere waren abends von Bord gegangen, ich selbst in die Oper und dann noch in eines der hellen Cafés an der Via Roma. Als wir mit einem Ruderboot zu dem Dampfer zurückkehrten, fiel mir schon auf, daß einige Boote mit Fackeln und Azetylenlampen das Schiff suchend umkreisten, und oben am dunklen Bord war ein geheimnisvolles Gehen und Kommen von Karabinieris und Gendarmerie. Ich fragte einen Matrosen, was geschehen sei. Er wich in einer Weise aus, die sofort zeigte, daß Auftrag zum Schweigen gegeben sei, und auch am nächsten Tage, als das Schiff wieder friedfertig und ohne Spur eines Zwischenfalles nach Genua weiterfuhr, war nichts an Bord zu erfahren. Erst in den italienischen Zeitungen las ich dann, romantisch ausgeschmückt, von jenem angeblichen Unfall im Hafen von Neapel.

In jener Nacht sollte, so schrieben sie, in unbelebter Stunde, um die Passagiere nicht durch den Anblick zu beunruhigen, der Sarg einer vornehmen Dame aus den holländischen Kolonien von Bord des Schiffes auf ein Boot gebracht werden, und man ließ ihn eben in Gegenwart des Gatten die Strickleiter herab, als irgend etwas Schweres vom hohen Bord niederstürzte und den Sarg mit den Trägern und dem Gatten, die ihn gemeinsam niederhißten, mit sich in die Tiefe riß. Eine Zeitung behauptete, es sei ein Irrsinniger gewesen, der sich die Treppe hinab auf die Strickleiter gestürzt habe, eine andere beschönigte, die Leiter sei von selbst unter dem übergroßen Gewicht gerissen: jedenfalls schien die Schiffahrtsgesellschaft alles getan zu haben, um den genauen Sachverhalt zu verschleiern.

Man rettete nicht ohne Mühe die Träger und den Gatten der Verstorbenen mit Booten aus dem Wasser, der Bleisarg aber ging sofort in die Tiefe und konnte nicht mehr geborgen werden. Daß gleichzeitig in einer andern Notiz kurz erwähnt wurde, es sei die Leiche eines etwa vierzigjährigen Mannes im Hafen angeschwemmt worden, schien für die Öffentlichkeit in keinem Zusammenhang mit dem romantisch reportierten Unfall zu stehen; mir aber war, kaum daß ich die flüchtige Zeile gelesen, als starre plötzlich hinter dem papierenen Blatt das mondweiße Antlitz mit den glitzernden Brillengläsern mir noch einmal gespenstisch entgegen.

Die Frau und die Landschaft

Es war in jenem heißen Sommer, der durch Regennot und Dürre verhängnisvolle Mißernte im ganzen Lande verschuldete und noch für lange Jahre im Andenken der Bevölkerung gefürchtet blieb. Schon in den Monaten Juni und Juli waren nur vereinzelte flüchtige Schauer über die dürstenden Felder hingestreift, aber seit der Kalender zum August übergeschlagen, fiel überhaupt kein Tropfen mehr, und selbst hier oben, in dem Hochtale Tirols, wo ich, wie viele andere, Kühlung zu finden gewähnt hatte, glühte die Luft safranfarben von Feuer und Staub. Frühmorgens schon starrte die Sonne gelb und stumpf wie das Auge eines Fiebernden vom leeren Himmel auf die erloschene Landschaft, und mit den steigenden Stunden quoll dann mählich ein weißlicher drückender Dampf aus dem messingenen Kessel des Mittags und überschwülte das Tal.

Irgendwo freilich in der Ferne hoben sich die Dolomiten mächtig auf, und Schnee glänzte von ihnen, rein und klar, aber nur das Auge fühlte erinnernd diesen Schimmer der Kühle, und es tat weh, sie schmachtend anzusehen und an den Wind zu denken, der sie vielleicht zur gleichen Stunde rauschend umflog, indes hier im Talkessel eine gierige Wärme nachts und tags sich zudrängte und mit tausend Lippen einem die Feuchte entsog. Allmählich erstarb in dieser sinkenden Welt welkender Pflanzen, hinschmachtenden Laubes und versiegender Bäche auch innen alle lebendige Bewegung, müßig und träge wurden die Stunden. Ich, wie die andern, verbrachte diese endlosen Tage fast nur mehr im Zimmer, halb entkleidet, bei verdunkelten Fenstern, in einem willenlosen Warten auf Veränderung, auf Kühlung, in einem stumpfen, machtlosen Träumen von Regen und Gewitter. Und bald wurde auch dieser Wunsch welk, ein Brüten, dumpf und willenlos wie das der lechzenden Gräser und der schwüle Traum des reglosen, dunstumwölkten Waldes.

Aber es wurde nur noch heißer von Tag zu Tag, und der Regen wollte noch immer nicht kommen. Von früh bis abends brannte die Sonne nieder, und ihr gelber, quälender Blick bekam allmählich etwas von der stumpfen Beharrlichkeit eines Wahnsinnigen. Es war, als ob das ganze Leben aufhören wollte, alles stand stille, die Tiere lärmten nicht mehr, von weißen Feldern kam keine andere Stimme als der leise singende Ton der schwingenden Hitze, das surrende Brodeln der siedenden Welt.

Ich hatte hinausgehen wollen in den Wald, wo Schatten blau zwischen den Bäumen zitterten, um dort zu liegen, um nur diesem gelben, beharrlichen Blick der Sonne zu entgehen; aber auch diese wenigen Schritte schon wurden mir zu viel. So blieb ich sitzen auf einem Rohrsessel vor dem Eingang des Hotels, eine Stunde oder zwei, eingepreßt in den schmalen Schatten, den der schirmende Dachrand in den Kies zog. Einmal rückte ich weiter, als das dünne Viereck Schatten sich verkürzte und die Sonne schon heran an meine Hände kroch, dann blieb ich wieder hingelehnt, stumpf brütend ins stumpfe Licht, ohne Gefühl von Zeit, ohne Wunsch, ohne Willen. Die Zeit war zerschmolzen in dieser furchtbaren Schwüle, die Stunden zerkocht, zergangen in heißer, sinnloser Träumerei. Ich fühlte nichts als den brennenden Andrang der Luft außen an meinen Poren und innen den hastigen Hammerschlag des fiebrig pochenden Blutes.

Da auf einmal war mir, als ob durch die Natur ein Atem ginge, leise, ganz leise, als ob ein heißer, sehnsüchtiger Seufzer sich aufhübe von irgendwo. Ich raffte mich empor. War das nicht Wind? Ich hatte schon vergessen, wie das war, zu lange hatten die verdorrenden Lungen dies Kühle nicht getrunken, und noch fühlte ich ihn nicht bis an mich heranziehen, eingepreßt in meinen Winkel Dachschatten; aber die Bäume dort drüben am Hang mußten eine fremde Gegenwart geahnt haben, denn mit einem Male begannen sie ganz leise zu schwanken, als neigten sie sich flüsternd einander zu.

Die Schatten zwischen ihnen wurden unruhig. Wie ein Lebendiges und Erregtes huschten sie hin und her, und plötzlich hob es sich auf, irgendwo fern, ein tiefer, schwingender Ton. Wirklich: Wind kam über die Welt, ein Flüstern, ein Wehen und Weben, ein tiefes, orgelndes Brausen und jetzt ein stärkerer, mächtiger Stoß. Wie von einer jähen Angst getrieben, liefen plötzlich qualmige Wolken von Staub über die Straße, alle in gleicher Richtung, die Vögel, die irgendwo im Dunkel gelagert hatten, zischten auf einmal schwarz durch die Luft, die Pferde schnupperten sich den Schaum von den Nüstern, und fern im Tale blökte das Vieh. Irgend etwas Gewaltiges war aufgewacht und mußte nahe sein, die Erde wußte es schon, der Wald und die Tiere, und auch über den Himmel schob sich jetzt ein leichter Flor von Grau.

Ich zitterte vor Erregung. Mein Blut war von den feinen Stacheln der Hitze aufgereizt, meine Nerven knisterten und spannten sich, nie hatte ich so wie jetzt die Wollust des Windes geahnt, die selige Lust des Gewitters. Und es kam, es zog heran, es schwoll und kündete sich. Langsam schob der Wind weiche Knäuel von Wolken herüber, es keuchte und schnaubte hinter den Bergen, als rollte jemand eine ungeheure Last. Manchmal hielten diese schnaubenden, keuchenden Stöße wie ermüdet wieder inne. Dann zitterten sich die Tannen langsam still, als ob sie horchen wollten, und mein Herz zitterte mit. Wo überall ich hinblickte, war die gleiche Erwartung wie in mir, die Erde hatte ihre Sprünge gedehnt: wie kleine, durstige Mäuler waren sie aufgerissen, und so fühlte ich es auch am eigenen Leibe, daß Pore an Pore sich auftat und spannte, Kühle zu suchen und die kalte, schauernde Lust des Regens. Unwillkürlich krampften sich meine Finger, als könnten sie die Wolken fassen und sie rascher herreißen in die schmachtende Welt.

Aber schon kamen sie, von unsichtbarer Hand geschoben, träge herangedunkelt, runde, wulstige Säcke, und man sah: sie waren schwer und schwarz von Regen, denn sie polterten murrend wie feste, wuchtige Dinge, wenn sie aneinander stießen, und manchmal fuhr ein leiser Blitz über ihre schwarze Fläche wie ein knisterndes Streichholz. Blau flammten sie dann auf und gefährlich, und immer dichter drängte es sich heran, immer schwärzer wurden sie an ihrer eigenen Fülle. Wie der eiserne Vorhang eines Theaters senkte sich allmählich bleierner Himmel nieder und nieder.

Jetzt war schon der ganze Raum schwarz überspannt, zusammengepreßt die warme, verhaltene Luft, und nun setzte noch ein letztes Innehalten der Erwartung ein, stumm und grauenhaft. Erwürgt war alles von dem schwarzen Gewicht, das sich über die Tiefe senkte, die Vögel zirpten nicht mehr, atemlos standen die Bäume, und selbst die kleinen Gräser wagten nicht mehr zu zittern, ein metallener Sarg, umschloß der Himmel die heiße Welt, in der alles erstarrt war vor Erwartung nach dem ersten Blitz. Atemlos stand ich da, die Hände ineinandergeklammt, und spannte mich zusammen in einer wundervollen süßen Angst, die mich reglos machte. Ich hörte hinter mir die Menschen herumeilen, aus dem Walde kamen sie, aus der Tür des Hotels, von allen Seiten flüchteten sie, die Dienstmädchen ließen die Rolläden herunter und schlossen krachend die Fenster. Alles war plötzlich tätig und aufgeregt, rührte sich, bereitete sich, drängte sich. Nur ich stand reglos, fiebernd, stumm, denn in mir war alles zusammengepreßt zu dem Schrei, den ich schon in der Kehle fühlte, den Schrei der Lust bei dem ersten Blitz.

Da hörte ich auf einmal knapp hinter mir einen Seufzer, stark aufbrechend aus gequälter Brust und noch mit ihm flehentlich verschmolzen das sehnsüchtige Wort: „Wenn es doch nur schon regnen wollte!" So wild, so elementar war diese Stimme, war dieser Stoß aus einem bedrückten Gefühl, als hätte es die dürstende Erde selbst gesagt mit ihren aufgesprungenen Lippen, die gequälte, erdrosselte Landschaft unter dem Bleidruck des Himmels.

Ich wendete mich um. Hinter mir stand ein Mädchen, das offenbar die Worte gesagt, denn ihre Lippen, die blassen und fein geschwungenen, waren noch im Lechzen aufgetan, und ihr Arm, der sich an der Tür hielt, zitterte leise. Nicht zu mir hatte sie gesprochen und zu niemandem. Wie über einen Abgrund bog sie sich in die Landschaft hinein, und ihr Blick starrte spiegellos hinaus in das Dunkel, das über den Tannen hing. Er war schwarz und leer, dieser Blick, starr als eine grundlose Tiefe gegen den tiefen Himmel gewandt. Nur nach oben griff seine Gier, griff tief in die geballten Wolken, in das überhängende Gewitter, und an mich rührte er nicht. So konnte ich ungestört die Fremde betrachten und sah, wie ihre Brust sich hob, wie etwas würgend nach oben schütterte, wie jetzt um die Kehle, die zartknochig aus dem offenen Kleide sich löste, ein Zittern ging, bis endlich auch die Lippen bebten, dürstend sich auftaten und wieder sagten: „Wenn es doch nur schon regnen wollte." Und wieder war es mir Seufzer der ganzen verschwülten Welt. Etwas Nachtwandlerisches und Traumhaftes war in ihrer statuenhaften Gestalt, in ihrem gelösten Blick. Und wie sie so dastand, weiß in ihrem lichten Kleide gegen den bleifarbnen Himmel, schien sie mir der Durst, die Erwartung der ganzen schmachtenden Natur.

Etwas zischte leise neben mir ins Gras. Etwas pickte hart auf dem Gesims. Etwas knirschte leise im heißen Kies. Überall war plötzlich dieser leise surrende Ton. Und plötzlich begriff ichs, fühlte ichs, daß dies Tropfen waren, die schwer niederfielen, die ersten verdampfenden Tropfen, die seligen Boten des großen, rauschenden, kühlenden Regens. Oh, es begann! Es hatte begonnen. Eine Vergessenheit, eine selige Trunkenheit kam über mich. Ich war wach wie nie.

Ich sprang vor und fing einen Tropfen in der Hand. Schwer und kalt klatschte er mir an die Finger. Ich riß die Mütze ab, stärker die nasse Lust auf Haar und Stirn zu fühlen, ich zitterte schon vor Ungeduld, mich ganz umrauschen zu lassen vom Regen, ihn an mir zu fühlen, an der warmen knisternden Haut, in den offenen Poren, bis tief hinein in das aufgeregte Blut. Noch waren sie spärlich, die platschenden Tropfen, aber ich fühlte ihre sinkende Fülle schon voraus, ich hörte sie schon strömen und rauschen, die aufgetanen Schleusen, ich spürte schon das selige Niederbrechen des Himmels über dem Walde, über das Schwüle der verbrennenden Welt.

Aber seltsam: die Tropfen fielen nicht schneller. Man konnte sie zählen. Einer, einer, einer, einer, fielen sie nieder, es knisterte, es zischte, es sauste leise rechts und links, aber es wollte nicht zusammenklingen zur großen rauschenden Musik des Regens. Zaghaft tropfte es herab, und statt schneller zu werden, ward der Takt langsam und immer langsamer und stand dann plötzlich still. Es war, wie wenn das Ticken eines Minutenzeigers in einer Uhr plötzlich aufhört und die Zeit erstarrt. Mein Herz, das schon glühte vor Ungeduld, wurde plötzlich kalt.

Ich wartete, wartete, aber es geschah nichts. Der Himmel blickte schwarz und starr nieder mit umdüsterter Stirn, totenstill blieb es minutenlang, dann aber schien es, als ob ein leises, höhnisches Leuchten über sein Antlitz ginge. Von Westen her hellte sich die Höhe auf, die Wand der Wolken löste sich mählich, leise polternd rollten sie weiter. Seichter und seichter ward ihre schwarze Unergründlichkeit, und in ohnmächtiger, unbefriedigter Enttäuschung lag unter dem erglänzenden Horizont die lauschende Landschaft. Wie von Wut lief noch ein leises, letztes Zittern durch die Bäume, sie beugten und krümmten sich, dann aber fielen die Laubhände, die schon gierig aufgereckt waren, schlaff zurück, wie tot. Immer durchsichtiger ward der Wolkenflor, eine böse, gefährliche Helle stand über der wehrlosen Welt. Es war nichts geschehen. Das Gewitter hatte sich verzogen.

Ich zitterte am ganzen Körper. Wut war es, was ich fühlte, eine sinnlose Empörung der Ohnmacht, der Enttäuschung, des Verrats. Ich hätte schreien können oder rasen, eine Lust kam mich an, etwas zu zerschlagen, eine Lust am Bösen und Gefährlichen, ein sinnloses Bedürfnis nach Rache. Ich fühlte in mir die Qual der ganzen verratenen Natur, das Lechzen der kleinen Gräser war in mir, die Hitze der Straßen, der Qualm des Waldes, die spitze Glut des Kalksteines, der Durst der ganzen betrogenen Welt. Meine Nerven brannten wie Drähte: ich fühlte sie zucken von elektrischer Spannung weithinaus in die geladene Luft, wie viele feine Flammen glühten sie mir unter der gespannten Haut. Alles tat mir weh, alle Geräusche hatten Spitzen, alles war wie umzüngelt von kleinen Flammen, und der Blick, was immer er faßte, verbrannte sich.

Das tiefste Wesen in mir war aufgereizt, ich spürte, wie viele Sinne, die sonst stumm und tot im dumpfen Hirne schliefen, sich auftaten wie viele kleine

Nüstern, und mit jeder spürte ich Glut. Ich wußte nicht mehr, was davon meine Erregung war, und was die der Welt; die dünne Membran des Fühlens zwischen ihr und mir war zerrissen, alles einzig erregte Gemeinschaft der Enttäuschung, und wie ich fiebernd hinabstarrte in das Tal, das sich allmählich mit Lichtern füllte, spürte ich, daß jedes einzelne kleine Licht in mich hineinflimmerte, jeder Stern brannte bis in mein Blut. Es war die gleiche maßlose, fiebernde Erregung außen und innen, und in einer schmerzhaften Magie empfand ich alles, was um mich schwoll, gleichsam in mich gepreßt und dort wachsend und glühend. Mir war, als brenne der geheimnisvolle, lebendige Kern, der in alle Vielfalt einzeln eingetan ist, aus meinem innersten Wesen, alles spürte ich, in magischer Wachheit der Sinne den Zorn jedes einzelnen Blattes, den stumpfen Blick des Hundes, der mit gesenktem Schweife jetzt um die Türen schlich, alles fühlte ich, und alles, was ich spürte, tat mir weh. Fast körperlich begann dieser Brand in mir zu werden, und als ich jetzt mit den Fingern nach dem Holz der Tür griff, knisterte es leise unter ihnen wie Zunder, brenzlig und trocken.

Der Gong lärmte zur Abendmahlzeit. Tief in mich schlug der kupferne Klang hinein, schmerzhaft auch er. Ich wendete mich um. Wo waren die Menschen hin, die früher hier in Angst und Erregung vorbeigeeilt? Wo war sie, die hier gestanden als lechzende Welt und der ich ganz vergessen in den wirren Minuten der Enttäuschung? Alles war verschwunden. Ich stand allein in der schweigenden Natur. Noch einmal umgriff ich Höhe und Ferne mit dem Blick. Der Himmel war jetzt ganz leer, aber nicht rein. Über den Sternen lag ein Schleier, ein grünlich gespannter, und aus dem aufsteigenden Mond glitzerte der böse Glanz eines Katzenauges. Fahl war alles da oben, höhnisch und gefährlich, tief drunten aber unter dieser unsicheren Sphäre dämmerte dunkel die Nacht, phosphoreszierend wie ein tropisches Meer und mit dem gequälten wollüstigen Atem einer enttäuschten Frau. Oben stand noch hell und höhnisch eine letzte Helle, unten müde und lastend eine schwüle Dunkelheit, feindlich war eines dem andern, unheimlich stummer Kampf zwischen Himmel und Erde. Ich atmete tief und trank nur Erregung. Ich griff ins Gras. Es war trocken wie Holz und knisterte blau in meinen Fingern.

Wieder rief der Gong. Widerlich war mir der tote Klang. Ich hatte keinen Hunger, kein Verlangen nach Menschen, aber diese einsame Schwüle hier draußen war zu fürchterlich. Der ganze schwere Himmel lastete stumm auf meiner Brust, und ich fühlte, ich könnte seinen bleiernen Druck nicht länger mehr tragen. Ich ging hinein in den Speisesaal. Die Leute saßen schon an ihren kleinen Tischen. Sie sprachen leise, aber doch, mir war es zu laut. Denn mir ward alles zur Qual, was an meine aufgereizten Nerven rührte: das leise Lispeln der Lippen, das Klirren der Bestecke, das Rasseln der Teller, jede einzelne Geste, jeder Atem, jeder Blick. Alles zuckte in mich hinein und tat mir weh. Ich mußte mich bemeistern, um nicht etwas Sinnloses zu tun, denn ich fühlte es an meinem Pulse: alle meine Sinne hatten Fieber. Jeden einzelnen dieser Menschen mußte ich ansehen, und gegen jeden fühlte ich Haß, als ich sie so friedlich dasitzen sah, gefräßig und gemächlich, indessen ich glühte.

Irgendein Neid überkam mich, daß sie so satt und sicher in sich ruhten, anteillos an der Qual einer Welt, fühllos für die stille Raserei, die in der Brust der verdurstenden Erde sich regte. Alle griff ich an mit dem Blick, ob nicht einer wäre, der sie mitfühlte, aber alle schienen stumpf und unbesorgt. Nur Ruhende und Atmende, Gemächliche waren hier, Wache, Fühllose, Gesunde, und ich der einzige Kranke, der Einzige im Fieber der Welt. Der Kellner brachte mir das Essen. Ich versuchte einen Bissen, vermochte aber nicht, ihn hinabzuwürgen. Alles widerstrebte mir, was Berührung war. Zu voll war ich von der Schwüle, dem Dunst, dem Brodem der leidenden, kranken, zerquälten Natur.

Neben mir rückte ein Sessel. Ich fuhr auf. Jeder Laut streifte jetzt an mich wie heißes Eisen. Ich sah hin. Fremde Menschen saßen dort, neue Nachbarn, die ich noch nicht kannte. Ein älterer Herr und seine Frau, bürgerliche ruhige Leute mit runden gelassenen Augen und kauenden Wangen. Aber ihnen gegenüber, halb mit dem Rücken zu mir, ein junges Mädchen, ihre Tochter offenbar. Nur den Nacken sah ich, weiß und schmal und darüber wie einen Stahlhelm schwarz und fast blau das volle Haar. Sie saß reglos da, und an ihrer Starre erkannte ich sie als dieselbe, die früher auf der Terrasse lechzend und aufgetan vor dem Regen gestanden wie eine weiße, durstende Blume. Ihre kleinen, kränklich schmalen Finger spielten unruhig mit dem Besteck, aber doch, ohne daß es klirrte; und diese Stille um sie tat mir wohl.

Auch sie rührte keinen Bissen an, nur einmal griff ihre Hand hastig und gierig nach dem Glas. Oh, sie fühlt es auch, das Fieber der Welt, spürte ich beglückt an diesem durstigen Griff, und eine freundliche Teilnahme legte meinen Blick weich auf ihren Nacken. Einen Menschen, einen einzigen empfand ich jetzt, der nicht ganz abgeschieden war von der Natur, der auch mitglühte im Brande einer Welt, und ich wollte, daß sie wisse von unserer Bruderschaft. Ich hätte ihr zuschreien mögen: „Fühle mich doch! Fühle mich doch! Auch ich bin wach wie du, auch ich leide! Fühle mich! Fühle mich!“ Mit der glühenden Magnetik des Wunsches umfing ich sie. Ich starrte in ihren Rücken, umschmeichelte von ferne ihr Haar, bohrte mich ein mit dem Blick, ich rief sie mit den Lippen, ich preßte sie an, ich starrte und starrte, warf mein ganzes Fieber aus, damit sie es schwesterlich fühle. Aber sie wendete sich nicht um. Starr blieb sie, eine Statue, sitzen, kühl und fremd. Niemand half mir. Auch sie fühlte mich nicht. Auch in ihr war nicht die Welt. Ich brannte allein. Oh, diese Schwüle außen und innen, ich konnte sie nicht mehr ertragen. Der Dunst der warmen Speisen, fett und süßlich, quälte mich, jedes Geräusch bohrte sich den Nerven ein. Ich spürte mein Blut wallen und wußte mich einer purpurnen Ohnmacht nahe. Alles lechzte in mir nach Kühle und Ferne, und dieses Nahsein, das dumpfe, der Menschen erdrückte mich. Neben mir war ein Fenster. Ich stieß es auf, weit auf. Und wunderbar: dort war es ganz geheimnisvoll wieder, dieses unruhige Flackern in meinem Blute, nur aufgelöst in das Unbegrenzte eines nächtigen Himmels. Weißgelb flimmerte oben der Mond wie ein entzündetes Auge in einem roten Ring von Dunst, und über die Felder schlich geisterhaft ein blasser Brodem hin. Fieberhaft zirpten die Grillen, mit metallenen Saiten, die schrillten und gellten, schien die Luft durchspannt. Dazwischen quäkte manchmal leise und sinnlos ein Unkenruf, Hunde schlugen an, heulend und laut; irgendwo in der Ferne brüllten die Tiere, und ich entsann mich, daß das Fieber in solchen Nächten den Kühen die Milch vergifte. Krank war die Natur, auch dort diese stille Raserei der Erbitterung, und ich starrte aus dem Fenster wie in einen Spiegel des Gefühls. Mein ganzes Sein bog sich hinaus, meine Schwüle und die der Landschaft flossen ineinander in eine stumme, feuchte Umarmung.

Wieder rückten neben mir die Sessel, und wieder schrak ich zusammen. Das Diner war zu Ende, die Leute standen lärmend auf: auch meine Nachbarn erhoben sich und gingen an mir vorbei. Der Vater zuerst, gemächlich und satt, mit freundlichem, lächelndem Blick, dann die Mutter und zuletzt die Tochter. Jetzt erst sah ich ihr Gesicht. Es war gelblich bleich, von derselben matten, kranken Farbe wie draußen der Mond, die Lippen waren noch immer, wie früher, halb geöffnet. Sie ging lautlos und doch nicht leicht. Irgend etwas Schlaffes und Mattes war an ihr, das mich seltsam gemahnte an das eigene Gefühl.

Ich spürte sie näher kommen und war gereizt. Etwas in mir wünschte eine- Vertraulichkeit mit ihr, sie möchte mich anstreifen mit ihrem weißen Kleide, oder daß ich den Duft ihres Haares spüren könnte im Vorübergehen. In diesem Augenblick sah sie mich an. Starr und schwarz stieß ihr Blick in mich hinein und blieb in mir festgehakt, tief und saugend, daß ich nur ihn spürte, ihr helles Gesicht darüber entschwand und ich einzig dieses düsternde Dunkel vor mir fühlte, in das ich stürzte wie in einen Abgrund. Sie machte noch einen Schritt vor, aber der Blick ließ mich nicht los, blieb in mich gebohrt wie eine schwarze Lanze, und ich spürte sein Eindringen tiefer und tiefer. Nun rührte seine Spitze bis an mein Herz, und es stand still. Ein, zwei Augenblicke hielt sie so den Blick an und ich den Atem, Sekunden, während derer ich mich machtlos weggerissen fühlte von dem schwarzen Magneten dieser Pupille. Dann war sie an mir vorbei. Und sofort fühlte ich mein Blut vorstürzen wie aus einer Wunde und erregt durch den ganzen Körper gehen.

Was – was war das? Wie aus einem Tode wachte ich auf. War das mein Fieber, das mich so wirr machte, daß ich im flüchtigen Blick einer Vorübergehenden gleich ganz mich verlor? Aber mir war gewesen, als hätte ich in diesem Anschauen die gleiche stille Raserei gespürt, die schmachtende, sinnlose, verdurstende Gier, die sich mir jetzt in allem auftat, im Blick des roten Mondes, in den lechzenden Lippen der Erde, in der schreienden Qual der Tiere, dieselbe, die in mir funkelte und bebte. Oh, wie wirr alles durcheinander ging in dieser phantastischen schwülen Nacht, wie alles zergangen war in dies eine Gefühl von Erwartung und Ungeduld! War es mein Wahnsinn, war es der der Welt? Ich war erregt und wollte Antwort wissen, und so ging ich ihr nach in die Halle. Sie hatte sich dort niedergesetzt neben ihre Eltern und lehnte still in einem Fauteuil. Unsichtbar war der gefährliche Blick unter den verhangenen Lidern. Sie las ein Buch, aber ich glaubte ihr nicht, daß sie lese. Ich war gewiß, daß, wenn sie fühlte wie ich, wenn sie litt mit der sinnlosen Qual der verschwülten Welt, daß sie nicht rasten könnte im stillen Betrachten, daß dies ein Verstecken war, ein Verbergen vor fremder Neugier. Ich setzte mich gegenüber und starrte sie an, ich wartete fiebernd auf den Blick, der mich bezaubert hatte, ob er nicht wiederkommen wolle und mir sein Geheimnis lösen. Aber sie rührte sich nicht. Die Hand schlug gleichgültig Blatt um Blatt im Buche, der Blick blieb verhangen. Und ich wartete gegenüber, wartete heißer und heißer, irgendeine rätselhafte Macht des Willens spannte sich, muskelhaft stark, ganz körperlich, diese Verstellung zu zerbrechen.

Zwischen all den Menschen, die dort gemächlich sprachen, rauchten und Karten spielten, hub nun ein stummes Ringen an. Ich spürte, daß sie sich weigerte, daß sie es sich versagte, aufzuschauen, aber je mehr sie widerstrebte, desto stärker wollte es mein Trotz, und ich war stark, denn in mir war die Erwartung der ganzen lechzenden Erde und die dürstende Glut der enttäuschten Welt. Und so wie an meine Poren noch immer die feuchte Schwüle der Nacht, so drängte sich mein Wille gegen den ihren, und ich wußte, sie müßte mir nun bald einen Blick hergeben, sie müßte es. Rückwärts im Saale begann jemand Klavier zu spielen. Die Töne perlten leise herüber, auf und ab in flüchtigen Skalen, drüben lachte jetzt eine Gesellschaft lärmend über irgendeinen albernen Scherz, ich hörte alles, fühlte alles, was geschah, ohne aber für eine Minute nachzulassen. Ich zählte jetzt laut vor mich hin die Sekunden, während ich an ihren Lidern zog und sog, während ich von ferne durch die Hypnose des Willens ihren störrisch niedergebeugten Kopf aufheben wollte. Minute auf Minute rollte vorüber – immer perlten die Töne von drüben dazwischen – und schon spürte ich, daß meine Kraft nachließ – da plötzlich hob sie mit einem Ruck sich auf und sah mich an, gerade hin auf mich. Wieder war es der gleiche Blick, der nicht endete, ein schwarzes, furchtbares, saugendes Nichts, ein Durst, der mich einsog, ohne Widerstand.

Ich starrte in diese Pupillen hinein wie in die schwarze Höhlung eines photographischen Apparates und spürte, daß er zuerst mein Gesicht nach innen zog in das fremde Blut hinein und ich wegstürzte von mir; der Boden schwand unter meinen Füßen, und ich empfand die ganze Süße des schwindelnden Sturzes. Hoch oben über mir hörte ich noch die klingenden Skalen auf und nieder rollen, aber schon wußte ich nicht mehr, wo mir dies geschah. Mein Blut war weggeströmt, mein Atem stockte. Schon spürte ich, wie es mich würgte, diese Minute oder Stunde oder Ewigkeit – da schlugen ihre Lider wieder zu. Ich tauchte auf wie ein Ertrinkender aus dem Wasser, frierend, geschüttelt von Fieber und Gefahr.

Ich sah um mich. Mir gegenüber saß unter den Menschen, still über ein Buch gebeugt, bloß mehr ein schlankes junges Mädchen, regungslos, bildhaft, nur leise unter dem dünnen Gewand wippte das Knie. Auch meine Hände zitterten. Ich wußte, daß jetzt dieses wollüstige Spiel von Erwartung und Widerstand wieder beginnen sollte, daß ich Minuten angespannt fordern mußte, um dann plötzlich wieder so in schwarze Flammen getaucht zu werden von einem Blick. Meine Schläfen waren feucht, in mir siedete das Blut. Ich konnte es nicht mehr ertragen. Ich stand auf, ohne mich umzuwenden, und ging hinaus.

Weit war die Nacht vor dem glänzenden Haus. Das Tal schien versunken, und der Himmel glänzte feucht und schwarz wie nasses Moos. Auch hier war keine Kühlung, noch immer nicht, überall auch hier das gleiche, gefährliche Sichgatten von Dürsten und Trunkenheit, das ich im Blute spürte. Etwas Ungesundes, Feuchtes, wie die Ausdünstung eines Fiebernden, lag über den Feldern, die milchweißen Dunst brauten, ferne Feuer zuckten und geisterten durch die schwere Luft, und um den Mond lag ein gelber Ring und machte seinen Blick bös. Ich fühlte mich müde wie nie. Ein geflochtener Stuhl, noch vom Tag her vergessen, stand da: ich warf mich hinein.

Die Glieder fielen von mir ab, regungslos streckte ich mich hin. Und da, nur nachgebend angeschmiegt an das weiche Rohr, empfand ich mit einemmal die Schwüle als wunderbar. Sie quälte nicht mehr, sie drängte sich nur an, zärtlich und wollüstig, und ich wehrte ihr nicht. Nur die Augen hielt ich geschlossen, um nichts zu sehen, um stärker die Natur zu fühlen, das Lebendige, das mich umfing. Wie einPolyp, ein weiches, glattes, saugendes Wesen umdrängte mich jetzt, berührte mich mit tausend Lippen die Nacht. Ich lag und fühlte mich nachgeben, hingeben an irgend etwas, das mich umfaßte, umschmiegte, umringte, das mein Blut trank, und zum erstenmal empfand ich in dieser schwülen Umfassung sinnlich wie eine Frau, die sich auflöst in der sanften Ekstase der Hingebung.

Ein süßes Grauen wars mir, mit einem Male widerstandslos zu sein und ganz meinen Leib nur der Welt hinzugeben, wunderbar war es, wie dies Unsichtbare meine Haut zärtlich anrührte und allmählich unter sie drang, mir die Gelenke lockerer löste, und ich wehrte mich nicht gegen dieses Laßwerden der Sinne. Ich ließ mich hingleiten in das neue Gefühl, und dunkel, traumhaft empfand ich nur, daß dies: die Nacht und jener Blick von früher, die Frau und die Landschaft, daß dies eins war, in dem es süß war, verloren zu sein. Manchmal war mir, als wäre diese Dunkelheit nur sie, und jene Wärme, die meine Glieder rührte, ihr eigener Leib, gelöst in Nacht wie der meine, und noch im Traume sie empfindend, schwand ich hin in dieser schwarzen, warmen Welle von wollüstiger Verlorenheit.

Irgend etwas schreckte mich auf. Mit allen Sinnen griff ich um mich, ohne mich zu finden. Und dann sah ichs, erkannte ichs, daß ich da gelehnt hatte mit geschlossenen Augen und in Schlaf gesunken war. Ich mußte geschlummert haben, eine Stunde oder Stunden vielleicht, denn das Licht in der Halle des Hotels war schon erloschen und alles längst zur Ruhe gegangen. Das Haar klebte mir feucht an den Schläfen, wie ein heißer Tau schien dieser traumhaft traumlose Schlummer über mich gesunken zu sein. Ganz wirr stand ich auf, mich ins Haus zurückzufinden. Dumpf war mir zumute, aber diese Wirrnis war auch um mich. Etwas grölte in der Ferne, und manchmal funkelte ein Wetterleuchten gefährlich über den Himmel hin. Die Luft schmeckte nach Feuer und Funken, es glänzten verräterische Blitze hinter den Bergen, und in mir phosphoreszierte Erinnerung und Vorgefühl. Ich wäre gern geblieben, mich zu besinnen, den geheimnisvollen Zustand genießend aufzulösen: aber die Stunde war spät, und ich ging hinein.

Die Halle war schon leer, die Sessel standen noch zufällig durcheinander gerückt im fahlen Schein eines einzelnen Lichtes. Gespenstisch war ihre unbelebte Leere, und unwillkürlich formte ich in den einen die zarte Gestalt des sonderbaren Wesens hinein, das mich mit seinen Blicken so verwirrt gemacht. Ihr Blick in der Tiefe meines Wesens war noch lebendig. Er rührte sich, und ich spürte, wie er mich aus dem Dunkel anglänzte, eine geheimnisvolle Ahnung witterte ihn noch irgendwo wach in diesen Wänden, und seine Verheißung irrlichterte mir im Blut. Und so schwül war es noch immer! Kaum daß ich die Augen schloß, fühlte ich purpurne Funken hinter den Lidern. Noch glänzte in mir der weiße, glühende Tag, noch fieberte in mir diese flirrende, feuchte, funkelnde, phantastische Nacht! Aber ich konnte hier im Flur nicht bleiben, es war alles dunkel und verlassen. So ging ich die Treppe hinauf und wollte doch nicht. Irgendein Widerstand war in mir, den ich nicht zu zähmen wußte. Ich war müde, und doch fühlte ich mich zu früh für den Schlaf. Irgendeine geheimnisvolle, hellsichtige Witterung verhieß mir noch Abenteuerliches, und meine Sinne streckten sich vor, Lebendiges, Warmes zu erspähen.

Wie mit feinen, gelenkigen Fühlern drang es aus mir in den Treppengang, rührte an alle Gemächer, und wie früher hinaus in die Natur, so warf ich jetzt mein ganzes Fühlen in das Haus, und ich spürte den Schlaf, das gemächliche Atemgehen vieler Menschen darin, das schwere, traumlose Wogen ihres dicken schwarzen Blutes, ihre einfältige Ruhe und Stille, aber doch auch das magnetische Ziehen irgendeiner Kraft. Ich ahnte irgend etwas, das wach war wie ich. War es jener Blick, war es die Landschaft, die diesen seinen purpurnen Wahnsinn in mich getan? Ich glaubte irgend etwas Weiches durch Wall und Wand zu spüren, eine kleine Flamme von Unruhe in mir zitterte und lockte im Blut und brannte nicht aus.

Widerwillig ging ich die Treppe hinauf und blieb doch immer stehen auf jeder Stufe und horchte aus mir heraus; nicht mit dem Ohr nur, sondern mit allen Sinnen. Nichts wäre mir wunderlich gewesen, alles in mir lauerte noch auf ein Unerhörtes, Seltsames, denn ich wußte, die Nacht konnte nicht enden ohne ein Wunderbares, diese Schwüle nicht enden ohne den Blitz. Noch einmal war ich, wie ich da horchend auf dem Treppengeländer stand, die ganze Welt draußen, die sich reckte in ihrer Ohnmacht und nach dem Gewitter schrie. Aber nichts rührte sich. Nur leiser Atem zog durch das windstille Haus.

Müde und enttäuscht ging ich die letzten Stufen hinauf, und mir graute vor meinem einsamen Zimmer wie vor einem Sarg.

Die Klinke schimmerte unsicher aus dem Dunkel, feucht und warm zu fassen. Ich öffnete die Tür. Rückwärts stand das Fenster offen und tat ein schwarzes Viereck von Nacht auf, gedrängte Tannenwipfel drüben vom Wald und dazwischen ein Stück des verwölkten Himmels. Dunkel war alles außen und innen, die Welt und das Zimmer, nur – seltsam und unerklärlich – am Fensterrahmen glänzte etwas Schmales, Aufrechtes wie ein verlorener Streifen Mondschein. Ich trat verwundert näher, zu sehen, was da so hell schimmerte in mondverhangener Nacht.

Ich trat näher, und da regte sichs. Ich erstaunte: aber doch, ich erschrak nicht, denn etwas war in dieser Nacht in mir wunderlich dem Phantastischesten bereit, alles schon vorher gedacht und traumbewußt. Keine Begegnung wäre mir sonderbar gewesen und diese am wenigsten, denn wirklich: sie war es, die dort stand, sie, an die ich unbewußt gedacht, bei jeder Stufe, bei jedem Schritt in dem schlafenden Haus, und deren Wachheit meine aufgefunkelten Sinne durch Diele und Tür gespürt. Nur als einen Schimmer sah ich ihr Gesicht, und wie ein Dunst lag um sie das weiße Nachtgewand. Sie lehnte am Fenster, und wie sie dastand, ihr Wesen hinausgewandt in die Landschaft, von dem schimmernden Spiegel der Tiefe geheimnisvoll angezogen in ihr Schicksal, schien sie märchenhaft, Ophelia über dem Teiche.

Ich trat näher, scheu und erregt zugleich. Das Geräusch mußte sie erreicht haben, sie wendete sich um. Ihr Gesicht war im Schatten. Ich wußte nicht, ob sie mich wirklich erblickte, ob sie mich hörte, denn nichts Jähes war in ihrer Bewegung, kein Erschrecken, kein Widerstand. Alles war ganz still um uns. An der Wand tickte eine kleine Uhr. Ganz still blieb es, und dann sagte sie plötzlich leise und unvermutet: „Ich fürchte mich so."

Zu wem sprach sie? Hatte sie mich erkannt? Meinte sie mich? Redete sie aus dem Schlaf? Es war die gleiche Stimme, der gleiche zitternde Ton, der heute nachmittag draußen vor den nahen Wolken geschauert, da mich ihr Blick noch gar nicht bemerkt. Seltsam war dies, und doch war ich nicht verwundert, nicht verwirrt. Ich trat auf sie zu, sie zu beruhigen und faßte ihre Hand. Wie Zunder fühlte sie sich an, heiß und trocken, und der Griff der Finger zerbröckelte weich in meiner Umfassung. Lautlos ließ sie mir die Hand. Alles an ihr war schlaff, wehrlos, abgestorben. Und nur von den Lippen flüsterte es nochmals wie aus einer Ferne: „Ich fürchte mich so! Ich fürchte mich so." Und dann in einem Seufzer hinsterbend wie aus einem Ersticken: „Ach, wie schwül es ist!" Das klang von ferne und war doch leise geflüstert wie ein Geheimnis zwischen uns beiden. Aber ich fühlte dennoch: sie sprach nicht zu mir.

Ich faßte ihren Arm. Sie zitterte nur leise wie die Bäume nachmittags vor dem Gewitter, aber sie wehrte sich nicht. Ich faßte sie fester: sie gab nach. Schwach, ohne Widerstand, eine warme, stürzende Welle fielen ihre Schultern gegen mich. Nun hatte ich sie ganz nahe an mir, daß ich die Schwüle ihrer Haut atmen konnte und den feuchten Duft ihres Haares. Ich bewegte mich nicht, und sie blieb stumm. Seltsam war all dies, und meine Neugier begann zu funkeln. Allmählich wuchs meine Ungeduld. Ich rührte mit meinen Lippen an ihr Haar – sie wehrte ihnen nicht. Dann nahm ich ihre Lippen. Sie waren trocken und heiß, und als ich sie küßte, taten sie sich plötzlich auf, um von den meinen zu trinken, aber nicht dürstend und leidenschaftlich, sondern mit dem stillen, schlaffen, begehrlichen Saugen eines Kindes.

Eine Verschmachtende, so fühlte ich sie, und so wie ihre Lippen sog sich ihr schlanker, durch das dünne Gewand warm wogender Körper mir ganz so an, wie früher draußen die Nacht, ohne Kraft, aber voll einer stillen, trunkenen Gier. Und da, wie ich sie hielt – meine Sinne funkelten noch grell durcheinander – spürte ich die warme feuchte Erde an mir, wie sie heute dalag, dürstend nach dem Schauer der Entspannung, die heiße, machtlose, glühende Landschaft. Ich küßte und küßte sie und empfand, als genieße ich die große, schwüle, harrende Welt in ihr, als wäre diese Wärme, die von ihren Wangen glühte, der Brodem der Felder, als atmete von ihren weichen, warmen Brüsten das schauernde Land.

Doch da, wie meine wandernden Lippen zu ihren Lidern emporwollten, zu den Augen, deren schwarze Flammen ich so schauernd gefühlt, da ich mich hob, ihr Gesicht zu schauen und im Anschauen stärker zu genießen, sah ich überrascht, daß ihre Lider fest geschlossen waren. Eine griechische Maske aus Stein, augenlos, ohnmächtig, lag sie da, Ophelia nun, die tote, auf den Wassern treibend, bleich das fühllose Antlitz gehoben aus der dunklen Flut. Ich erschrak. Zum erstenmal fühlte ich Wirklichkeit in dem phantastischen Begeben. Schaudernd überfiel mich die Erkenntnis, daß ich da eine Unbewußte nahm, eine Trunkene, eine Kranke, eine Schlafwandlerin ihrer Sinne in den Armen hielt, die mir nur die Schwüle der Nacht hergetrieben wie ein roter, gefährlicher Mond, ein Wesen, das nicht wußte, was es tat, das mich vielleicht nicht wollte. Ich erschrak, und sie ward mir im Arme schwer. Leise wollte ich die Willenlose hingleiten lassen auf den Sessel, auf das Bett, um nicht aus einem Taumel Lust zu stehlen, nicht etwas zu nehmen, was sie vielleicht selbst nicht wollte, sondern nur jener Dämon in ihr, der Herr ihres Blutes war.

Aber kaum fühlte sie, daß ich nachließ, begann sie leise zu stöhnen: „Laß mich nicht! Laß mich nicht!" flehte sie, und heißer sogen ihre Lippen, drängte ihr Körper sich an. Schmerzhaft war ihr Gesicht mit den verschlossenen Augen gespannt, und schauernd spürte ich, daß sie wach werden wollte und nicht konnte, daß ihre trunkenen Sinne aus dem Gefängnis dieser Umnachtung schrieen und wissend werden wollten. Aber gerade dies, daß unter dieser bleiernen Maske von Schlaf etwas rang, das aus seiner Bezauberung wollte, war gefährliche Lockung für mich, sie zu erwecken. Meine Nerven brannten vor Ungeduld, sie wach, sie sprechend, sie als wirkliches Wesen zu sehen, nicht bloß als Traumwandlerin, und um jeden Preis wollte ich aus ihrem dumpf genießenden Körper diese Wachheit zwingen.

Ich riß sie an mich, ich schüttelte sie, ich klemmte die Zähne in ihre Lippen und meine Finger in ihre Arme, damit sie endlich die Augen aufschlüge und nun besonnen täte, was hier nur dumpf ein Trieb in ihr genoß. Aber sie bog sich nur und stöhnte unter der schmerzhaften Umklammerung. „Mehr! Mehr!" stammelte sie mit einer Inbrunst, mit einer sinnlosen Inbrunst, die mich erregte und selbst sinnlos machte. Ich spürte, daß das Wache bereits nahe in ihr war, daß es aufbrechen wollte unter den geschlossenen Lidern, denn sie zuckten schon unruhig. Näher faßte ich sie, tiefer grub ich mich in sie ein, und plötzlich fühlte ich, wie eine Träne die Wange hinabrollte, die ich salzig trank.

Furchtbar wogte es, je mehr ich sie preßte, in ihrer Brust, sie stöhnte, ihre Glieder krampften sich, als wollten sie etwas Ungeheures sprengen, einen Reif, der sie mit Schlaf umschloß, und plötzlich – wie ein Blitz war es durch die gewitternde Welt – brach es in ihr entzwei. Mit einemmal ward sie wieder schweres, lastendes Gewicht in meinen Armen, ihre Lippen ließen mich, die Hände sanken, und wie ich sie zurücklehnte auf das Bett, blieb sie liegen gleich einer Toten. Ich erschrak. Unwillkürlich fühlte ich sie an und tastete ihre Arme und ihre Wangen. Sie waren ganz kalt, erfroren, steinern. Nur an den Schläfen oben tickte leise in zitternden Schlägen das Blut. Marmor, eine Statue, lag sie da, feucht die Wangen von Tränen, den Atem leise spielend um die gespannten Nüstern. Manchmal überrann sie noch leise ein Zucken, eine verebbende Welle des erregten Blutes, doch die Brust wogte immer leiser und leiser. Immer mehr schien sie Bild zu werden. Immer menschlicher und kindlicher, immer heller, entspannter wurden ihre Züge. Der Krampf war entflogen. Sie schlummerte. Sie schlief.

Ich blieb sitzen am Bettrand, zitternd über sie gebeugt. Ein friedliches Kind lag sie da, die Augen geschlossen und den Mund leise lächelnd, belebt von innerem Traum. Ganz nahe beugte ich mich herab, daß ich jede Linie ihres Antlitzes einzeln sah und den Hauch ihres Atems an der Wange fühlte, und von je näher ich auf sie blickte, desto ferner ward sie mir und geheimnisvoller. Denn wo war sie jetzt mit ihren Sinnen, die da steinern lag, hergetrieben von der heißen Strömung einer schwülen Nacht, zu mir, dem Fremden, und nun wie tot gespült an den Strand? Wer war es, die hier an meinen Händen lag, wo kam sie her, wem gehörte sie zu? Ich wußte nichts von ihr und fühlte nur immer, daß nichts mich ihr verband. Ich blickte sie an, einsame Minuten, während nur die Uhr eilfertig von oben tickte, und suchte in ihrem sprachlosen Antlitz zu lesen, und doch ward nichts von ihr vertraut. Ich hatte Lust, sie aufzuwecken aus diesem fremden Schlaf hier in meiner Nähe, in meinem Zimmer, hart an meinem Leben, und hatte doch gleichzeitig Furcht vor dem Erwachen, vor dem ersten Blick ihrer wachen Sinne. So saß ich da, stumm, eine Stunde vielleicht oder zwei über den Schlaf dieses fremden Wesens gebeugt, und allmählich ward mirs, als sei es keine Frau mehr, kein Mensch, der hier abenteuerlich sich mir genaht, sondern die Nacht selbst, das Geheimnis der lechzenden, gequälten Natur, das sich mir aufgetan. Mir war, als läge hier unter meinen Händen die ganze heiße Welt mit ihren entschwülten Sinnen, als hätte sich die Erde aufgebäumt in ihrer Qual und sie als Boten gesandt aus dieser seltsamen, phantastischen Nacht.

Etwas klirrte hinter mir. Ich fuhr auf wie ein Verbrecher. Nochmals klirrte das Fenster, als rüttelte eine riesige Faust daran. Ich sprang auf. Vor dem Fenster stand ein Fremdes: eine verwandelte Nacht, neu und gefährlich, schwarzfunkelnd und voll wilder Regsamkeit. Ein Sausen war dort, ein furchtbares Rauschen, und schon baute sichs auf zum schwarzen Turm des Himmels, schon warf sichs mir entgegen aus der Nacht, kalt, feucht und mit wildem Stoß: der Wind. Aus dem Dunkel sprang er, gewaltig und stark, seine Fäuste rissen an den Fenstern, hämmerten gegen das Haus. Wie ein furchtbarer Schlund war das Finstere aufgetan, Wolken fuhren heran und bauten schwarze Wände in rasender Eile empor, und etwas sauste gewalttätig zwischen Himmel und Welt. Weggerissen war die beharrliche Schwüle von dieser wilden Strömung, alles flutete, dehnte, regte sich, eine rasende Flucht war von einem Ende zum andern des Himmels, und die Bäume, die festgewurzelten in der Erde, stöhnten unter der unsichtbaren, sausenden, pfeifenden Peitsche des Sturmes. Und plötzlich riß dies weiß entzwei: ein Blitz, den Himmel spaltend bis zur Erde hinab. Und hinter ihm knatterte der Donner, als krachte das ganze Gewölk in die Tiefe. Hinter mir rührte sichs. Sie war aufgefahren. Der Blitz hatte den Schlaf von ihren Augen gerissen.

Verwirrt starrte sie um sich. „Was ists," sagte sie, „wo bin ich?" Und ganz anders war die Stimme als vordem. Angst bebte noch darin, aber der Ton klang jetzt klar, war scharf und rein wie die neugegorene Luft. Wieder riß ein Blitz den Rahmen der Landschaft auf: im Flug sah ich den erhellten Umriß der Tannen, geschüttelt vom Sturm, die Wolken, die wie rasende Tiere über den Himmel liefen, das Zimmer kalkweiß erhellt und weißer als alles ihr blasses Gesicht. Sie sprang empor. Ihre Bewegungen waren mit einemmal frei, wie ich sie nie an ihr gesehen. Sie starrte mich an in der Dunkelheit. Ich spürte ihren Blick schwärzer als die Nacht. „Wer sind Sie... Wo bin ich?" stammelte sie und raffte erschreckt das aufgesprengte Gewand über der Brust zusammen. Ich trat näher, sie zu beruhigen, aber sie wich aus. „Was wollen Sie von mir?" schrie sie mit voller Kraft, da ich ihr nahe kam. Ich wollte ein Wort suchen, um sie zu beruhigen, sie anzusprechen, aber da merkte ich erst, daß ich ihren Namen nicht kannte. Wieder warf ein Blitz Licht über das Zimmer. Wie mit Phosphor bestrichen, blendeten kalkweiß die Wände, weiß stand sie vor mir, die Arme im Schrecken gegen mich gestemmt, und in ihrem nun wachen Blick war grenzenloser Haß. Vergebens wollte ich im Dunkel, das mit dem Donner auf uns niederfiel, sie fassen, beruhigen, ihr etwas erklären, aber sie riß sich los, stieß die Türe auf, die ein neuer Blitz ihr wies, und stürzte hinaus. Und mit der Tür, die zufiel, krachte der Donner nieder, als seien alle Himmel auf die Erde gefallen.

Und dann rauschte es, Bäche stürzten von unendlicher Höhe wie Wasserfälle, und der Sturm schwenkte sie als nasse Taue prasselnd hin und her. Manchmal schnellte er Büschel eiskalten Wassers und süßer, gewürzter Luft zum Fensterrahmen herein, wo ich schauend stand, bis das Haar mir naß war und ich troff von den kalten Schauern. Aber ich war selig, das reine Element zu fühlen, mir war, als löste nun auch meine Schwüle sich in den Blitzen los, und ich hätte schreien mögen vor Lust. Alles vergaß ich in dem ekstatischen Gefühl, wieder atmen zu können und frisch zu sein, und ich sog diese Kühle in mich wie die Erde, wie das Land: ich fühlte den seligen Schauer des Durchrütteltseins wie die Bäume, die sich zischend schwangen unter der nassen Rute des Regens. Dämonisch schön war der wollüstige Kampf des Himmels mit der Erde, eine gigantische Brautnacht, deren Lust ich mitfühlend genoß.

Mit Blitzen griff der Himmel herab, mit Donner stürzte er auf die Erbebende nieder, und es war in diesem stöhnenden Dunkel ein rasendes Ineinandersinken von Höhe und Tiefe, wie von Geschlecht zu Geschlecht. Die Bäume stöhnten vor Wollust, und mit immer glühenderen Blitzen flocht sich die Ferne zusammen, man sah die heißen Adern des Himmels offen stehen, sie sprühten sich aus und mengten sich mit den nassen Rinnsalen der Wege.

Alles brach auseinander und stürzte zusammen, Nacht und Welt – ein wunderbarer neuer Atem, in den sich der Duft der Felder vermengte mit dem feurigen Odem des Himmels, drang kühl in mich ein. Drei Wochen zurückgehaltener Glut rasten sich in diesem Kampf aus, und auch in mir fühlte ich die Entspannung. Es war mir, als rauschte der Regen in meine Poren hinein, als durchsause reinigend der Wind meine Brust, und ich fühlte mich und mein Erleben nicht mehr einzeln und beseelt, ich war nur Welt, Orkan, Schauer, Wesen und Nacht im Überschwang der Natur. Und dann, als alles mählich stiller war, die Blitze bloß blau und ungefährlich den Horizont umschweiften, der Donner nur mehr väterlich mahnend grollte und das Rauschen des Regens rhythmisch ward im ermattenden Wind, da kam auch mich ein Leiserwerden und Müdigkeit an. Wie Musik fühlte ich meine schwingenden Nerven erklingen, und sanfte Gelöstheit sank in meine Glieder. Oh, schlafen jetzt mit der Natur und dann aufwachen mit ihr! Ich warf die Kleider ab und mich ins Bett. Noch waren weiche, fremde Formen darin. Ich spürte sie dumpf, das seltsame Abenteuer wollte sich noch einmal besinnen, aber ich verstand es nicht mehr. Der Regen draußen rauschte und rauschte und wusch mir meine Gedanken weg. Ich fühlte alles nur mehr als Traum. Immer wollte ich noch etwas zurückdenken von dem, was mir geschehen war, aber der Regen rauschte und rauschte, eine wunderbare Wiege war die sanfte, klingende Nacht, und ich sank in sie hinein, einschlummernd in ihrem Schlummer.

Am nächsten Morgen, als ich ans Fenster trat, sah ich eine verwandelte Welt. Klar, mit festen Umrissen, heiter lag das Land in sicherem, sonnigem Glanz, und hoch über ihm, ein leuchtender Spiegel dieser Stille, wölbte der Horizont sich blau und fern. Klar waren die Grenzen gezogen, unendlich fern stand der Himmel, der gestern sich tief hinab in die Felder gewühlt und sie fruchtbar gemacht. Jetzt aber war er fern, weltenweit und ohne Zusammenhang, nirgends rührte er sie mehr an, die duftende, atmende, gestillte Erde, sein Weib. Ein blauer Abgrund schimmerte kühl zwischen ihm und der Tiefe, wunschlos blickten sie einander an und fremd, der Himmel und die Landschaft.

Ich ging hinab in den Saal. Die Menschen waren schon beisammen. Anders war auch ihr Wesen als in diesen entsetzlichen Wochen der Schwüle. Alles regte und bewegte sich. Ihr Lachen klang hell, ihre Stimmen melodisch, metallen, die Dumpfheit war entflogen, die sie behinderte, das schwüle Band gesunken, das sie umflocht. Ich setzte mich zwischen sie, ganz ohne Feindlichkeit, und irgendeine Neugier suchte nun auch die Andere, deren Bild mir der Schlaf fast entwunden. Und wirklich, zwischen Vater und Mutter am Nebentisch saß sie dort, die ich suchte. Sie war heiter, ihre Schultern leicht, und ich hörte sie lachen, klingend und unbesorgt. Neugierig umfaßte ich sie mit dem Blick. Sie bemerkte mich nicht. Sie erzählte irgend etwas, das sie froh machte, und zwischen die Worte perlte ein kindliches Lachen hinein. Endlich sah sie gelegentlich auch zu mir hinüber, und bei dem flüchtigen Anstreifen stockte unwillkürlich ihr Lachen. Sie sah mich schärfer an. Etwas schien sie zu befremden, die Brauen schoben sich hoch, streng und gespannt umfragte mich ihr Auge, und allmählich bekam ihr Gesicht einen angestrengten, gequälten Zug, als ob sie sich durchaus auf etwas besinnen wollte und es nicht vermöchte. Ich blieb erwartungsvoll mit ihr Blick in Blick, ob nicht ein Zeichen der Erregung oder der Beschämung mich grüßen würde, aber schon sah sie wieder weg. Nach einer Minute kam ihr Blick noch einmal, um sich zu vergewissern, zurück. Noch einmal prüfte er mein Gesicht. Eine Sekunde nur, eine lange gespannte Sekunde, fühlte ich seine harte, stechende, metallene Sonde tief in mich dringen, doch dann ließ ihr Auge mich beruhigt los, und an der unbefangenen Helle ihres Blickes, der leichten, fast frohen Wendung ihres Kopfes spürte ich, daß sie wach nichts mehr von mir wußte, daß unsere Gemeinschaft versunken war mit der magischen Dunkelheit. Fremd und weit waren wir wieder einander wie Himmel und Erde. Sie sprach zu ihren Eltern, wiegte unbesorgt die schlanken, jungfräulichen Schultern, und heiter glänzten im Lächeln die Zähne unter den schmalen Lippen, von denen ich doch noch vor Stunden den Durst und die Schwüle einer ganzen Welt getrunken.

Phantastische Nacht

Die nachfolgenden Aufzeichnungen fanden sich als versiegeltes Paket im Schreibtisch des Barons Friedrich Michael von R…, nachdem er im Herbst 1914 als österreichischer Reserveoberleutnant bei einem Dragonerregiment in der Schlacht bei Rawaruska gefallen war. Da die Familie nach der Titelüberschrift und bloß flüchtigem Einblick in diesen Blättern nur eine literarische Arbeit ihres Verwandten vermutete, übergaben sie mir die Aufzeichnungen zur Prüfung und stellten mir ihre Veröffentlichung anheim. Ich persönlich halte diese Blätter nun durchaus nicht für eine erfundene Erzählung, sondern für ein wirkliches, in allen Einzelheiten tatsächliches Erlebnis des Gefallenen und veröffentliche unter Unterdrückung des Namens seine seelische Selbstenthüllung ohne jede Änderung und Beifügung.

****

Heute morgens überkam mich plötzlich der Gedanke, ich sollte das Erlebnis jener phantastischen Nacht für mich niederschreiben, um die ganze Begebenheit in ihrer natürlichen Reihenfolge einmal geordnet zu überblicken. Und seit dieser jähen Sekunde fühle ich einen unerklärlichen Zwang, mir im geschriebenen Wort jenes Abenteuer darzustellen, obzwar ich bezweifle, auch nur annähernd die Sonderbarkeit der Vorgänge schildern zu können. Mir fehlt jede sogenannte künstlerische Begabung, ich habe keinerlei Übung in literarischen Dingen, und abgesehen von einigen mehr scherzhaften Produkten im Theresianum habe ich mich nie im Schriftstellerischen versucht.

Ich weiß zum Beispiel nicht einmal, ob es eine besonders erlernbare Technik gibt, um die Aufeinanderfolge von äußern Dingen und ihre gleichzeitige innere Spiegelung zu ordnen, frage mich auch, ob ich es vermag, dem Sinn immer das rechte Wort, dem Wort den rechten Sinn zu geben und so jene Balance zu gewinnen, die ich von je bei jedem rechten Erzähler im Lesen unbewußt spürte. Aber ich schreibe diese Zeilen ja nur für mich, und sie sind keineswegs bestimmt, etwas, was ich kaum mir selber zu erklären vermag, andern verständlich zu machen. Sie sind nur ein Versuch, mit irgendeinem Geschehnis, das mich ununterbrochen beschäftigt und in schmerzhaft quellender Gärung bewegt, in einem gewissen Sinne endlich einmal fertig zu werden, es festzulegen, vor mich hinzustellen und von allen Seiten zu umfassen.

Ich habe von dieser Begebenheit keinem meiner Freunde erzählt, eben aus jenem Gefühl, ich könnte ihnen das Wesentliche daran nicht verständlich machen, und dann auch aus einer gewissen Scham, von einer so zufälligen Angelegenheit dermaßen erschüttert und umgewühlt worden zu sein. Denn das Ganze ist eigentlich nur ein kleines Erlebnis. Aber wie ich dies Wort jetzt hinschreibe, beginne ich schon zu bemerken, wie schwer es für einen Ungeübten wird, beim Schreiben die Worte in ihrem rechten Gewicht zu wählen, und welche Zweideutigkeit, welche Mißverständnismöglichkeit sich an das einfachste Vokabel knüpft. Denn wenn ich mein Erlebnis ein „kleines" nenne, so meine ich dies natürlich nur im relativen Sinn, im Gegensatz zu den gewaltigen dramatischen Geschehnissen, von denen ganze Völker und Schicksale mitgerissen werden, und meine es andererseits im zeitlichen Sinne, weil der ganze Vorgang keinen größeren Raum umspannt als knappe sechs Stunden. Für mich aber war dies – im allgemeinen Sinn also kleine, unbedeutsame und unwichtige – Erlebnis so ungeheuer viel, daß ich heute – vier Monate nach jener phantastischen Nacht – noch davon glühe und alle meine geistigen Kräfte anspannen muß, um es in meiner Brust zu bewahren. Täglich, stündlich wiederhole ich mir alle seine Einzelheiten, denn es ist gewissermaßen der Drehpunkt meiner ganzen Existenz geworden, alles, was ich tue und rede, ist unbewußt von ihm bestimmt, meine Gedanken beschäftigen sich einzig damit, sein plötzliches Geschehen immer und immer wieder zu wiederholen und durch dieses Wiederholen mir als Besitz zu bestätigen. Und jetzt weiß ich auch mit einemmal, was ich vor zehn Minuten, da ich die Feder ansetzte, bewußt noch nicht ahnte: daß ich mir dies Erlebnis nur deshalb jetzt hinschreibe, um es ganz sicher und gleichsam sachlich fixiert vor mir zu haben, es noch einmal nachzugenießen im Gefühl und gleichzeitig geistig zu erfassen. Es ist ganz falsch, ganz unwahr, wenn ich vorhin sagte, ich wollte damit fertig werden, indem ich es niederschreibe, im Gegenteil, ich will das zu rasch Gelebte nur noch lebendiger haben, es neben mich warm und atmend stellen, um es immer und immer umfangen zu können. Oh, ich habe keine Angst, auch nur eine Sekunde jenes schwülen Nachmittags, jener phantastischen Nacht zu vergessen, ich brauche kein Merkzeichen, keine Meilensteine, um in der Erinnerung den Weg jener Stunden Schritt für Schritt zurückzugehen: wie ein Traumwandler finde ich jederzeit mitten im Tage, mitten in der Nacht in seine Sphäre zurück, und jede Einzelheit sehe ich darin mit jener Hellsichtigkeit, die nur das Herz kennt und nicht das weiche Gedächtnis.

Ich könnte hier ebensogut auf das Papier die Umrisse jedes einzelnen Blattes in der frühlingshaft ergrünten Landschaft hinzeichnen, ich spüre jetzt im

Herbst noch ganz lind das weiche staubige Qualmen der Kastanienblüten; wenn ich also noch einmal diese Stunden beschreibe, so geschieht es nicht aus Furcht, sie zu verlieren, sondern aus Freude, sie wiederzufinden. Und wenn ich jetzt in der genauen Aufeinanderfolge mir die Wandlungen jener Nacht darstelle, so werde ich um der Ordnung willen an mich halten müssen, denn immer schwillt, kaum daß ich an die Einzelheiten denke, eine Ekstase aus meinem Gefühl empor, eine Art Trunkenheit faßt mich, und ich muß die Bilder der Erinnerung stauen, daß sie nicht, ein farbiger Rausch, ineinanderstürzen. Noch immer erlebe ich mit leidenschaftlicher Feurigkeit das Erlebte, jenen Tag, jenen 7. Juni 1913, da ich mir mittags einen Fiaker nahm...

Aber noch einmal, spüre ich, muß ich innehalten, denn schon wieder werde ich erschreckt der Zweischneidigkeit, der Vieldeutigkeit eines einzelnen Wortes gewahr. Jetzt, da ich zum ersten Male im Zusammenhange etwas erzählen soll, merke ich erst, wie schwer es ist, jenes Gleitende, das doch alles Lebendige bedeutet, in einer geballten Form zufassen. Eben habe ich „ich" hingeschrieben, habe gesagt, daß ich am 7. Juni 1913 mir mittags einen Fiaker nahm. Aber dies Wort wäre schon eine Undeutlichkeit, denn jenes „Ich" von damals, von jenem 7. Juni, bin ich längst nicht mehr, obwohl erst vier Monate seitdem vergangen sind, obwohl ich in der Wohnung dieses damaligen „Ich" wohne und an seinem Schreibtisch mit seiner Feder und seiner eigenen Hand schreibe. Von diesem damaligen Menschen bin ich, und gerade durch jenes Erlebnis ganz abgelöst, ich sehe ihn jetzt von außen, ganz fremd und kühl, und kann ihn schildern wie einen Spielgenossen, einen Kameraden, einen Freund, von dem ich vieles und Wesentliches weiß, der ich aber doch selbst durchaus nicht mehr bin. Ich könnte über ihn sprechen, ihn tadeln oder verurteilen, ohne überhaupt zu empfinden, daß er mir einst zugehört hat.

Der Mensch, der ich damals war, unterschied sich in Wenigem äußerlich und innerlich von den meisten seiner Gesellschaftsklasse, die man besonders bei uns in Wien die „gute Gesellschaft" ohne besonderen Stolz, sondern ganz als selbstverständlich zu bezeichnen pflegt. Ich ging in das sechsunddreißigste Jahr, meine Eltern waren früh gestorben und hatten mir knapp vor meiner Mündigkeit ein Vermögen hinterlassen, das sich als reichlich genug erwies, um von nun ab den Gedanken an Erwerb und Karriere gänzlich mir zu erübrigen. So wurde mir unvermutet eine Entscheidung abgenommen, die mich damals sehr beunruhigte. Ich hatte nämlich gerade meine Universitätsstudien vollendet und stand vor der Wahl meines zukünftigen Berufes, der wahrscheinlich dank unserer Familienbeziehungen und meiner schon früh vortretenden Neigung zu einer ruhig ansteigenden und kontemplativen Existenz auf den Staatsdienst gefallen wäre, als dies elterliche Vermögen an mich als einzigen Erben fiel und mir eine plötzliche arbeitslose Unabhängigkeit zusicherte, selbst im Rahmen weitgespannter und sogar luxuriöser Wünsche. Ehrgeiz hatte mich nie bedrängt, so beschloß ich, einmal dem Leben erst ein paar Jahre zuzusehen und zu warten, bis es mich schließlich verlocken würde, mir selbst einen Wirkungskreis zu finden.

Es blieb aber bei diesem Zuschauen und Warten, denn da ich nichts Sonderliches begehrte, erreichte ich alles im engen Kreis meiner Wünsche; die weiche und wollüstige Stadt Wien, die wie keine andere das Spazierengehen, das nichtstuerische Betrachten, das Elegantsein zu einer geradezu künstlerischen Vollendung, zu einem Lebenszweck heranbildet, ließ mich die Absicht einer wirklichen Betätigung ganz vergessen. Ich hatte alle Befriedigung eines eleganten, adeligen, vermögenden, hübschen und dazu noch ehrgeizlosen jungen Mannes, die ungefährlichen Spannungen des Spiels, der Jagd, die regelmäßigen Auffrischungen der Reisen und Ausflüge, und bald begann ich diese beschauliche Existenz immer mehr mit wissender Sorgfalt und künstlerischer Neigung auszubauen. Ich sammelte seltene Gläser, weniger aus einer inneren Leidenschaft als aus der Freude, innerhalb einer anstrengungslosen Betätigung Geschlossenheit und Kenntnis zu erreichen, ich schmückte meine Wohnung mit einer besonderen Art italienischer Barockstiche und mit Landschaftsbildern in der Art des Canaletto, die bei Trödlern zusammenzufinden oder bei Auktionen zu erstehen voll einer jagdmäßigen und doch nicht gefährlichen Spannung war, ich trieb mancherlei mit Neigung und immer mit Geschmack, fehlte selten bei guter Musik und in den Ateliers unserer Maler.

Bei Frauen mangelte es mir nicht an Erfolg, auch hier hatte ich mit dem geheimen sammlerischen Trieb, der irgendwie auf innere Unbeschäftigtkeit deutet, mir vielerlei erinnerungswerte und kostbare Stunden des Erlebens aufgehäuft, und hier allmählich vom bloßen Genießer mich zum wissenden Kenner steigernd. Im ganzen hatte ich viel erlebt, was mir angenehm den Tag füllte und meine Existenz mich als eine reiche empfinden ließ, und immer mehr begann ich diese laue, wohlige Atmosphäre einer gleichzeitig belebten und doch nie erschütterten Jugend zu lieben, fast ohne neue Wünsche schon, denn ganz geringe Dinge vermochten sich schon in der windstillen Luft meiner Tage zu einer Freude zu entfalten. Eine gutgewählte Krawatte konnte mich fast schon froh machen, ein schönes Buch, ein Automobilausflug oder eine Stunde mit einer Frau mich restlos beglücken. Ganz besonders wohl tat mir in dieser meiner Daseinsform, daß sie in keiner Weise, ganz wie ein tadellos korrekter englischer Anzug, in keiner Weise der Gesellschaft auffiel. Ich glaube, man empfand mich als eine angenehme Erscheinung, ich war beliebt und gerne gesehen, und die meisten, die mich kannten, nannten mich einen glücklichen Menschen.

Ich weiß jetzt nicht mehr zu sagen, ob jener Mensch von damals, den ich mir zu vergegenwärtigen bemühe, sich selbst so wie jene anderen als einen Glücklichen empfand; denn nun, wo ich aus jenem Erlebnis für jedes Gefühl einen viel volleren und erfüllteren Sinn fordere, scheint mir jede rückerinnernde Wertung fast unmöglich. Doch vermag ich mit Gewißheit zu sagen, daß ich mich zu jener Zeit keineswegs als unglücklich empfand, blieben doch fast nie meine Wünsche unerfüllt und meine Anforderungen an das Leben unerwidert. Aber gerade dies, daß ich mich daran gewöhnt hatte, alles Geforderte vom Schicksal zu empfangen und darüber hinaus nichts mehr ihm abzufordern, gerade dies zeitigte allmählich einen gewissen Mangel an Spannung, eine Unlebendigkeit im Leben selbst. Was sich damals unbewußt in manchen Augenblicken der Halberkenntnis in mir sehnsüchtig regte: es waren nicht eigentlich Wünsche, sondern nur der Wunsch nach Wünschen, das Verlangen, stärker, unbändiger, ehrgeiziger, unbefriedigter zu begehren, mehr zu leben und vielleicht auch zu leiden. Ich hatte aus meiner Existenz durch eine allzu vernünftige Technik alle Widerstände ausgeschaltet, und an diesem Fehlen der Widerstände erschlaffte meine Vitalität.

Ich merkte, daß ich immer weniger, immer schwächer begehrte, daß eine Art Erstarrung in mein Gefühl gekommen war, daß ich – vielleicht ist es am besten so ausgedrückt – an einer seelischen Impotenz, einer Unfähigkeit zur leidenschaftlichen Besitznahme des Lebens litt. An kleinen Zeichen erkannte ich dieses Manko zuerst. Es fiel mir auf, daß ich im Theater und in der Gesellschaft bei gewissen sensationellen Veranstaltungen öfter und öfter fehlte, daß ich Bücher bestellte, die mir gerühmt worden waren und sie dann unaufgeschnitten wochenlang auf dem Schreibtisch liegen ließ, daß ich zwar mechanisch weiter meine Liebhabereien sammelte, Gläser und Antiken kaufte, ohne sie aber dann einzuordnen undmich eines seltenen und langgesuchten Stückes bei unvermutetem Erwerb sonderlich zu freuen.

Wirklich bewußt aber wurde mir diese übergangshafte und leise Verminderung meiner seelischen Spannkraft erst bei einer bestimmten Gelegenheit, der ich mich noch deutlich entsinne. Ich war im Sommer – auch schon aus jener merkwürdigen Trägheit heraus, die von nichts Neuem sich lebhaft angelockt fühlte – in Wien geblieben, als ich plötzlich aus einem Kurorte den

Brief einer Frau erhielt, mit der mich seit drei Jahren eine intime Beziehung verband und von der ich sogar aufrichtig meinte, daß ich sie liebe. Sie schrieb mir in vierzehn aufgeregten Seiten, sie habe in diesen Wochen dort einen Mann kennengelernt, der ihr viel, ja alles geworden sei, sie werde ihn im Herbst heiraten, und zwischen uns müsse jene Beziehung zu Ende sein. Sie denke ohne Reue, ja mit Glück an die mit mir gemeinsam verlebte Zeit zurück, der Gedanke an mich begleite sie in ihre neue Ehe als das Liebste ihres vergangenen Lebens, und sie hoffe, ich werde ihr den plötzlichen Entschluß verzeihen. Nach dieser sachlichen Mitteilung überbot sich der aufgeregte Brief dann in wirklich ergreifenden Beschwörungen, ich möge ihr nicht zürnen und nicht zuviel an dieser plötzlichen Absage leiden, ich solle keinen Versuch machen, sie gewaltsam zurückzuhalten oder eine Torheit gegen mich begehen. Immer hitziger jagten die Zeilen hin: ich solle doch bei einer Besseren Trost finden, ich solle ihr sofort schreiben, denn sie sei in Angst, wie ich diese Mitteilung aufnehmen würde. Und als Nachsatz, mit Bleistift, war dann noch eilig hingeschrieben: „Tue nichts Unvernünftiges, verstehe mich, verzeihe mir!“ Ich las diesen Brief, zuerst überrascht von der Nachricht und dann, als ich ihn durchblättert, noch ein zweites Mal und nun mit einer gewissen Beschämung, die sich bewußt werdend rasch zu einem inneren Erschrecken steigerte. Denn nichts von allen den starken und doch natürlichen Empfindungen, die meine Geliebte als selbstverständlich voraussetzte, hatte sich auch nur andeutungshaft in mir geregt.

Ich hatte nicht gelitten bei ihrer Mitteilung, hatte ihr nicht gezürnt und schon gar nicht eine Sekunde an eine Gewalttätigkeit gegen sie oder gegen mich gedacht, und diese Kälte des Gefühls in mir war nun doch zu sonderbar, als daß sie mich nicht selbst erschreckt hätte. Da fiel eine Frau von mir ab, die Jahre meines Lebens begleitet hatte, deren warmer Leib sich elastisch dem meinen aufgetan, deren Atem in langen Nächten in meinen vergangen war, und nichts rührte sich in mir, wehrte sich dagegen, nichts suchte sie zurückzuerobern, nichts von all dem geschah in meinem Gefühl von dem, was der reine Instinkt dieser Frau als selbstverständlich bei einem wirklichen Menschen voraussetzen mußte. In diesem Augenblicke war mir zum ersten Male ganz bewußt, wie weit der Erstarrungsprozeß in mir fortgeschritten war – ich glitt eben durch wie auf fließendem, spiegelndem Wasser, ohne irgend verhaftet, verwurzelt zu sein, und ich wußte ganz genau, daß diese Kälte etwas Totes, Leichenhaftes war, noch nicht umwittert zwar vom faulen Hauch der Verwesung, aber doch schon rettungslose Starre, grausam-kalte Fühllosigkeit, die Minute also, die dem wahren, dem körperlichen Sterben, dem auch äußerlich sichtbaren Verfall vorangeht.

Seit jener Episode begann ich mich und diese merkwürdige Gefühlsstarre in mir aufmerksam zu beobachten wie ein Kranker seine Krankheit. Als kurz darauf ein Freund von mir starb und ich hinter seinem Sarge ging, horchte ich in mich hinein, ob sich nicht eine Trauer in mir rühre, irgendein Gefühl sich in dem Bewußtsein spanne, dieser mir seit Kindheitstagen nahe Mensch sei nun für immer verloren. Aber es regte sich nichts, ich kam mir selbst wie etwas Gläsernes vor, durch das die Dinge hindurchleuchteten, ohne jemals innen zu sein, und so sehr ich mich bei diesem Anlaß und manchen ähnlichen auch anstrengte, etwas zu fühlen, ja mich mit Verstandesgründen zu Gefühlen überreden wollte, es kam keine Antwort aus jener inneren Starre zurück. Menschen verließen mich, Frauen gingen und kamen, ich spürte es kaum anders wie einer, der im Zimmer sitzt, den Regen an den Scheiben, zwischen mir und dem Unmittelbaren war irgendeine gläserne Wand, die ich mit dem Willen zu zerstoßen nicht die Kraft hatte.

Obzwar ich dies nun klar empfand, so schuf mir diese Erkenntnis doch keine rechte Beunruhigung, denn ich sagte es ja schon, daß ich auch Dinge, die mich selbst betrafen, mit Gleichgültigkeit hinnahm. Auch zum Leiden hatte ich nicht mehr genug Gefühl. Es genügte mir, daß dieser seelische Defekt außen so wenig wahrnehmbar war, wie etwa die körperliche Impotenz eines Mannes nicht anders als in der intimen Sekunde offenbar wird, und ich setzte oft in Gesellschaft durch eine künstliche Leidenschaftlichkeit im Bewundern, durch spontane Übertreibungen von Ergriffenheit eine gewisse Ostentation daran, zu verbergen, wie sehr ich mich innerlich anteilslos und abgestorben wußte. Äußerlich lebte ich mein altes behagliches, hemmungsloses Leben weiter, ohne seine Richtung zu ändern; Wochen, Monate glitten leicht vorüber und füllten sich langsam dunkel zu Jahren. Eines Morgens sah ich im Spiegel einen grauen Streif an meiner Schläfe und spürte, daß meine Jugend langsam hinüber wollte in eine andere Welt. Aber was andere Jugend nannten, war in mir längst vorbei. So tat das Abschiednehmen nicht sonderlich weh, denn ich liebte auch meine eigene Jugend nicht genug. Auch zu mir selbst schwieg mein trotziges Gefühl.

Durch diese innere Unbewegtheit wurden meine Tage immer mehr gleichförmig trotz aller Verschiedenheit der Beschäftigungen und Begebenheiten, sie reihten sich unbetont einer an den anderen, wuchsen und gilbten hin wie die Blätter eines Baumes. Und ganz gewöhnlich, ohne jede Absonderlichkeit, ohne jedes innere Vorzeichen, begann auch jener einzige Tag, den ich mir wieder selbst schildern will. Ich war damals am 7. Juni 1913 später aufgestanden, aus dem noch von der Kindheit, von den Schuljahren her unbewußt nachklingenden Sonntagsgefühl, hatte mein Bad genommen, die Zeitung gelesen und in Büchern geblättert, war dann, verlockt von dem warmen sommerlichen Tag, der teilnehmend in mein Zimmer drang, spazierengegangen, hatte in gewohnter Weise den Grabenkorso überquert, zwischen Gruß und Gruß bekannter und befreundeter Menschen mit irgendeinem von ihnen ein flüchtiges Gespräch geführt und dann bei Freunden zu Mittag gespeist. Für den Nachmittag war ich jeder Vereinbarung ausgewichen, denn ich liebte es insbesondere, am Sonntag ein paar unaufgeteilte freie Stunden zu haben, die dann ganz dem Zufall meiner Laune, meiner Bequemlichkeit oder irgendeiner spontanen Entschließung gehörten.

Als ich dann, von meinen Freunden kommend, die Ringstraße querte, empfand ich wohltuend die Schönheit der besonnten Stadt und ward froh an ihrer frühsommerlichen Geschmücktheit. Die Menschen schienen alle heiter und irgendwie verliebt in die Sonntäglichkeit der bunten Straße, vieles einzelne fiel mir auf und vor allem, wie breitumbuscht mit ihrem neuen Grün die Bäume mitten aus dem Asphalt sich aufhoben. Obwohl ich doch fast täglich hier vorüberging, wurde ich dieses sonntäglichen Menschengewühls plötzlich wie eines Wunders gewahr, und unwillkürlich bekam ich Sehnsucht nach viel Grün, nach Helligkeit und Buntheit. Ich erinnerte mich mit ein wenig Neugier des Praters, wo jetzt zu Frühlingsende, zu Sommersanfang, die schweren Bäume wie riesige grüne Lakaien rechts und links der von Wagen durchflitzten Hauptallee stehen und reglos den vielen geputzten eleganten Menschen ihre weißen Blütenherzen hinhalten. Gewohnt, auch dem flüchtigsten meiner Wünsche sofort nachzugeben, rief ich den ersten Fiaker an, der mir in den Weg kam, und bedeutete ihm auf seine Frage den Prater als Ziel. „Zum Rennen, Herr Baron, nicht wahr?“ antwortete er mit devoter Selbstverständlichkeit. Da erinnerte ich mich erst, daß heute ein sehr fashionabler Renntag war, eine Derbyvorschau, wo die ganze gute Wiener Gesellschaft sich Rendezvous gab. Seltsam, dachte ich mir, während ich in den Wagen stieg, wie wäre es noch vor ein paar Jahren möglich gewesen, daß ich einen solchen Tag versäumt oder vergessen hätte! Wieder spürte ich, so wie ein Kranker bei einer Bewegung seine Wunde, an dieser Vergeßlichkeit die ganze Starre der Gleichgültigkeit, der ich verfallen war.

Die Hauptallee war schon ziemlich leer, als wir hinkamen, das Rennen mußte längst begonnen haben, denn die sonst so prunkvolle Auffahrt der Wagen fehlte, nur ein paar vereinzelte Fiaker hetzten mit knatternden Hufen wie hinter einem unsichtbaren Versäumnis her. Der Kutscher wandte sich am Bock und fragte, ob er scharf traben solle; aber ich hieß ihn, die Pferde ruhig gehen zu lassen, denn mir lag nichts an einem Zuspätkommen. Ich hatte zu viel Rennen gesehen und zu oft die Menschen bei ihnen, als daß mir ein Zurechtkommen noch wichtig gewesen wäre, und es entsprach besser meinem lässigen Gefühl, im weichen Schaukeln des Wagens die blaue Luft wie Meer vom Bord eines Schiffes lindrauschend zu fühlen und ruhiger die schönen, breitgebuschten Kastanienbäume anzusehen, die manchmal dem schmeichlerisch warmen Wind ein paar Blütenflocken zum Spiele hingaben, die er dann leicht aufhob und wirbelte, ehe er sie auf die Allee weiß hinflocken ließ. Es war wohlig, sich so wiegen zu lassen, Frühling zu ahnen mit geschlossenen Augen, ohne jede Anstrengung beschwingt und fortgetragen sich zu empfinden: eigentlich tat es mir leid, als in der Freudenau der Wagen vor der Einfahrt hielt. Am liebsten wäre ich noch umgekehrt, mich weiter wiegen zu lassen von dem weichen, frühsommerlichen Tag.

Aber es war schon zu spät, der Wagen hielt vor dem Rennplatz. Ein dumpfes Brausen schlug mir entgegen. Wie ein Meer scholl es dumpf und hohl hinter den aufgestuften Tribünen, ohne daß ich die bewegte Menge sah, von der dieses geballte Geräusch ausging, und unwillkürlich erinnerte ich mich an Ostende, wenn man von der niederen Stadt die kleinen Seitengassen zur Strandpromenade emporsteigt, schon den Wind salzig und scharf über sich sausen fühlt und ein dumpfes Dröhnen hört, ehe dann der Blick hingreift über die weite grauschäumige Fläche mit ihren donnernden Wellen. Ein Rennen mußte gerade in Gang sein, aber zwischen mir und dem Rasen, auf dem jetzt wohl die Pferde hinflitzten, stand ein farbiger dröhnender, wie von einem inneren Sturm hin und her geschüttelter Qualm, die Menge der Zuschauer und Spieler.

Ich konnte die Bahn nicht sehen, spürte aber im Reflex der gesteigerten Erregung jede sportliche Phase. Die Reiter mußten längst gestartet, der Knäuel sich geteilt haben und ein paar gemeinsam um die Führung streiten, denn schon lösten sich hier aus den Menschen, die geheimnisvoll die für mich unsichtbaren Bewegungen des Laufes mitlebten, Schreie los und aufgeregte Zurufe. An der Richtung ihrer Köpfe spürte ich die Biegung, an der die Reiter und Pferde jetzt auf dem länglichen Rasenoval angelangt sein mußten, denn immer einheitlicher, immer zusammengefaßter drängte sich, wie ein einziger aufgereckter Hals, das ganze Menschenchaos einem mir unsichtbaren Blickpunkt entgegen, und aus diesem einen ausgespannten Hals grölte und gurgelte mit tausenden zerriebenen Einzellauten eine immer höher gischtende Brandung. Und diese Brandung stieg und schwoll, schon füllte sie den ganzen Raum bis zum gleichgültig blauen Himmel. Ich sah in ein paar Gesichter hinein. Sie waren verzerrt wie von einem inneren Krampf, die Augen starr und funkelnd, die Lippen verbissen, das Kinn gierig vorgestoßen, die Nüstern pferdhaft gebläht. Spaßig und grauenhaft war mirs, nüchtern diese unbeherrschten Trunkenen zu betrachten. Neben mir stand auf einem Sessel ein Mann, elegant gekleidet, mit einem sonst wohl guten Gesicht, jetzt aber tobte er, von einem unsichtbaren Dämon beteufelt, er fuchtelte mit dem Stock in die leere Luft hinein, als peitschte er etwas vorwärts, sein ganzer Körper machte – unsagbar lächerlich für einen Zuschauer – die Bewegung des Raschreitens leidenschaftlich mit. Wie auf Steigbügeln wippte er mit den Fersen unablässig auf und nieder über dem Sessel, die rechte Hand jagte den Stock immer wieder als Gerte ins Leere, die linke knüllte krampfig einen weißen Zettel.

Und immer mehr dieser weißen Zettel flatterten herum, wie Schaumspritzer gischteten sie über dieser graudurchstürmten Flut, die lärmend schwoll. Jetzt mußten an der Kurve ein paar Pferde ganz knapp beieinander sein, denn mit einem Male ballte sich das Gedröhn in zwei, drei, vier einzelne Namen, die immer wieder einzelne Gruppen wie Schlachtrufe schrien und tobten, und diese Schreie schienen wie ein Ventil für ihre delirierende Besessenheit. Ich stand inmitten dieser dröhnenden Tobsucht kalt wie ein Felsen im donnernden Meer und weiß noch heute genau zu sagen, was ich in jener Minute empfand.

Das Lächerliche vorerst all dieser fratzenhaften Gebärden, eine ironische Verachtung für das Pöbelhafte des Ausbruches, aber doch noch etwas anderes, das ich mir ungern eingestand – irgendeinen leisen Neid nach solcher Erregung, solcher Brunst der Leidenschaft, nach dem Leben, das in diesem Fanatismus war. Was müßte, dachte ich, geschehen, um mich dermaßen zu erregen, mich dermaßen ins Fieber zu spannen, daß mein Körper so brennend, meine Stimme mir wider Willen aus dem Munde brechen würde? Keine Summe konnte ich mir denken, deren Besitz mich so anfeuern könnte, keine Frau, die mich dermaßen reizte, nichts, nichts gab es, was aus der Starre meines Gefühls mich zu solcher Feurigkeit entfachen könnte! Vor einer plötzlich gespannten Pistole würde mein Herz, eine Sekunde vor dem Erstarren, nicht so wild hämmern, wie das in den tausend, zehntausend Menschen rings um mich für eine Handvoll Geld.

Aber jetzt mußte ein Pferd dem Start ganz nahe sein, denn zu einem einzigen, immer schriller werdenden Schrei von tausenden Stimmen gellte jetzt wie eine hochgespannte Saite ein bestimmter Name empor aus dem Tumult, um dann schrill mit einem Male zu zerreißen. Die Musik begann zu spielen, plötzlich zerbrach die Menge. Eine Runde war zu Ende, ein Kampf entschieden, die Spannung löste sich in eine quirlende, nur noch schlaff nachschwingende Bewegtheit. Die Masse, eben noch ein brennendes Bündel Leidenschaft, fiel auseinander in viele einzelne laufende, lachende, sprechende Menschen, ruhige Gesichter tauchten wieder auf hinter der mänadischen Maske der Erregung; aus dem Chaos des Spiels, das für Sekunden diese Tausende in einen einzigen glühenden Klumpen geschmolzen hatte, schichteten sich wieder gesellschaftliche Gruppen, die zusammentraten, sich lösten, Menschen, die ich kannte und die mich grüßten, fremde, die sich gegenseitig kühl-höflich musterten und betrachteten. Die Frauen prüften sich gegenseitig in ihren neuen Toiletten, die Männer warfen begehrliche Blicke, jene mondäne Neugier, die der Teilnahmslosen eigentliche Beschäftigung ist, begann sich zu entfalten, man suchte, zählte, kontrollierte sich auf Anwesenheit und Eleganz. Schon wußten, kaum aus dem Taumel erwacht, all diese Menschen nicht mehr, ob dies promenierende Zwischenspiel oder das Spiel selbst der Zweck ihrer gesellschaftlichen Vereinigung war.

Ich ging mitten durch dies laue Gewühl, grüßte und dankte, atmete wohlig – war es doch die Atmosphäre meiner Existenz – den Duft von Parfüm und Eleganz, der dies kaleidoskopische Durcheinander umschwebte, und noch freudiger die leise Brise, die von drüben aus den Praterauen, aus dem sommerlich durchwärmten Walde manchmal ihre Welle zwischen die Menschen warf und den weißen Musselin der Frauen wie wollüstig-spielend betastete. Ein paar Bekannte wollten mich ansprechen, Diane, die schöne Schauspielerin, nickte einladend aus einer Loge herüber, aber ich ging keinem zu. Es interessierte mich nicht, mit einem dieser mondänen Menschen heute zu sprechen, es langweilte mich, in ihrem Spiegel mich selbst zu sehen, nur das Schauspiel wollte ich umfassen, die knisternd-sinnliche Erregung, die durch die aufgesteigerte Stunde ging (denn der anderen Erregtheit ist gerade dem Teilnahmslosen das angenehmste Schauspiel). Ein paar schöne Frauen gingen vorbei, ich sah ihnen frech, aber ohne innerliches Begehren auf die Brüste, die unter der dünnen Gaze bei jedem Schritt bebten und lächelte innerlich über ihre halb peinliche, halb wohlige Verlegenheit, wenn sie sich so sinnlich abgeschätzt und frech entkleidet fühlten.

In Wirklichkeit reizte mich keine, es machte mir nur ein gewisses Vergnügen, vor ihnen so zu tun, das Spiel mit dem Gedanken, mit ihren Gedanken machte mir Freude, die Lust, sie körperlich zu berühren, das magnetische Zucken im Auge zu fühlen; denn wie jedem innerlich kühlen Menschen war es mein eigentlichster erotischer Genuß, in anderen Wärme und Unruhe zu erregen, statt mich selbst zu erhitzen. Nur den Flaum von Wärme, den die Gegenwart von Frauen um die Sinnlichkeit legt, liebte ich zu fühlen, nicht eine wirkliche Erhitzung, Anregung bloß und nicht Erregung. So ging ich auch diesmal durch die Promenade, nahm Blicke, gab sie leicht wie Federball zurück, genoß ohne zu greifen, befühlte Frauen ohne zu fühlen, nur leicht angewärmt von der lauen Wollust des Spiels.

Aber auch das langweilte mich bald. Immer dieselben Menschen kamen vorüber, ich kannte ihre Gesichter schon auswendig und ihre Gesten. Ein Sessel stand in der Nähe. Ich setzte mich hin. Ringsum begann in den Gruppen eine neue wirblige Bewegung, unruhiger schüttelten und stießen sich die Vorübergehenden durcheinander; offenbar sollte ein neues Rennen wieder anheben. Ich kümmerte mich nicht darum, saß weich und irgendwie versunken unter dem Kringel meiner Zigarette, der sich weißgekräuselt gegen den Himmel hob, wo er heller und heller wie eine kleine Wolke im Frühlingsblau verging. In dieser Sekunde begann das Unerhörte, jenes einzige Erlebnis, das noch heute mein Leben bestimmt. Ich kann ganz genau den Augenblick feststellen, denn zufällig hatte ich gerade auf die Uhr gesehen: die Zeiger kreuzten sich, und ich sah ihnen mit jener unbeschäftigten Neugier zu, wie sie sich eine Sekunde lang überdeckten. Es war drei Minuten nach drei Uhr an jenem Nachmittag des 7. Juni 1913. Ich blickte also, die Zigarette in der Hand, auf das weiße Zifferblatt, ganz beschäftigt mit dieser kindischen und lächerlichen Betrachtung, als ich knapp hinter meinem Rücken eine Frau laut lachen hörte, mit jenem scharfen, erregten Lachen, wie ich es bei Frauen liebe, jenem Lachen, das ganz warm und aufgeschreckt aus dem heißen Gebüsch der Sinnlichkeit vorspringt. Unwillkürlich bog es mir den Kopf zurück, schon wollte ich die Frau anschauen, deren laute Sinnlichkeit so frech in meine sorglose Träumerei schlug wie ein funkelnder weißer Stein in einen dumpfen, schlammigen Teich – da bezwang ich mich. Eine merkwürdige Lust am geistigen Spiel, am kleinen ungefährlichen psychologischen Experiment, wie sie mich oft befiel, ließ mich innehalten. Ich wollte die Lachende noch nicht ansehen, es reizte mich, zuerst in einer Art Vorlust, meine Phantasie mit dieser Frau zu beschäftigen, mir sie vorzustellen, mir ein Gesicht, einen Mund, eine Kehle, einen Nacken, eine Brust, eine ganze lebendige atmende Frau um dieses Lachen zu legen.

Sie stand jetzt offenbar knapp hinter mir. Aus dem Lachen war wieder Gespräch geworden. Ich hörte gespannt zu. Sie sprach mit leichtem ungarischen Akzent, sehr rasch und beweglich, die Vokale breit ausschwingend wie im Gesang. Es machte mir nun Spaß, dieser Rede nun die Gestalt zuzudichten und dies Phantasiebild möglichst üppig auszugestalten. Ich gab ihr dunkle Haare, dunkle Augen, einen breiten, sinnlich gewölbten Mund mit ganz weißen starken Zähnen, eine ganz schmale kleine Nase, aber mit steil aufspringenden zitternden Nüstern.

Auf die linke Wange legte ich ihr ein Schönheitspflästerchen, in die Hand gab ich ihr einen Reitstock, mit dem sie sich beim Lachen leicht an den Schenkel schlug. Sie sprach weiter und weiter. Und jedes ihrer Worte fügte meiner blitzschnell gebildeten Phantasievorstellung ein neues Detail hinzu: eine schmale mädchenhafte Brust, ein dunkelgrünes Kleid mit einer schief gesteckten Brillantspange, einen hellen Hut mit einem weißen Reiher. Immer deutlicher ward das Bild, und schon spürte ich diese fremde Frau, die unsichtbar hinter meinem Rücken stand, wie auf einer belichteten Platte in meiner Pupille. Aber ich wollte mich nicht umwenden, dieses Spiel der Phantasie noch weiter steigern, irgendein leises Rieseln von Wollust mengte sich in die verwegene Träumerei, ich schloß beide Augen, gewiß, daß, wenn ich die Lider auftäte und mich ihr zuwendete, das innere Bild ganz mit dem äußeren sich decken würde.

In diesem Augenblick trat sie vor. Unwillkürlich tat ich die Augen auf – und ärgerte mich. Ich hatte vollkommen daneben geraten, alles war anders, ja in boshaftester Weise gegensätzlich zu meinem Phantasiebild. Sie trug kein grünes, sondern ein weißes Kleid, war nicht schlank, sondern üppig und breitgehüftet, nirgends aus der vollen Wange tupfte sich das erträumte Schönheitspflästerchen, die Haare leuchteten rötlichblond statt schwarz unter dem helmförmigen Hut. Keines meiner Merkmale stimmte zu ihrem Bilde, aber diese Frau war schön, herausfordernd schön, obwohl ich mich, gekränkt im törichten Ehrgeiz meiner psychologischen Eitelkeit, diese Schönheit anzuerkennen wehrte. Fast feindlich sah ich zu ihr empor, aber auch der Widerstand in mir spürte den starken sinnlichen Reiz, der von dieser Frau ausging, das Begehrliche, Animalische, das in ihrer festen und gleichzeitig weichen Fülle fordernd lockte.

Jetzt lachte sie wieder laut, ihre festen weißen Zähne wurden sichtbar, und ich mußte mir sagen, daß dieses heiße sinnliche Lachen zu dem Üppigen ihres Wesens wohl im Einklang stand, alles an ihr war so vehement und herausfordernd, der gewölbte Busen, das im Lachen vorgestoßene Kinn, der scharfe Blick, die geschwungene Nase, die Hand, die den Schirm fest gegen den Boden stemmt. Hier war das weibliche Element, Urkraft, bewußte, penetrante Lockung, ein fleischgewordenes Wollustfanal. Neben ihr stand ein eleganter, etwas fanierter Offizier und sprach eindringlich auf sie ein. Sie hörte ihm zu, lächelte, lachte, widersprach, aber all das nur nebenbei, denn gleichzeitig glitt ihr Blick, zitterten ihre Nüstern überall hin, gleichsam allen zu: sie sog Aufmerksamkeit, Lächeln, Anblick von jedem, der vorüberging und gleichsam von der ganzen Masse des Männlichen ringsum ein.

Ihr Blick war ununterbrochen wanderhaft, bald suchte er die Tribünen entlang, um dann plötzlich, freudigen Erkennens, einen Gruß zu erwidern, bald streifte er – während sie dem Offizier immer lächelnd und eitel zuhörte – nach rechts, bald nach links. Nur mich, der ich, von ihrem Begleiter gedeckt, unter ihrem Blickfeld lag, hatte er noch nicht angerührt. Das ärgerte mich. Ich stand auf – sie sah mich nicht. Ich drängte mich näher – nun blickte sie wieder zu den Tribünen hinauf. Da trat ich entschlossen zu ihr hin, lüftete den Hut gegen ihren Begleiter und bot ihr meinen Sessel an. Sie blickte mir erstaunt entgegen, ein lächelnder Glanz überflog ihre Augen, schmeichlerisch bog sie die Lippe zu einem Lächeln. Aber dann dankte sie nur kurz und nahm den Sessel, ohne sich zu setzen. Bloß den üppigen, bis zum Ellbogen entblößten Arm stützte sie weich an die Lehne und nützte die leichte Biegung ihres Körpers, um seine Formen sichtbarer zu zeigen.

Der Ärger über meine falsche Psychologie war längst vergessen, mich reizte nur das Spiel mit dieser Frau. Ich trat etwas zurück an die Wand der Tribüne, wo ich sie frei und doch unauffällig fixieren konnte, stemmte mich auf meinen Stock und suchte mit den Augen die ihren. Sie merkte es, drehte sich ein wenig meinem Beobachtungsplatze zu, aber doch so, daß diese Bewegung eine ganz zufällige schien, wehrte mir nicht, antwortete mir gelegentlich und doch unverpflichtend. Unablässig gingen ihre Augen im Kreise, alles rührten sie an, nichts hielten sie fest – war ich es allein, dem sie begegnend ein schwarzes Lächeln zustrahlten oder gab sie es an jeden? Das war nicht zu unterscheiden, und eben diese Ungewißheit irritierte mich. In den Intervallen, wo wie ein Blinkfeuer ihr Blick mich anstrahlte, schien er voll Verheißung, aber mit der gleichen stahlglänzenden Pupille parierte sie auch ohne jede Wahl jeden anderen Blick, der ihr zuflog, ganz nur aus koketter Freude am Spiel, vor allem aber, ohne dabei für eine Sekunde scheinbar interessiert das Gespräch ihres Begleiters zu verabsäumen. Etwas blendend Freches war in diesen leidenschaftlichen Paraden, eine Virtuosität der Koketterie oder ein ausbrechender Überschuß an Sinnlichkeit. Unwillkürlich trat ich einen Schritt näher: ihre kalte Frechheit war in mich übergegangen. Ich sah ihr nicht mehr in die Augen, sondern griff sie fachmännisch von oben bis unten ab, riß ihr mit dem Blick die Kleider auf und spürte sie nackt.

Sie folgte meinem Blick, ohne irgendwie beleidigt zu sein, lächelte mit den Mundwinkeln zu dem plaudernden Offizier, aber ich merkte, daß dies wissende Lächeln meine Absicht quittierte. Und wie ich jetzt auf ihren Fuß sah, der klein und zart unter dem weißen Kleide vorlugte, streifte sie mit dem Blick lässig nachprüfend ihr Kleid hinab. Dann, im nächsten Augenblick hob sie wie zufällig den Fuß und stellte ihn auf die erste Sprosse des dargebotenen Sessels, so daß ich durch das durchbrochene Kleid die Strümpfe bis zum Knieansatz sah, gleichzeitig schien aber ihr Lächeln zu dem Begleiter hin irgendwie ironisch oder maliziös zu werden. Offenbar spielte sie mit mir ebenso anteillos wie ich mit ihr, und ich mußte die raffinierte Technik ihrer Verwegenheit haßvoll bewundern; denn während sie mir mit falscher Heimlichkeit das Sinnliche ihres Körpers darbot, drückte sie sich gleichzeitig in das Flüstern ihres Begleiters geschmeichelt hinein, gab und nahm in einem und beides nur im Spiel. Eigentlich war ich erbittert, denn ich haßte gerade an anderen diese Art kalter und boshaft berechnender Sinnlichkeit, weil ich sie meiner eigenen wissenden Fühllosigkeit so blutschänderisch nahe verschwistert fühlte.

Aber doch, ich war erregt, vielleicht mehr im Haß wie in Begehrlichkeit. Frech trat ich näher und griff sie brutal an mit den Blicken. „Ich will dich, du schönes Tier", sagte ihr meine unverhohlene Geste, und unwillkürlich mußten meine Lippen sich bewegt haben, denn sie lächelte mit leiser Verächtlichkeit, den Kopf von mir wegwendend, und schlug die Robe über den entblößten Fuß. Aber im nächsten Augenblick wanderte die schwarze Pupille wieder funkelnd her und wieder hinüber. Es war ganz deutlich, daß sie ebenso kalt wie ich selbst und mir gewachsen war, daß wir beide kühl mit einer fremden Hitze spielten, die selber wieder nur gemaltes Feuer war, aber doch schön anzusehen und heiter zu spielen inmitten eines dumpfen Tags.

Plötzlich erlosch die Gespanntheit in ihrem Gesicht, der funkelnde Glanz glomm aus, eine kleine ärgerliche Falte krümmte sich um den eben noch lächelnden Mund. Ich folgte der Richtung ihres Blicks: ein kleiner, dicker Herr, den die Kleider faltig umplusterten, steuerte eilig auf sie zu, das Gesicht und die Stirn, die er nervös mit dem Taschentuch abtrocknete, von Erregung feucht. Der Hut, in der Eile schief auf den Kopf gedrückt, ließ seitlich eine tief heruntergezogene Glatze sehen (unwillkürlich empfand ich, es müßten, wenn er den Hut abnehme, dicke Schweißperlen auf ihr brüten, und der Mensch war mir widerlich). In der beringten Hand hielt er ein ganzes Bündel Ticketts. Er prustete förmlich vor Aufregung und sprach gleich, ohne seine Frau zu beachten, in lautem Ungarisch auf den Offizier ein. Ich erkannte sofort einen Fanatiker des Rennsportes, irgendeinen Pferdehändler besserer Kategorie, für den das Spiel die einzige Ekstase war, das erlauchte Surrogat des Sublimen.

Seine Frau mußte ihm offenbar jetzt etwas Ermahnendes gesagt haben (sie war sichtlich geniert von seiner Gegenwart und gestört in ihrer elementaren Sicherheit), denn er richtete sich, anscheinend auf ihr Geheiß, den Hut zurecht, lachte sie dann jovial an und klopfte ihr mit gutmütiger Zärtlichkeit auf die Schulter. Wütend zog sie die Brauen hoch, abgestoßen von der ehelichen Vertraulichkeit, die ihr in Gegenwart des Offiziers und vielleicht mehr noch der meinen peinlich wurde. Er schien sich zu entschuldigen, sagte auf ungarisch wieder ein paar Worte zu dem Offizier, die jener mit einem gefälligen Lächeln erwiderte, nahm aber dann zärtlich und ein wenig unterwürfig ihren Arm. Ich spürte, daß sie sich seiner Intimität vor uns schämte und genoß ihre Erniedrigung mit einem gemischten Gefühl von Spott und Ekel. Aber schon hatte sie sich wieder gefaßt, und während sie sich weich an seinen Arm drückte, glitt ein Blick ironisch zu mir hinüber, als sagte er: „Siehst du, der hat mich, und nicht du." Ich war wütend und degoutiert zugleich. Eigentlich wollte ich ihr den Rücken kehren und weitergehen, um ihr zu zeigen, daß die Gattin eines solchen ordinären Dicklings mich nicht mehr interessiere. Aber der Reiz war doch zu stark. Ich blieb.

Schrill gellte in dieser Sekunde das Signal des Starts, und mit einemmal war die ganze plaudernde, trübe, stockende Masse wie umgeschüttelt, floß wieder von allen Seiten in jähem Durcheinander nach vorn zur Barriere. Ich hatte eine gewisse Gewaltsamkeit nötig, nicht mitgerissen zu werden, denn ich wollte gerade im Tumult in ihrer Nähe bleiben, vielleicht bot sich da Gelegenheit zu einem entscheidenden Blick, einem Griff, irgendeiner spontanen Frechheit, die ich jetzt noch nicht wußte, und so stieß ich mich zwischen den eilenden Leuten beharrlich zu ihr vor. In diesem Augenblick drängte der dicke Gatte gerade herüber, offenbar um einen guten Platz an der Tribüne zu ergattern, und so stießen wir beide, jeder von einem andern Ungestüm geschleudert, mit so viel Heftigkeit gegeneinander, daß sein lockerer Hut zu Boden flog und die Ticketts, die daran lose befestigt waren, in weitem Bogen wegspritzten und wie rote, blaue, gelbe und weiße Schmetterlinge auf den Boden staubten. Einen Augenblick starrte er mich an. Mechanisch wollte ich mich entschuldigen, aber irgendein böser Wille verschloß mir die Lippen, im Gegenteil: ich sah ihn kühl mit einer leisen, frechen und beleidigenden Provokation an.

Sein Blick flackerte eine Sekunde lang unsicher auf von rot aufsteigender, aber ängstlich sich drückender Wut hochgeschnellt, brach aber feige zusammen vor dem meinen. Mit einer unvergeßlichen, fast rührenden Ängstlichkeit sah er mir eine Sekunde in die Augen, dann bog er sich weg, schien sich plötzlich seiner Ticketts zu besinnen und bückte sich, um sie und den Hut vom Boden aufzulesen. Mit unverhohlenem Zorn, rot im Gesicht vor Erregung, blitzte die Frau, die seinen Arm gelassen hatte, mich an: ich sah mit einer Art Wollust, daß sie mich am liebsten geschlagen hätte. Aber ich blieb ganz kühl und nonchalant stehen, sah lächelnd ohne zu helfen zu, wie der überdicke Gemahl sich keuchend bückte und vor meinen Füßen herumkroch, um seine Ticketts aufzulesen. Der Kragen stand ihm beim Bücken weit ab wie die Federn einer aufgeplusterten Henne, eine breite Speckfalte schob sich den roten Nacken hinauf, asthmatisch keuchte er bei jeder Beugung.

Unwillkürlich kam mir, wie ich ihn so keuchen sah, ein unanständiger und unappetitlicher Gedanke, ich stellte ihn mir in ehelichem Alleinsein mit seiner Gattin vor, und übermütig geworden an dieser Vorstellung, lächelte ich geradeaus in ihrem kaum mehr beherrschten Zorn. Sie stand da, jetzt wieder blaß und ungeduldig und kaum mehr sich beherrschen könnend, – endlich hatte ich doch ein wahres, ein wirkliches Gefühl ihr entrissen: Haß, unbändigen Zorn! Ich hätte mir diese boshafte Szene am liebsten ins Unendliche verlängert; mit kalter Wollust sah ich zu, wie er sich quälte, um Stück für Stück seiner Ticketts zusammenzuklauben. Mir saß irgendein schnurriger Teufel in der Kehle, der immer kicherte und ein Lachen herauskollern wollte – am liebsten hätte ich ihn herausgelacht oder diese weiche krabbelnde Fleischmasse ein wenig mit dem Stock gekitzelt: ich konnte mich eigentlich nicht erinnern, jemals so von Bosheit besessen gewesen zu sein, wie in diesem funkelnden Triumph der Erniedrigung über diese frechspielende Frau.

Aber jetzt schien der Unglückselige endlich alle seine Ticketts zusammengerafft zu haben, nur eines, ein blaues, war weiter fortgeflogen und lag knapp vor mir auf dem Boden. Er drehte sich keuchend herum, suchte mit seinen kurzsichtigen Augen – der Zwicker saß ihm ganz vorne auf der schweißbenetzten Nase –, und diese Sekunde benützte meine spitzbübisch aufgeregte Bosheit zur Verlängerung seiner lächerlichen Anstrengung: ich schob, einem schuljungenhaften Übermut willenlos gehorchend, den Fuß rasch vor und setzte die Sohle auf das Tickett, so daß er es bei bester Bemühung nicht finden konnte, so lange mirs beliebte, ihn suchen zu lassen.

Und er suchte und suchte unentwegt, überzählte dazwischen verschnaufend immer wieder die farbigen Pappendeckelzettel: es war sichtlich, daß einer – meiner! – ihm noch fehlte, und schon wollte er inmitten des anbrausenden Getümmels wieder mit der Suche anheben, als seine Frau, die mit einem verbissenen Ausdruck meinen höhnischen Seitenblick krampfhaft vermied, ihre zornige Ungeduld nicht mehr zügeln konnte. „Lajos!" rief sie ihm plötzlich herrisch zu, und er fuhr auf wie ein Pferd, das die Trompete hört, blickte noch einmal suchend auf die Erde – mir war es, als kitzelte mich das verborgene Tickett unter der Sohle, und ich konnte einen Lachreiz kaum verbergen – dann wandte er sich seiner Frau gehorsam zu, die ihn mit einer gewissen ostentativen Eile von mir weg in das immer stärker aufschäumende Getümmel zog.

Ich blieb zurück ohne jedwedes Verlangen, den beiden zu folgen. Die Episode war für mich beendet, das Gefühl jener erotischen Spannung hatte sich wohltuend ins Heitere gelöst, alle Erregung war von mir geglitten und nichts zurückgeblieben als die gesunde Sattheit der plötzlich vorgebrochenen Bosheit, eine freche, fast übermütige Selbstzufriedenheit über den gelungenen Streich. Vorne drängten sich die Menschen dicht zusammen, schon begann Erregung zu wogen und, eine einzige, schmutzige, schwarze Welle, gegen die Barriere zu drängen, aber ich sah gar nicht hin, es langweilte mich schon.

Und ich dachte daran, hinüber in die Kriau zu gehen oder heimzufahren. Aber kaum daß ich jetzt unwillkürlich den Fuß zum Schritt vorwärts tat, bemerkte ich das blaue Tickett, das vergessen am Boden lag. Ich nahm es auf und hielt es spielend zwischen den Fingern, ungewiß, was ich damit anfangen sollte. Vage kam mir der Gedanke, es „Lajos" zurückzugeben, was als vortrefflicher Anlaß dienen könnte, mit seiner Frau bekannt zu werden; aber ich merkte, daß sie mich gar nicht mehr interessierte, daß die flüchtige Hitze, die mir von diesem Abenteuer angeflogen kam, längst in meiner alten Gleichgültigkeit ausgekühlt war. Mehr als dies kämpfende, verlangende Hin und Her der Blicke verlangte ich von Lajos Gattin nicht – der Dickling war mir doch zu unappetitlich, um Körperliches mit ihm zu teilen – den Frisson der Nerven hatte ich gehabt, nun fühlte ich bloß mehr lässige Neugier, wohlige Entspannung.

Der Sessel stand da, verlassen und allein. Ich setzte mich gemächlich nieder, zündete mir eine Zigarette an. Vor mir brandete die Leidenschaft wieder auf, ich horchte nicht einmal hin: Wiederholungen reizten mich nicht. Ich sah laß den Rauch aufsteigen und dachte an die Meraner Gilfpromenade, wo ich vor zwei Monaten gesessen und in den sprühenden Wasserfall hinabgesehen hatte. Ganz so war dies wie hier: auch dort ein mächtig aufschwellendes Rauschen, das nicht wärmte und nicht kühlte, auch dort ein sinnloses Tönen in eine schweigendblaue Landschaft hinein. Aber jetzt war die Leidenschaft des Spiels beim Crescendo angelangt, wieder flog der Schaum von Schirmen, Hüten, Schreien, Taschentüchern über die schwarze Brandung der Menschen hin, wieder quirlten die Stimmen zusammen, wieder zuckte ein Schrei – nun aber andersfarbig – aus dem Riesenmaul der Menge. Ich hörte einen Namen, tausendfach, zehntausendfach, jauchzend, gell, ekstatisch, verzweifelt geschrien: „Cressy! Cressy! Cressy!" Und wieder brach er, eine gespannte Saite, plötzlich ab (wie doch Wiederholung selbst die Leidenschaft eintönig macht!). Die Musik begann zu spielen, die Menge löste sich. Tafeln wurden emporgezogen mit den Nummern der Sieger. Unbewußt blickte ich hin. An erster Stelle leuchtete eine Sieben. Mechanisch sah ich auf das blaue Tickett, das ich zwischen meinen Fingern vergessen hatte. Auch hier die Sieben.

Unwillkürlich mußte ich lachen. Das Tickett hatte gewonnen, der gute Lajos richtig gesetzt. So hatte ich mit meiner Bosheit den dicken Gatten sogar noch um Geld gebracht: mit einem Male war meine übermütige Laune wieder da, nun interessierte es mich zu wissen, um wieviel ihn meine eifersüchtige Intervention geprellt. Ich sah mir den blauen Pappendeckel zum erstenmal genauer an: es war ein Zwanzigkronen-Tickett, und Lajos hatte auf „Sieg" gesetzt. Das konnte wohl schon ein stattlicher Betrag sein. Ohne weiter nachzudenken, nur dem Kitzel der Neugierde folgend, ließ ich mich von der eilenden Menge in die Richtung zu den Kassen hindrängen. Ich wurde in irgendeinen Queue hineingepreßt, legte das Tickett vor, und schon streiften zwei knochige, eilfertige Hände, zu denen ich das Gesicht hinter dem Schalter gar nicht sah, mir neun Zwanzigkronenscheine auf die Marmorplatte.

In dieser Sekunde, wo mir das Geld, wirkliches Geld, blaue Scheine hingelegt wurden, stockte mir das Lachen in der Kehle. Ich hatte sofort ein unangenehmes Gefühl. Unwillkürlich zog ich die Hände zurück, um das fremde Geld nicht zu berühren. Am liebsten hätte ich die blauen Scheine auf der Platte liegen lassen; aber hinter mir drängten schon die Leute, ungeduldig, ihren Gewinn ausbezahlt zu bekommen. So blieb mir nichts übrig, als, peinlich berührt, mit angewiderten Fingerspitzen die Scheine zu nehmen: wie blaue Flammen brannten sie mir in der Hand, die ich unbewußt von mir wegspreizte, als gehörte auch die Hand, die sie genommen, nicht zu mir selbst. Sofort übersah ich das Fatale der Situation. Wider meinen Willen war aus dem Scherz etwas geworden, was einem anständigen Menschen, einem Gentleman, einem Reserveoffizier nicht hätte unterlaufen dürfen, und ich zögerte vor mir selbst, den wahren Namen dafür auszusprechen. Denn dies war nicht verheimlichtes, sondern listig weggelocktes, war gestohlenes Geld.

Um mich surrten und schwirrten die Stimmen, Leute drängten und stießen von und zu den Kassen. Ich stand noch immer reglos mit der weggespreizten Hand. Was sollte ich tun? An das Natürlichste dachte ich zuerst: den wirklichen Gewinner aufsuchen, mich entschuldigen und ihm das Geld zurückerstatten. Aber das ging nicht an, und am wenigsten vor den Blicken jenes Offiziers. Ich war doch Reserveleutnant, und ein solches Eingeständnis hätte mich sofort meine Charge gekostet, denn selbst wenn ich das Tickett gefunden hätte, war schon das Einkassieren des Geldes eine unfaire Handlungsweise. Ich dachte auch daran, meinem in den Fingern zuckenden Instinkt nachzugeben, die Noten zu zerknüllen und fortzuwerfen, aber auch dies war inmitten des Menschengewühls zu leicht kontrollierbar und dann verdächtig. Keinesfalls wollte ich aber auch nur einen Augenblick das fremde Geld bei mir behalten oder gar in die Brieftasche stecken, um es später irgend jemandem zu schenken: das mir seit Kindheit so wie reine Wäsche anerzogene Sauberkeitsempfinden ekelte sich vor jeder auch nur flüchtigen Berührung mit diesen Zetteln. Weg, nur weg mit diesem Gelde, fieberte es ganz heiß in mir, weg, nur irgendwohin, weg! Unwillkürlich sah ich mich um, und wie ich ratlos im Kreise blickte, ob irgendwo ein Versteck sei, eine unbewachte Möglichkeit, fiel mir auf, daß die Menschen von neuem zu den Kassen zu drängen begannen, nun aber mit Geldscheinen in den Händen. Und der Gedanke war mir Erlösung. Zurückwerfen das Geld an den boshaften Zufall, der es mir gegeben, wiederum hinein in den gefräßigen Schlund, der jetzt die neuen Einsätze, Silber und Scheine, gleich gierig hinunterschluckte – ja, das war das Richtige, die wahre Befreiung.

Ungestüm eilte, ja lief ich hin, keilte mich mitten zwischen die Drängenden. Nur zwei Vordermänner waren noch vor mir, schon stand der erste beim Totalisator, als mir einfiel, daß ich gar kein Pferd zu nennen wußte, auf das ich setzen könnte. Gierig hörte ich in das Reden rings um mich. „Setzen Sie Ravachol?“ fragte einer. „Natürlich Ravachol“, antwortete ihm sein Begleiter. „Glauben Sie, daß Teddy nicht auch Chancen hat?“ „Teddy? keine Spur. Er hat im Maidenrennen total versagt. Er war ein Bluff.“

Wie ein Verdurstender schluckte ich die Worte ein. Also Teddy war schlecht, Teddy würde bestimmt nicht gewinnen. Sofort beschloß ich, ihn zu setzen. Ich schob das Geld hin, nannte den eben erst gehörten Namen Teddy auf Sieg, eine Hand warf mir die Ticketts zurück. Mit einem Male hatte ich jetzt neun rotweiße Pappendeckelstücke zwischen den Fingern statt des einen. Es war noch immer ein peinliches Gefühl; aber immerhin, es brannte nicht mehr so aufreizend, so erniedrigend wie das knitterige bare Geld.

Ich empfand mich wieder leicht, beinahe sorglos: jetzt war das Geld weggetan, das Unangenehme des Abenteuers erledigt, die Angelegenheit wieder zum Scherz geworden, als der sie begonnen. Ich setzte mich lässig in meinen Sessel zurück, zündete eine Zigarette an und blies den Rauch gemächlich vor mich hin. Aber es hielt mich nicht lange, ich stand auf, ging herum, setzte mich wieder hin. Merkwürdig: es war vorbei mit der wohligen Träumerei. Irgendeine Nervosität stak mir knisternd in den Gliedern. Zuerst meinte ich, es sei das Unbehagen, unter den vielen vorbeistreifenden Leuten Lajos und seiner Frau begegnen zu können; aber wie konnten sie ahnen, daß jene neuen Ticketts die ihren waren? Auch die Unruhe der Menschen störte mich nicht, im Gegenteil, ich beobachtete sie genau, ob sie nicht schon wieder nach vorne zu drängen begannen, ja ich ertappte mich, wie ich immer wieder aufstand, um zur Fahne zu blicken, die bei Beginn des Rennens hochgezogen wurde. Das also war es – Ungeduld, ein springendes, inneres Fieber der Erwartung, der Start möge schon beginnen, die leidige Angelegenheit für immer erledigt sein.

Ein Bursche lief vorbei mit einer Rennzeitung. Ich hielt ihn an, kaufte mir das Programm und begann unter den unverständlichen, in einem fremden Jargon geschriebenen Worten und Tips herumzusuchen, bis ich endlich Teddy herausfand, den Namen seines Jockeis, den Besitzer des Stalles und die Farben rotweiß. Aber warum interessierte mich das so? Ärgerlich zerknüllte ich das Blatt und warf es weg, stand auf, setzte mich wieder hin. Mir war ganz plötzlich heiß geworden, ich mußte mir mit dem Taschentuch über die feuchte Stirn fahren, und der Kragen drückte mich. Noch immer wollte der Start nicht beginnen.

Endlich klingelte die Glocke, die Menschen stürmten hin, und in dieser Sekunde spürte ich entsetzt, wie auch mich dieses Klingeln gleich einem Wecker erschreckt von irgendeinem Schlaf aufriß. Ich sprang vom Sessel so heftig weg, daß er umfiel, und eilte – nein, ich lief – gierig nach vorne, die Ticketts fest zwischen die Finger gepreßt, mitten in die Menge hinein und wie von einer rasenden Angst verzehrt, zu spät zu kommen, irgend etwas ganz Wichtiges zu versäumen. Ich erreichte noch, indem ich Leute brutal beiseite stieß, die vordere Barriere, riß rücksichtslos einen Sessel, den eben eine Dame nehmen wollte, an mich. Meine ganze Taktlosigkeit und Tollwütigkeit erkannte ich sofort an ihrem erstaunten Blick – es war eine gute Bekannte, die Gräfin R., deren hochgezogen zornigen Brauen ich begegnete –, aber aus Scham und Trotz sah ich an ihr kalt vorbei, sprang auf den Sessel, um das Feld zu sehen.

Irgendwo weit drüben stand im Grünen an den Start gepreßt ein kleines Rudel unruhiger Pferde, mühsam in der Linie gehalten von den kleinen Jockeis, die wie bunte Polichinelle aussahen. Sofort suchte ich den meinen darunter zu erkennen, aber mein Auge war ungeübt, und mir flimmerte es so heiß und seltsam vor dem Blick, daß ich unter den Farbenflecken den rotweißen nicht zu unterscheiden vermochte. In diesem Augenblick klang die Glocke zum zweiten Male, und wie sieben bunte Pfeile von einem Bogen flitzten die Pferde in den grünen Gang hinein. Es mußte wunderbar sein, dies ruhig und nur ästhetisch zu betrachten, wie die schmalen Tiere galoppierend ausholten und, kaum den Boden anstreifend, über den Rasen hinfederten; aber ich spürte von all dem nichts, ich machte nur verzweifelte Versuche, mein Pferd, meinen Jockei zu erkennen, und fluchte mir selbst, keinen Feldstecher mitgenommen zu haben. So sehr ich mich bog und streckte, ich sah nichts als vier, fünf bunte Insekten, in einen fliegenden Knäuel verwischt; nur die Form sah ich allmählich jetzt sich verändern, wie das leichte Rudel sich jetzt an der Biegung keilförmig verlängerte, eine Spitze vortrieb, indes rückwärts einige des Schwarms bereits abzubröckeln begannen. Das Rennen wurde scharf: drei oder vier der im Galopp ganz auseinandergestreckten Pferde klebten wie farbige Papierstreifen flach zusammen, bald schob sich das eine, bald das andere um einen Ruck vor. Und unwillkürlich streckte ich meinen ganzen Körper aus, als könnte ich durch diese nachahmende, federnde, leidenschaftlich gespannte Bewegung ihre Geschwindigkeit steigern und mitreißen.

Rings um mich wuchs die Erregung. Einzelne Geübtere mußten schon an der Kurve die Farben erkannt haben, denn Namen fuhren jetzt wie grelle Raketen aus dem trüben Tumult. Neben mir stand einer, die Hände frenetisch gereckt, und wie jetzt ein Pferdekopf vordrängte, schrie er fußstampfend mit einer widerlich gellen und triumphierenden Stimme: „Ravachol! Ravachol!" Ich sah, daß wirklich der Jockei dieses Pferdes blau schimmerte, und eine Wut überfiel mich, daß es nicht mein Pferd war, das siegte. Immer unerträglicher wurde mir das gelle Gebrüll „Ravachol! Ravachol!" von dem Widerling neben mir; ich tobte vor kalter Wut, am liebsten hätte ich ihm die Faust in das aufgerissene schwarze Loch seines schreienden Mundes geschlagen. Ich zitterte vor Zorn, ich fieberte, jeden Augenblick, fühlte ich, konnte ich etwas Sinnloses begehen. Aber da hing noch ein anderes Pferd knapp an dem ersten. Vielleicht war das Teddy, vielleicht, vielleicht – und diese Hoffnung befeuerte mich von neuem. Wirklich war mir, als schimmerte der Arm, der sich jetzt über den Sattel hob und etwas niedersausen ließ auf die Kruppe des Pferdes, rotfarben, er konnte es sein, er mußte es sein, er mußte, er mußte! Aber warum trieb er ihn nicht vor, der Schurke? Noch einmal die Peitsche! Noch einmal! Jetzt, jetzt war er ihm ganz nahe! Jetzt, nur eine Spanne noch. Warum Ravachol? Ravachol? Nein, nicht Ravachol! Nicht Ravachol! Teddy! Teddy! Vorwärts Teddy! Teddy!

Plötzlich riß ich mich gewaltsam zurück. Was – was war das? Wer schrie da so? Wer tobte da „Teddy! Teddy!"? Ich selbst schrie ja das. Und mitten in der Leidenschaft erschrak ich vor mir. Ich wollte mich halten, mich beherrschen, inmitten meines Fiebers quälte mich eine plötzliche Scham. Aber ich konnte die Blicke nicht wegreißen, denn dort klebten die beiden Pferde knapp aneinander, und es mußte wirklich Teddy sein, der an Ravachol, dem verfluchten, aus brennender Inbrunst von mir gehaßten Ravachol hing, denn rings um mich gellten jetzt andere lauter und vielstimmiger in grellem Diskant: „Teddy! Teddy!", und der Schrei riß mich, den für eine schwache Sekunde Aufgetauchten, wieder in die Leidenschaft. Er sollte, er mußte gewinnen, und wirklich, jetzt, jetzt schob sich hinter dem fliegenden Pferde des andern ein Kopf vor, eine Spanne nur, und jetzt schon zwei, jetzt, jetzt sah man schon den Hals – in diesem Augenblick schnarrte grell die Glocke, und ein einziger Schrei des Jubels, der Verzweiflung, des Zornes explodierte. Für eine Sekunde füllte der ersehnte Name den blauen Himmel ganz bis zur Wölbung. Dann stürzte er ein, und irgendwo rauschte Musik.

Heiß, ganz feucht, klopfenden Herzens stieg ich vom Sessel herab. Ich mußte mich für einen Augenblick niedersetzen, so wirr war ich vor begeisterter Erregung. Eine Ekstase, wie ich sie nie gekannt, durchflutete mich, eine sinnlose Freude, daß der Zufall so sklavisch meiner Herausforderung gehorcht; vergebens versuchte ich mir vorzutäuschen, es sei wider meinen Willen gewesen, daß dieses Pferd jetzt gewonnen habe, und ich hätte gewünscht, das Geld verloren zu sehen. Aber ich glaubte es mir selbst nicht, und schon spürte ich ein grausames Ziehen in meinen Gliedern, es riß mich magisch irgendwohin, und ich wußte, wohin es mich trieb: ich wollte den Sieg sehen, ihn spüren, ihn fassen, Geld, viel Geld, blaue knisternde Scheine in den Fingern spüren und dies Rieseln die Nerven hinauf. Eine ganz fremde böse Lust hatte sich meiner bemächtigt, und keine Scham wehrte mehr, ihr nachzugeben. Und kaum daß ich mich erhob, so eilte, so lief ich schon bis hin zur Kasse, ganz brüsk, mit gespreizten Ellenbogen stieß ich mich zwischen die Wartenden am Schalter, schob ungeduldig Leute beiseite, nur um das Geld, das Geld leibhaftig zu sehn. „Flegel!" murrte hinter mir einer der Weggedrängten; ich hörte es, aber ich dachte nicht daran, ihn zu fordern, ich bebte ja vor unbegreiflicher, krankhafter Ungeduld. Endlich war die Reihe an mir, meine Hände faßten gierig ein blaues Bündel Banknoten. Ich zählte zitternd und begeistert zugleich. Es waren sechshundertundvierzig Kronen.

Heiß riß ich sie an mich. Mein nächster Gedanke war: jetzt weiter spielen, mehr gewinnen, viel mehr. Wo hatte ich nur meine Rennzeitung? Ach, weggeworfen in der Erregung! Ich sah um mich, eine neue zu erstehen. Da bemerkte ich zu meinem namenlosen Erschrecken, wie plötzlich alles rings auseinanderflutete, dem Ausgang zu, daß die Kassen sich schlossen, die flatternde Fahne sank. Das Spiel war zu Ende. Es war das letzte Rennen gewesen. Eine Sekunde lang stand ich starr. Dann sprang ein Zorn in mir auf, als sei mir ein Unrecht geschehen. Ich konnte mich nicht damit abfinden, daß jetzt, da alle meine Nerven sich spannten und bebten, das Blut so heiß wie seit Jahren nicht mehr in mir rollte, alles zu Ende sein sollte. Aber es half nichts, mit trügerischem Wunsch die Hoffnung künstlich zu nähren, dies sei nur ein Irrtum gewesen, denn immer rascher entflutete das bunte Gedränge, schon glänzte grün der zertretene Rasen zwischen den vereinzelt Gebliebenen. Allmählich empfand ich das Lächerliche meines gespannten Verweilens, so nahm ich den Hut – den Stock hatte ich offenbar am Tourniquet in der Erregung stehengelassen – und ging dem Ausgang zu. Ein Diener mit servil gelüfteter Kappe sprang mir entgegen, ich nannte ihm die Nummer meines Wagens, er schrie sie mit gehöhlter Hand über den Platz, und schon klapperten scharf die Pferde heran. Ich bedeutete dem Kutscher, langsam die Hauptallee hinabzufahren. Denn gerade jetzt, wo die Erregung wohlig abzuklingen begann, fühlte ich eine lüsterne Neigung, mir noch einmal die ganze Szene in Gedanken zu erneuern.

In diesem Augenblick fuhr ein anderer Wagen vor; unwillkürlich blickte ich hin, um sofort wieder ganz bewußt wegzusehen. Es war die Frau mit ihrem behäbigen Gatten. Sie hatten mich nicht bemerkt. Aber sofort überkam mich ein widerlich würgendes Gefühl, als sei ich ertappt. Und am liebsten hätte ich dem Kutscher zugerufen, auf die Pferde einzuschlagen, nur um rasch aus ihrer Nähe zu kommen.

Weich glitt auf den Gummirädern der Fiaker dahin zwischen den vielen andern, die wie Blumenboote mit ihrer bunten Fracht von Frauen an den grünen Ufern der Kastanienallee vorbeischaukelten. Die Luft war weich und süß, schon wehte von erster Abendkühle manchmal ein leiser Duft durch den Staub herüber. Aber das frühere wohlig-träumerische Gefühl kam nicht wieder: die Begegnung mit dem Geprellten hatte mich peinlich aufgerissen. Wie ein kalter Luftzug durch eine Fuge drang es mit einmal in meine überhitzte Leidenschaft. Ich dachte jetzt noch einmal nüchtern die ganze Szene durch und begriff mich selbst nicht mehr: ich, ein Gentleman, ein Mitglied der besten Gesellschaft, Reserveoffizier, hochgeachtet, hatte ohne Not gefundenes Geld an mich genommen, in die Brieftasche gesteckt, ja dies sogar mit einer gierigen Freude, einer Lust getan, die jede Entschuldigung hinfällig machte. Ich, der ich vor einer Stunde noch ein korrekter, makelloser Mensch gewesen war, hatte gestohlen. Ich war ein Dieb. Und gleichsam, um mich selbst zu erschrecken, sagte ich mir mein Urteil halblaut hin, während der Wagen leise trabte, unbewußt im Rhythmus des Hufschlags sprechend: „Dieb! Dieb! Dieb! Dieb!“ Aber seltsam, wie soll ich beschreiben, was jetzt geschah, es ist ja so unerklärlich, so ganz absonderlich, und doch weiß ich, daß ich mir nichts nachträglich vortäusche. Jede Sekunde meines Gefühls, jede Oszillation meines Denkens in jenen Augenblicken ist mir ja mit einer so übernatürlichen Deutlichkeit bewußt, wie kaum irgendein Erlebnis meiner sechsunddreißig Jahre, und doch wage ich kaum, diese absurde Reihenfolge, diese verblüffende Schwankung meines Empfindens bewußt zu machen, ja ich weiß nicht, ob irgendein Dichter, ein Psychologe das logisch zu schildern vermöchte. Ich kann nur die Reihenfolge aufzeichnen, ganz getreu ihrem unvermuteten Aufleuchten nach. Also: ich sagte zu mir „Dieb, Dieb, Dieb“. Dann kam ein ganz merkwürdiger, ein gleichsam leerer Augenblick, ein Augenblick, wo nichts geschah, wo ich nur – ach, wie schwer ist es, dies auszudrücken – wo ich nur horchte, in mich hineinhorchte.

Ich hatte mich angerufen, hatte mich angeklagt, nun sollte dem Richter der Angeschuldigte antworten. Ich horchte also, und es geschah – nichts. Der Peitschenschlag dieses Wortes „Dieb“, von dem ich erwartet hatte, es werde mich aufschrecken und dann hinstürzen lassen in eine namenlose, eine zerknirschte Scham, weckte nichts auf. Ich wartete geduldig einige Minuten, ich beugte mich dann gewissermaßen noch näher über mich selbst – denn ich spürte zu wohl, daß unter diesem trotzigen Schweigen etwas sich regte – und horchte mit einer fieberhaften Erwartung auf das ausbleibende Echo, auf den Schrei des Ekels, der Entrüstung, der Verzweiflung, der dieser Selbstanschuldigung folgen mußte. Und es geschah wiederum nichts. Nichts antwortete. Nochmals sagte ich mir das Wort „Dieb", „Dieb", nun schon ganz laut, um endlich in mir das schwerhörige, das gelähmte Gewissen aufzuwecken. Wieder kam keine Antwort. Und plötzlich – in einem grellen Blitzlicht des Bewußtseins, wie wenn plötzlich ein Streichholz angezündet und über die dämmernde Tiefe gehalten wäre – erkannte ich, daß ich mich nur schämen*wollte*, aber nicht schämte, ja, daß ich in jener Tiefe irgendwie geheimnisvoll stolz, sogar beglückt war von dieser törichten Tat.

Wie war das möglich? Ich wehrte mich, jetzt wirklich vor mir selbst erschreckend, gegen diese unerwartete Erkenntnis, aber zu schwellend, zu ungestüm wogte das Gefühl aus mir auf. Nein, das war nicht Scham, nicht Empörung, nicht Selbstekel, was so warm mir im Blut gärte – das war Freude, trunkene Freude, die in mir aufloderte, ja funkelte mit hellen spitzen Flammen von Übermut, denn ich spürte, daß ich in jenen Minuten zum erstenmal seit Jahren und Jahren wirklich lebendig, daß mein Gefühl nur gelähmt gewesen und noch nicht abgestorben war, daß irgendwo unter der versandeten Fläche meiner Gleichgültigkeit also doch noch jene heißen Quellen von Leidenschaft geheimnisvoll gingen und nun, von der Wünschelrute des Zufalls berührt, hoch bis in mein Herz hinaufgepeitscht waren. Auch in mir, auch in mir, in diesem Stück atmenden Weltalls, glühte also noch jener geheimnisvolle vulkanische Kern alles Irdischen, der manchmal vorbricht in den wirbelnden Stößen von Begier, auch ich lebte, war lebendig, war ein Mensch mit bösem und warmem Gelüst. Eine Tür war aufgerissen vom Sturm dieser Leidenschaft, eine Tiefe aufgetan in mich hinein, und ich starrte in wollüstigem Schwindel hinab in dies Unbekannte in mir, das mich erschreckte und beseligte zugleich. Und langsam – während der Wagen lässig meinen träumenden Körper durch die bürgerlich-gesellschaftliche Welt hinrollte – stieg ich, Stufe um Stufe, hinab in die Tiefe des Menschlichen in mir, unsäglich allein in diesem schweigenden Gang, nur überhöht von der aufgehobenen grellen Fackel meines jäh entzündeten Bewußtseins. Und indes tausend Menschen um mich lachend und schwatzend wogten, suchte ich mich, den verlorenen Menschen, in mir, tastete ich Jahre ab in dem magischen Gang des Besinnens. Ganz verschollene Dinge tauchten plötzlich aus den verstaubten und erblindeten Spiegeln meines Lebens auf, ich erinnerte mich, schon einmal als Schulknabe einem Kameraden ein Taschenmesser gestohlen und mit der gleichen teuflischen Freude ihm zugesehen zu haben, wie er es überall suchte, alle fragte und sich mühte; ich verstand mit einemmal das geheimnisvoll Gewitternde mancher sexuellen Stunden, verstand, daß meine Leidenschaft nur verkrümmt, nur zertreten gewesen war von dem gesellschaftlichen Wahn, von dem herrischen Ideal der Gentlemen – daß aber auch in mir, nur tief, ganz tief unten in verschütteten Brunnen und Röhren die heißen Ströme des Lebens gingen wie in allen andern.

Oh, ich hatte ja immer gelebt, nur nicht gewagt zu leben, ich hatte mich verschnürt und verborgen vor mir selbst: nun aber war die gepreßte Kraft aufgebrochen, das Leben, das reiche, das unsäglichgewaltsame hatte mich überwältigt. Und nun wußte ich, daß ich ihm noch anhing; mit der seligen Betroffenheit der Frau, die zum erstenmal in sich das Kind sich regen spürt, empfand ich das Wirkliche – wie soll ich es anders nennen – das Wahre, das Unverstellte des Lebens in mir keimen, ich fühlte – fast schäme ich mich, solch ein Wort hinzuschreiben – wie ich, der abgestorbene Mensch, mit einemmal wieder *blühte*, wie durch meine Adern Blut rot und unruhig rollte, Gefühl sich im Warmen leise entfaltete und ich aufwuchs zu unbekannter Frucht von Süße oder Bitternis. Das Tannhäuserwunder war mir geschehen mitten im klaren Licht eines Rennplatzes, zwischen dem Geschwirr von Tausenden müßiger Menschen: ich hatte wieder zu fühlen begonnen, er grünte und trieb seine Knospen, der abgedorrte Stab.

Von einem vorüberfahrenden Wagen grüßte ein Herr und rief – offenbar hatte ich seinen ersten Gruß übersehen – meinen Namen. Unwirsch fuhr ich auf, zornig, gestört zu sein in diesem süßrieselnden Zustand des sich in mich selbst Ergießens, dieses tiefsten Traumes, den ich jemals erlebt. Aber der Blick auf den Grüßenden riß mich ganz von mir weg: es war mein Freund Alfons, ein lieber Schulkamerad und jetzt Staatsanwalt. Mit einemmal durchzuckte es mich: dieser Mensch, der dich brüderlich grüßt, hat jetzt zum erstenmal Macht über dich, du bist ihm verfallen, sobald er dein Vergehen kennt. Wüßte er um dich und deine Tat, er müßte dich aus diesem Wagen ziehen, weg aus der ganzen warmen bürgerlichen Existenz, und hinabstoßen auf drei oder fünf Jahre in die dumpfe Welt hinter vergitterten Fenstern, zum Abhub des Lebens, zu den andern Dieben, die nur die Peitsche der Not in ihre schmierigen Zellen getrieben. Aber nur einen Augenblick lang faßte mich kalt die Angst am Gelenk meiner zitternden Hand, nur einen Augenblick lang hielt sie den Herzschlag an – dann verwandelte auch dieser Gedanke sich wieder in heißes Gefühl, in einen phantastischen, frechen Stolz, der jetzt selbstbewußt und beinahe höhnisch die andern Menschen ringsum musterte. Wie würde, dachte ich, euer süßes kameradschaftliches Lächeln, mit dem ihr mich als euresgleichen grüßt, anfrieren um die Mundwinkel, wenn ihr mich ahntet! Wie einen Kotspritzer würdet ihr meinen Gruß wegstäuben mit verächtlich geärgerter Hand. Aber ehe ihr mich ausstoßt, habe ich euch schon ausgestoßen: heute nachmittags habe ich mich herausgestürzt aus eurer kalten knöchernen Welt, wo ich ein Rad war, ein lautlos funktionierendes, in der großen Maschine, die kalt in ihren Kolben abrollt und eitel um sich selber kreist – ich bin in eine Tiefe gestürzt, die ich nicht kenne, doch ich bin lebendiger gewesen in dieser einen Stunde als in den gläsernen Jahren in eurem Kreis. Nicht mehr euch gehöre ich, nicht mehr zu euch, ich bin jetzt außen irgendwo in einer Höhe oder Tiefe, nie mehr aber, nie mehr am flachen Strand eures bürgerlichen Wohlseins. Ich habe zum erstenmal alles gefühlt, was in den Menschen an Lust im Guten und Bösen getan ist, aber nie werdet ihr wissen, wo ich war, nie mich erkennen: Menschen, was wißt ihr von meinem Geheimnis!

Wie vermöchte ich es auszudrücken, was ich in jener Stunde fühlte, indes ich, ein elegant angezogener Gentleman, mit kühlem Gesicht grüßend und dankend zwischen den Wagenreihen durchfuhr! Denn während meine Larve, der äußere, der frühere Mensch, noch Gesichter fühlte und erkannte, rauschte innen in mir eine so taumelnde Musik, daß ich mich niederdrücken mußte, um nicht etwas herauszuschreien von diesem tosenden Tumult. Ich war so voll von Gefühl, daß mich dieser innere Schwall physisch quälte, daß ich wie ein Erstickender die Hand gewaltsam an die Brust pressen mußte, unter der das Herz schmerzhaft gärte. Aber Schmerz, Lust, Erschrecken, Entsetzen oder Bedauern, nichts fühlte ich einzeln und abgerissen, alles schmolz zusammen, ich spürte nur, daß ich lebte, daß ich atmete und fühlte. Und dieses Einfachste, dieses urhafte Gefühl, das ich seit Jahren nicht empfunden, machte mich trunken. Nie hatte ich mich selbst auch nur eine Sekunde meiner sechsunddreißig Jahre so ekstatisch als lebendig empfunden als in der Schwebe dieser Stunde.

Mit einem leichten Ruck hielt der Wagen an: der Kutscher hatte die Pferde angezügelt, wandte sich vom Bock und fragte, ob er nach Hause fahren solle. Ich taumelte aus mir heraus, hob die Blicke über die Allee hin: mit Betroffenheit merkte ich, wie lange ich geträumt, wie weit die Trunkenheit über die Stunden sich ausgegossen hatte. Es war dunkel geworden, ein Weiches wogte in den Kronen der Bäume, die Kastanien begannen ihren abendlichen Duft durch die Kühle zu atmen. Und hinter den Wipfeln silberte schon ein verschleierter Blick von Mond. Es war genug, es mußte genug sein. Aber nur nicht jetzt nach Hause, nur nicht in meine gewohnte Welt! Ich bezahlte den Kutscher. Als ich die Brieftasche zog und die Banknoten zählend zwischen die Finger nahm, liefs wie ein leiser elektrischer Schlag mir vom Gelenk in die Fingerspitzen: irgend etwas in mir mußte noch wach sein also vom alten Menschen, der sich schämte. Noch zuckte das absterbende Gentlemansgewissen, doch ganz heiter blätterte schon wieder meine Hand im gestohlenen Gelde, und ich war freigebig aus meiner Freude. Der Kutscher bedankte sich so überschwenglich, daß ich lächeln mußte: wenn du wüßtest! Die Pferde zogen an, der Wagen fuhr fort. Ich sah ihm nach, wie man vom Schiff noch einmal auf einen Strand zurückblickt, an dem man glücklich gewesen.

Einen Augenblick stand ich so träumerisch und ratlos mitten in der murmelnden, lachenden, musiküberwogten Menge: es mochte etwa sieben Uhr sein, und unwillkürlich bog ich hinüber zum Sachergarten, wo ich sonst immer nach der Praterfahrt in Gesellschaft zu speisen pflegte und in dessen Nähe der Fiaker mich wohl bewußt abgesetzt hatte. Aber kaum daß ich die Gitterklinke des vornehmen Gartenrestaurants berührte, überfiel mich eine Hemmung: nein, ich wollte noch nicht in meine Welt zurück, nicht mir in lässigem Gespräch diese wunderbare Gärung, die mich geheimnisvoll erfüllte, wegschwemmen lassen, nicht mich loslösen von der funkelnden Magie des Abenteuers, der ich mich seit Stunden verkettet fühlte.

Von irgendwoher dröhnte dumpfe verworrene Musik, und unwillkürlich ging ich ihr nach, denn alles lockte mich heute, ich empfand es als Wollust, dem Zufall ganz nachzugeben, und dies dumpfe Hingetriebensein inmitten einer weich wogenden Menschenmenge hatte einen phantastischen Reiz. Mein Blut gärte auf in diesem dicken quirlenden Brei heißer menschlicher Masse: aufgespannt war ich mit einemmal, angereizt und gesteigert wach in allen Sinnen von diesem beizend qualmigen Duft von Menschenatem, Staub, Schweiß und Tabak. Denn all dies, was mich vordem, ja selbst gestern noch, als ordinär, gemein und plebejisch abgestoßen, was der soignierte Gentleman in mir ein Leben lang hochmütig gemieden hatte, das zog meinen neuen Instinkt magisch an, als empfände ich zum erstenmal im Animalischen, im Triebhaften, im Gemeinen eine Verwandtschaft mit mir selbst.

Hier im Abhub der Stadt, zwischen Soldaten, Dienstmädchen, Strolchen, fühlte ich mich in einer Weise wohl, die mir ganz unverständlich war: ich sog die Beize dieser Luft irgendwie gierig ein, das Schieben und Pressen in eine geknäulte Masse war mir angenehm, und mit einer wollüstigen Neugier wartete ich, wohin diese Stunde mich Willenlosen schwemmte. Immer näher gellten und schmetterten vom Wurstelprater her die Tschinellen und die weiße Blechmusik, in einer fanatisch monotonen Art stampften die Orchestrions harte Polkas und rumpelnde Walzer, dazwischen knatterten dumpfe Schläge aus den Buden, zischte Gelächter, grölten trunkene Schreie, und jetzt sah ich schon mit irrsinnigen Lichtern die Karusselle meiner Kindheit zwischen den Bäumen kreisen.

Ich blieb mitten auf dem Platze stehen und ließ den ganzen Tumult in mich einbranden, mir Augen und Ohren vollschwemmen: diese Kaskaden von Lärm, das Infernalische dieses Durcheinander tat mir wohl, denn in diesem Wirbel war etwas, das mir den innern Schwall betäubte. Ich sah zu, wie mit geblähten Kleidern die Dienstmädchen sich auf den Hutschen mit kollernden Lustschreien, die gleichsam aus ihrem Geschlecht gellten, in den Himmel schleudern ließen, wie Metzgergesellen lachend schwere Hämmer auf die Kraftmesser hinkrachten, Ausrufer mit heisern Stimmen und affenhaften Gebärden über den Lärm der Orchestrions schreiend hinwegruderten, und wie alles dies sich quirlend mengte mit dem tausendgeräuschigen, unablässig bewegten Dasein der Menge, die trunken war vom Fusel der Blechmusik, dem Flirren des Lichts und von der eigenen warmen Lust ihres Beisammenseins.

Seit ich selber wach geworden war, spürte ich auf einmal das Leben der andern, ich spürte die Brunst der Millionenstadt, wie sie sich heiß und aufgestaut in die paar Stunden des Sonntags ergoß, wie sie sich aufreizte an der eigenen Fülle zu einem dumpfen, tierischen, aber irgendwie gesunden und triebhaften Genuß. Und allmählich spürte ich vom Angeriebensein, von der unausgesetzten Berührung mit ihren heißen leidenschaftlich drängenden Körpern ihre warme Brunst selbst in mich übergehen: meine Nerven strafften sich, aufgereizt von dem scharfen Geruch, aus mir heraus, meine Sinne spielten taumelig mit dem Getöse und empfanden jene verwirrte Betäubung, die mit jeder starken Wollust unweigerlich gemengt ist. Zum erstenmal seit Jahren, vielleicht überhaupt in meinem Leben, spürte ich die Masse, spürte ich Menschen als eine Macht, von der Lust in mein eigenes, abgeschiedenes Wesen überging: irgendein Damm war zerrissen, und von meinen Adern gings hinüber in diese Welt, strömte es rhythmisch zurück, und eine ganz neue Gier überkam mich, noch jene letzte Kruste zwischen mir und ihnen abzuschmelzen, ein leidenschaftliches Verlangen nach Paarung mit dieser heißen, fremden, drängenden Menschheit.

Mit der Lust des Mannes sehnte ich mich in den quellenden Schoß dieses heißen Riesenkörpers hinein, mit der Lust des Weibes war ich aufgetan jeder Berührung, jedem Ruf, jeder Lockung, jeder Umfassung – und nun wußte ichs, Liebe war in mir und Bedürfnis nach Liebe wie nur in den zwielichthaften Knabentagen. Oh, nur hinein, hinein ins Lebendige, irgendwie verbunden sein mit dieser zuckenden, lachenden, aufatmenden Leidenschaft der andern, nur einströmen, sich ergießen in ihren Adergang; ganz klein, ganz namenlos werden im Getümmel, eine Infusorie bloß sein im Schmutz der Welt, ein lustzitterndes, funkelndes Wesen im Tümpel mit den Myriaden – aber nur hinein in die Fülle, hinab in den Kreisel, mich abschießen wie einen Pfeil von der eigenen Gespanntheit ins Unbekannte, in irgendeinen Himmel der Gemeinsamkeit.

Ich weiß es jetzt: ich war damals trunken. In meinem Blute brauste alles zusammen, das Hämmern der Glocken von den Karussells, das feine Lustlachen der Frauen, das unter dem Zugriff der Männer aufsprühte, die chaotische Musik, die flirrenden Kleider. Spitz fiel jeder einzelne Laut in mich und flimmerte dann noch einmal rot und zuckend an den Schläfen vorbei, ich spürte jede Berührung, jeden Blick mit einer phantastischen Aufgereiztheit der Nerven (so wie bei der Seekrankheit), aber doch alles gemeinsam in einem taumeligen Verbundensein.

Ich kann meinen komplizierten Zustand unmöglich mit Worten ausdrücken, am ehesten gelingt es noch vielleicht mit einem Vergleiche: wenn ich sage, ich war überfüllt mit Geräusch, Lärm, Gefühl, überheizt wie eine Maschine, die mit allen Rädern rasend rennt, um dem ungeheuren Druck zu entlaufen, der ihr im nächsten Augenblicke schon den Brustkessel sprengen muß. In den Fingerspitzen zuckte, in den Schläfen pochte, in der Kehle preßte, an den Schläfen würgte das angehitzte Blut – von einer jahrelangen Lauheit des Gefühls war ich mit einemmal in ein Fieber gestürzt, das mich verbrannte. Ich fühlte, daß ich mich jetzt auftun müßte, aus mir heraus mit einem Wort, mit einem Blick, mich mitteilen, mich ausströmen, mich weggeben, mich hingeben, mich gemein machen, mich lösen, – irgendwie retten aus dieser harten Kruste von Schweigen, die mich absonderte von dem warmen, flutenden, lebendigen Element. Seit Stunden hatte ich nicht gesprochen, niemandes Hand gedrückt, niemandes Blick fragend und teilnehmend gegen den meinen gespürt, und nun staute, unter dem Sturz der Geschehnisse, sich diese Erregung gegen das Schweigen.

Niemals, niemals hatte ich so sehr das Bedürfnis nach Mitteilsamkeit, nach einem Menschen gehabt, als jetzt, da ich inmitten von Tausenden und Zehntausenden wogte, rings angespült war von Wärme und Worten, und doch abgeschnürt von dem kreisenden Adergang dieser Fülle. Ich war wie einer, der auf dem Meere verdurstet. Und dabei sah ich, diese Qual mit jedem Blick mehrend, wie rechts und links in jeder Sekunde Fremdes sich anstreifend band, die Quecksilberkügelchen gleichsam spielend zusammenliefen. Ein Neid kam mich an, wenn ich sah, wie junge Burschen im Vorübergehen fremde Mädchen ansprachen und sie nach dem ersten Wort schon unterfaßten, wie alles sich fand und zusammentat: ein Gruß beim Karussell, ein Blick im Anstreifen genügte schon, und Fremdes schmolz in ein Gespräch, vielleicht um sich wieder zu lösen nach ein paar Minuten, aber doch es war Bindung, Vereinigung, Mitteilung, war das, wonach alle meine Nerven jetzt brannten. Ich aber, gewandt im gesellschaftlichen Gespräch, beliebter Causeur und sicher in den Formen, ich verging vor Angst, ich schämte mich, irgendeines dieser breithüftigen Dienstmädchen anzureden, aus Furcht, sie möchte mich verlachen, ja ich schlug die Augen nieder, wenn jemand mich zufällig anschaute, und verging doch innen vor Begierde nach dem Wort.

Was ich wollte von den Menschen, war mir ja selbst nicht klar, ich ertrug es nur nicht länger, allein zu sein und an meinem Fieber zu verbrennen. Aber alle sahen an mir vorbei, jeder Blick strich mich weg, niemand wollte mich spüren. Einmal trat ein Bursch in meine Nähe, zwölfjährig, mit zerlumpten Kleidern: sein Blick war grell erhellt vom Widerschein der Lichter, so sehnsüchtig starrte er auf die schwingenden Holzpferde. Sein schmaler Mund stand offen wie lechzend: offenbar hatte er kein Geld mehr, um mitzufahren, und sog nur Lust aus dem Schreien und Lachen der andern. Ich stieß mich gewaltsam heran an ihn und fragte – aber warum zitterte meine Stimme so dabei und war ganz grell überschlagen? –: „Möchten Sie nicht auch einmal mitfahren?“ Er starrte auf, erschrak – warum? warum? – wurde blutrot und lief fort, ohne ein Wort zu sagen. Nicht einmal ein barfüßiges Kind wollte eine Freude von mir: es mußte, so fühlte ich, etwas furchtbar Fremdes an mir sein, daß ich nirgends mich einmengen konnte, sondern abgelöst in der dicken Masse schwamm wie ein Tropfen Öl auf dem bewegten Wasser.

Aber ich ließ nicht nach: ich konnte nicht länger allein bleiben. Die Füße brannten mir in den bestaubten Lackschuhen, die Kehle war verrostet vom aufgewühlten Qualm. Ich sah mich um: rechts und links zwischen den strömenden Menschengassen standen kleine Inseln von Grün, Gastwirtschaften mit roten Tischtüchern und nackten Holzbänken, auf denen die kleinen Bürger saßen mit ihrem Glas Bier und der sonntäglichen Virginia. Der Anblick lockte mich: hier saßen Fremde beisammen, verknüpften sich im Gespräch, hier war ein wenig Ruhe im wüsten Fieber. Ich trat ein, musterte die Tische, bis ich einen fand, wo eine Bürgerfamilie, ein dicker, vierschrötiger Handwerker mit seiner Frau, zwei heitern Mädchen und einem kleinen Jungen saß. Sie wiegten die Köpfe im Takt, scherzten einander zu, und ihre zufriedenen, leichtlebigen Blicke taten mir wohl.

Ich grüßte höflich, rührte an einen Sessel und fragte, ob ich Platz nehmen dürfe. Sofort stockte ihr Lachen, einen Augenblick schwiegen sie (als wartete jeder, daß der andere seine Zustimmung gebe), dann sagte die Frau, gleichsam betroffen: „Bitte! Bitte!" Ich setzte mich hin und hatte gleich das Gefühl, daß ich mit meinem Hinsetzen ihre ungenierte Laune zerdrückte, denn sofort lag um den Tisch herum ein ungemütliches Schweigen. Ohne daß ich es wagte, die Augen von dem rotkarierten Tischtuch, auf dem Salz und Pfeffer schmierig verstreut zu sehen war, zu heben, spürte ich, daß sie mich alle befremdet beobachteten, und sofort fiel mir – zu spät! – ein, daß ich zu elegant war für dieses Dienstbotengasthaus mit meinem Derbydreß, dem Pariser Zylinder und der Perle in meiner taubengrauen Krawatte, daß meine Eleganz, das Parfüm von Luxus auch hier sofort eine Luftschicht von Feindlichkeit und Verwirrung um mich legte. Und dieses Schweigen der fünf Leute drosselte mich immer tiefer nieder auf den Tisch, dessen rote Karrees ich mit einer verbissenen Verzweiflung immer wieder abzählte, festgenagelt durch die Scham, plötzlich wieder aufzustehn, und doch wieder zu feige, den gepeinigten Blick aufzuheben. Es war eine Erlösung, als endlich der Kellner kam und das schwere Bierglas vor mich hinstellte. Da konnte ich endlich eine Hand regen und beim Trinken scheu über den Rand schielen: wirklich, alle fünf beobachteten mich, zwar ohne Haß, aber doch mit einer wortlosen Befremdung.

Sie erkannten den Eindringling in ihre dumpfe Welt, sie fühlten mit dem naiven Instinkt ihrer Klasse, daß ich etwas hier wollte, hier suchte, was nicht zu meiner Welt gehörte, daß nicht Liebe, nicht Neigung, nicht die einfältige Freude am Walzer, am Bier, am geruhsamen Sonntagsitzen mich hertrieb, sondern irgendein Gelüst, das sie nicht verstanden und dem sie mißtrauten, so wie der Junge vor dem Karussell meinem Geschenk mißtraut hatte, wie die tausend Namenlosen da draußen im Gewühl meiner Eleganz, meiner Weltmännischkeit in unbewußter Feindlichkeit ausbogen.

Und doch fühlte ich: fände ich jetzt ein argloses, einfaches, herzliches, ein wahrhaft menschliches Wort der Anrede zu ihnen, so würde der Vater oder die Mutter mir antworten, die Töchter geschmeichelt zulächeln, ich könnte mit dem Jungen hinüber in eine Bude schießen gehen und kindlichen Spaß mit ihm treiben. In fünf, in zehn Minuten würde ich erlöst sein von mir, eingehüllt in die arglose Atmosphäre bürgerlichen Gesprächs, gern gewährter und sogar geschmeichelter Vertraulichkeit – aber dies einfache Wort, diesen ersten Ansatz im Gespräch, ich fand ihn nicht, eine falsche, törichte, aber übermächtige Scham würgte mir die Kehle, und ich saß mit gesenktem Blick wie ein Verbrecher an dem Tisch dieser einfachen Menschen, gehüllt in die Qual, ihnen mit meiner verbissenen Gegenwart noch die letzte Stunde des Sonntags verstört zu haben. Und in diesem hingebohrten Hinsitzen büßte ich all die Jahre gleichgültigen Hochmuts, an denen ich an abertausend solchen Tischen, an Millionen und Millionen brüderlicher Menschen ohne Blick vorübergegangen war, einzig beschäftigt mit Gunst oder Erfolg in jenem engen Kreise der Eleganz, und ich spürte, daß mir der gerade Weg, die unbefangene Sprache zu ihnen, jetzt, da ich ihrer in der Stunde meines Ausgestoßenseins bedurfte, von innen vermauert war.

So saß ich, ein freier Mensch bisher, qualvoll in mich geduckt, immer wieder die roten Karrees am Tischtuch abzählend, bis endlich der Kellner vorbeikam. Ich rief ihn an, zahlte, stand von dem kaum angetrunkenen Bierglase auf, grüßte höflich. Man dankte mir freundlich und erstaunt: ich wußte, ohne mich umzuwenden, daß jetzt, kaum daß ich ihnen den Rücken zeigte, das Lebendig-Heitere sie wieder überkommen, der warme Kreis des Gesprächs sich schließen würde, sobald ich, der Fremdkörper, ausgestoßen war.

Wieder warf ich mich, aber nun noch gieriger, heißer und verzweifelter, in den Wirbel der Menschen zurück. Das Gedränge war inzwischen lockerer geworden unter den Bäumen, die schwarz in den Himmel überfluteten, es drängte und quirlte nicht mehr so dicht und strömend in den Lichtkreis der Karussells, sondern schwirrte nur schattenhaft mehr am äußersten Rand des Platzes. Auch der brausende, tiefe, gleichsam lustatmende Ton der Menge zerstückte sich in viele kleine Geräusche, die immer gleich hingeschmettert wurden, wenn jetzt die Musik irgendwo gewaltig und rabiat einsetzte, als wollte sie die Fliehenden noch einmal heranreißen. Eine andere Art Gesichter tauchte jetzt auf: die Kinder mit ihren Ballons und Papierkoriandolis waren schon nach Hause gegangen, auch die breithinrollenden sonntäglichen Familien hatten sich verzogen. Nun sah man schon Betrunkene johlen, verlotterte

Burschen mit lungerndem und doch suchendem Gang sich aus den Seitenalleen vorschieben: es war in der einen Stunde, in der ich festgenagelt vor dem fremden Tische gesessen, diese seltsame Welt mehr ins Gemeine hinabgeglitten.

Aber gerade jene phosphoreszierende Atmosphäre von Frechheit und Gefährlichkeit gefiel mir irgendwie besser als die bürgerlichsonntägliche von vordem. Der in mir aufgereizte Instinkt witterte hier ähnliche Gespanntheit der Begier; in dem vortreibenden Schlendern dieser fragwürdigen Gestalten, dieser Ausgestoßenen der Gesellschaft, empfand ich mich irgendwie gespiegelt: auch sie wilderten doch mit einer unruhigen Erwartung hier nach einem flackernden Abenteuer, einer raschen Erregung, und selbst sie, diese zerlumpten Burschen, beneidete ich um die offene, freie Art ihres Streifens; denn ich stand an die Säule eines Karussells atmend gepreßt, ungeduldig, den Druck des Schweigens, die Qual meiner Einsamkeit aus mir zu stoßen und doch unfähig einer Bewegung, eines Anrufs, eines Worts. Ich stand nur und starrte hinaus auf den Platz, der vom Reflex der kreisenden Lichter zuckend erhellt war, stand und starrte von meiner Lichtinsel ins Dunkel hinein, töricht erwartungsvoll jeden Menschen anblickend, der vom grellen Schein angezogen für einen Augenblick sich herwandte. Aber jedes Auge glitt kalt an mir ab. Niemand wollte mich, niemand erlöste mich.

Ich weiß, es wäre wahnwitzig, jemandem schildern oder gar erklären zu wollen, daß ich, ein kultivierter eleganter Mann der Gesellschaft, reich, unabhängig, mit den Besten einer Millionenstadt befreundet, eine ganze Stunde in jener Nacht am Pfosten eines verstimmt quiekenden, rastlos sich schwingenden Praterkarussells stand, zwanzig, vierzig, hundertmal dieselbe stolpernde Polka, denselben schleifenden Walzer mit denselben idiotischen Pferdeköpfen aus bemaltem Holz an mir vorüberkreisen ließ und aus verbissenem Trotz, aus einem magischen Gefühl, das Schicksal in meinen Willen zu zwingen, nicht mich von der Stelle rührte. Ich weiß, daß ich sinnlos handelte in jener Stunde, aber in dieser sinnlosen Beharrung war eine Spannung des Gefühls, eine so stählerne Ankrampfung aller Muskeln, wie sie Menschen sonst vielleicht nur bei einem Absturz fühlen, knapp vor dem Tod, mein ganzes, leer vorbeigelaufenes Leben war plötzlich zurückgeflutet und staute sich bis hinauf zur Kehle. Und so sehr ich gequält war von meinem sinnlosen Wahn, zu bleiben, zu verharren, bis irgendein Wort, ein Blick eines Menschen mich erlöse, so sehr genoß ich diese Qual. Ich büßte etwas in diesem Stehen an dem

Pfahl, nicht jenen Diebstahl so sehr, als das Dumpfe, das Laue, das Leere meines früheren Lebens: und ich hatte mir geschworen, nicht früher zu gehen, bis mir ein Zeichen gegeben war, das Schicksal mich freigegeben.

Und je mehr jene Stunde fortschritt, um so mehr drängte die Nacht sich heran. Eines nach dem andern losch in den Buden das Licht und immer stürzte dann wie eine steigende Flut das Dunkel vor, schluckte den lichten Fleck auf dem Rasen ein: immer einsamer war die helle Insel, auf der ich stand, und schon sah ich zitternd auf die Uhr. Eine Viertelstunde noch, dann würden die scheckigen Holzpferde stillestehn, die roten und grünen Glühlampen auf ihren einfältigen Stirnen abknipsen, das geblähte Orchestrion aufhören zu stampfen. Dann würde ich ganz im Dunkel sein, ganz allein hier in der leise rauschenden Nacht, ganz ausgestoßen, ganz verlassen.

Immer unruhiger blickte ich über den dämmernden Platz, über den nur ganz selten mehr ein heimkehrendes Pärchen eilig strich oder ein paar Burschen betrunken hintaumelten: quer drüben aber in den Schatten zitterte noch verstecktes Leben, unruhig und aufreizend. Manchmal pfiff oder schnalzte es leise, wenn ein paar Männer vorüberkamen. Und bogen sie dann, gelockt von dem Anruf, hin zum Dunkel, so zischelten in den Schatten Frauenstimmen, und manchmal warf der Wind abgerissene Fetzen grellen Lachens herüber. Und allmählich schob sichs um den Rand des Dunkels frecher hervor, gegen den Lichtkegel des erhellten Platzes, um sofort wieder in die Schwärze zurückzutauchen, sobald im Vorübergehen die Pickelhaube eines Schutzmannes im Reflex der Laterne schimmerte. Aber kaum daß er weiterging auf seiner Runde, waren die gespenstigen Schatten wieder da, und jetzt konnte ich sie schon deutlich im Umriß sehen, so nahe wagten sie sich ans Licht, der letzte Abhub jener nächtigen Welt, der Schlamm, der zurückblieb, nun da sich der flüssige Menschenstrom verlaufen: ein paar Dirnen, jene ärmsten und ausgestoßensten, die keine eigene Bettstatt haben, tags auf einer Matratze schlafen und nachts ruhlos streifen, die ihren abgebrauchten, geschändeten, magern Körper jedem für ein kleines Silberstück hier irgendwo im Dunkel auftaten, umspürt von der Polizei, getrieben von Hunger oder irgendeinem Strolch, immer im Dunkel streifend, jagend und gejagt zugleich.

Wie hungrige Hunde schnupperten sie allmählich vor zu dem erhellten Platz nach irgend etwas Männlichem, nach einem vergessenen Nachzügler, dem sie seine Lust ablocken könnten für eine Krone oder zwei, um sich dann einen Glühwein zu kaufen in einem Volkskaffee und den trüb flackernden Stumpf Leben sich zu erhalten, der ja ohnehin bald auslöscht in einem Spital oder einem Gefängnis. Der Abhub war dies, die letzte Jauche von der hochgequollenen Sinnlichkeit der sonntäglichen Masse – mit einem grenzenlosen Grauen sah ich nun aus dem Dunkel diese hungrigen Gestalten geistern. Aber auch in diesem Grauen war noch eine magische Lust, denn selbst in diesem schmutzigsten Spiegel erkannte ich Vergessenes und dumpf Gefühltes wieder: hier war eine tiefe, sumpfige Welt, die ich vor Jahren längst durchschritten und die nun phosphoreszierend mir wieder in die Sinne funkelte.

Seltsam, was diese phantastische Nacht mir plötzlich entgegenhielt, wie sie mich Verschlossenen plötzlich auffaltete, daß das Dunkelste meiner Vergangenheit, das Geheimste meines Triebes in mir nun offen lag! Dumpfes Gefühl stieg auf verschütteter Knabenjahre, wo scheuer Blick neugierig angezogen und doch feig verstört an solchen Gestalten gehaftet, Erinnerung an die Stunde, wo man zum erstenmal auf knarrender, feuchter Treppe einer hinaufgefolgt war in ihr Bett – und plötzlich, als ob Blitz einen Nachthimmel zerteilt hätte, sah ich scharf jede Einzelheit jener vergessenen Stunde, den flachen Öldruck über dem Bett, das Amulett, das sie auf dem Halse trug, ich spürte jede Fiber von damals, die ungewisse Schwüle, den Ekel und den ersten Knabenstolz. All das wogte mir mit einem Male durch den Körper. Eine Hellsichtigkeit ohne Maß strömte plötzlich in mich ein, und – wie soll ich das sagen können, dies Unendliche! – ich verstand mit einemmal alles, was mich mit so brennendem Mitleid jenen verband, gerade weil sie der letzte Abschaum des Lebens waren, und mein von dem Verbrechen einmal angereizter Instinkt spürte von innen heraus dieses hungrige Lungern, das dem meinen in dieser phantastischen Nacht so ähnlich war, dies verbrecherische Offenstehn jeder Berührung, jeder fremden zufällig anstreifenden Lust.

Magnetisch zog es mich hin, die Brieftasche mit dem gestohlenen Geld brannte plötzlich heiß über der Brust, wie ich da drüben endlich Wesen, Menschen, Weiches, Atmendes, Sprechendes spürte, das von andern Wesen, vielleicht auch von mir, etwas wollte, von mir, der nur wartete, sich wegzugeben, der verbrannte in seiner rasenden Willigkeit nach Menschen. Und mit einmal verstand ich, was Männer zu solchen Wesen treibt, verstand, daß es selten nur Hitze des Blutes ist, ein schwellender Kitzel ist, sondern meist bloß die Angst vor der Einsamkeit, vor der entsetzlichen Fremdheit, die sonst zwischen uns sich auftürmt und die mein entzündetes Gefühl heute zum erstenmal fühlte. Ich erinnerte mich, wann ich zum letztenmal dies dumpf empfunden: in England war es gewesen, in Manchester, einer jener stählernen Städte, die in einem lichtlosen Himmel von Lärm brausen wie eine Untergrundbahn und die doch gleichzeitig einen Frost von Einsamkeit haben, der durch die Poren bis ins Blut dringt.

Drei Wochen hatte ich dort bei Verwandten gelebt, abends immer allein irrend durch Bars und Klubs und immer wieder in die glitzernde Musikhall, nur um etwas menschliche Wärme zu spüren. Und da eines Abends hatte ich so eine Person gefunden, deren Gassenenglisch ich kaum verstand, aber plötzlich war man in einem Zimmer, trank Lachen von einem fremden Mund, ein warmer Körper war da, irdisch nahe und weich. Plötzlich schmolz sie weg, die kalte schwarze Stadt, der finstere lärmende Raum von Einsamkeit, irgendein Wesen, das man nicht kannte, das nur dastand und wartete auf jeden, der kam, löste einen auf, ließ allen Trost wegtauen: man atmete wieder frei, spürte Leben in leichter Helligkeit inmitten des stählernen Kerkers.

Wie wunderbar war das für die Einsamen, die Abgesperrten in sich selbst, dies zu wissen, dies zu ahnen, daß ihrer Angst immer doch irgendein Halt ist, sich festzuklammern an ihn, mag er auch überschmutzt sein von vielen Griffen, starrend von Alter, zerfressen von giftigem Rost. Und dies, gerade dies hatte ich vergessen in der Stunde der untersten Einsamkeit, aus der ich taumelnd aufstieg in dieser Nacht, daß irgendwo an einer letzten Ecke immer diese Letzten noch warten, jede Hingabe in sich aufzufangen, jede Verlassenheit an ihrem Atem ausruhen zu lassen, jede Hitze zu kühlen für ein kleines Stück Geld, das immer zu gering ist für das Ungeheure, das sie geben mit ihrem ewigen Bereitsein, mit dem großen Geschenk ihrer menschlichen Gegenwart.

Neben mir setzte dröhnend das Orchestrion des Karussells wieder ein. Es war die letzte Runde, die letzte Fanfare des kreisenden Lichts in das Dunkel hinaus, ehe der Sonntag in die dumpfe Woche verging. Aber niemand kam mehr, leer rannten die Pferde in ihrem irrsinnigen Kreis, schon scharrte und zählte an der Kasse die übermüdete Frau die Lösung des Tages zusammen, und der Laufbursche kam mit den Haken, bereit, nach dieser letzten Runde knatternd die Rolläden über die Bude herabzulassen. Nur ich, ich allein, stand noch immer da, an den Pfosten gelehnt, und sah hinaus auf den leeren Platz, wo nur diese fledermausflatternden Gestalten strichen, suchend wie ich, wartend wie ich, und doch den undurchdringlichen Raum von Fremdheit zwischeneinander. Aber jetzt mußte eine von ihnen mich bemerkt haben, denn sie schob sich langsam her, ganz nah sah ich sie unter dem gesenkten Blick: ein kleines, verkrüppeltes, rachitisches Wesen ohne Hut, mit einem geschmacklos aufgeputzten Fähnchen von Kleid, unter dem abgetragene Ballschuhe vorlugten, das Ganze wohl allmählich bei Hökerinnen oder einem Trödler zusammengekauft und seitdem verscheuert, zerdrückt vom Regen oder irgendwo bei einem schmutzigen Abenteuer im Gras. Sie schmeichelte sich heran, blieb neben mir stehen, den Blick wie eine Angel spitz herwerfend und ein einladendes Lächeln über den schlechten Zähnen. Mir blieb der Atem stocken. Ich konnte mich nicht rühren, nicht sie ansehen und doch mich nicht fortreißen: wie in einer Hypnose spürte ich, daß da ein Mensch um mich begehrlich herumstrich, jemand um mich warb, daß ich endlich diese gräßliche Einsamkeit, dies quälende Ausgestoßensein mit einem Wort, einer Geste bloß wegschleudern könnte. Aber ich vermochte mich nicht zu rühren, hölzern wie der Balken, an dem ich lehnte, und in einer Art wollüstiger Ohnmacht empfand ich nur immer – während die Melodie des Karussells schon müde wegtaumelte – die nahe Gegenwart, diesen Willen, der um mich warb, und schloß die Augen für einen Augenblick, um ganz dieses magnetische Angezogensein irgendeines Menschlichen aus dem Dunkel der Welt mich überfluten zu fühlen.

Das Karussell hielt inne, die walzernde Melodie erstickte mit einem letzten stöhnenden Laut. Ich schlug die Augen auf und sah gerade noch, wie die Gestalt neben mir sich wegwandte. Offenbar war es ihr zu langweilig, hier neben einem hölzern Dastehenden zu warten. Ich erschrak. Mir wurde plötzlich ganz kalt. Warum hatte ich sie fortgehen lassen, den einzigen Menschen dieser phantastischen Nacht, der mir entgegengekommen, der mir aufgetan war? Hinter mir löschten die Lichter, prasselnd knatterten die Rollbalken herab. Es war zu Ende. Und plötzlich – ach, wie mir selbst diesen heißen, diesen jäh aufspringenden Gischt schildern? – plötzlich – es kam so jäh, so heiß, so rot, als ob mir eine Ader in der Brust geplatzt wäre – plötzlich brach aus mir, dem stolzen, dem hochmütigen, ganz in kühler, gesellschaftlicher Würde verschanzten Menschen wie ein stummes Gebet, wie ein Krampf, wie ein Schrei, der kindische und mir doch so ungeheure Wunsch, diese kleine, schmutzige, rachitische Hure möchte nur noch einmal den Kopf wenden, damit ich zu ihr sprechen könnte. Denn ihr nachzugehen war ich nicht zu stolz – mein Stolz war zerstampft, zertreten, weggeschwemmt von ganz neuen Gefühlen –, aber zu schwach, zu ratlos. Und so stand ich da, zitternd und durchwühlt, hier allein an dem Marterpfosten der Dunkelheit, wartend wie ich nie gewartet hatte seit meinen Knabenjahren, wie ich nur einmal an einem abendlichen Fenster gestanden, als eine fremde Frau langsam sich auszukleiden begann und immer zögerte und verweilte in ihrer ahnungslosen Entblößung – ich stand, zu Gott aufschreiend mit irgendeiner mir selbst unbekannten Stimme um das Wunder, dieses krüppelige Ding, dieser letzte Abhub Menschheit möge es noch einmal mit mir versuchen, noch einmal den Blick rückwenden zu mir.

Und – sie wandte sich. Einmal noch, ganz mechanisch blickte sie zurück. Aber so stark mußte mein Aufzucken, das Vorspringen meines gespannten Gefühls in dem Blick gewesen sein, daß sie beobachtend stehen blieb. Sie wippte noch einmal halb herum, sah mich durch das Dunkel an, lächelte und winkte mit dem Kopf einladend hinüber gegen die verschattete Seite des Platzes. Und endlich fühlte ich den entsetzlichen Bann der Starre in mir weichen. Ich konnte mich wieder regen und nickte ihr bejahend zu.

Der unsichtbare Pakt war geschlossen. Nun ging sie voraus über den dämmerigen Platz, von Zeit zu Zeit sich umwendend, ob ich ihr nachkäme. Und ich folgte: das Blei war von meinen Knien gefallen, ich konnte wieder die Füße regen. Magnetisch stieß es mich nach, ich ging nicht bewußt, sondern strömte gleichsam, von geheimnisvoller Macht gezogen, hinter ihr her. Im Dunkel der Gasse zwischen den Buden verlangsamte sie den Schritt. Nun stand ich neben ihr.

Sie sah mich einige Sekunden an, prüfend und mißtrauisch: etwas machte sie unsicher. Offenbar war ihr mein seltsam scheues Dastehen, der Kontrast des Ortes und meiner Eleganz, irgendwie verdächtig. Sie blickte sich mehrmals um, zögerte. Dann sagte sie in die Verlängerung der Gasse deutend, die schwarz wie eine Bergwerksschlucht war: „Gehn wir dort hinüber. Hinter dem Zirkus ist es ganz dunkel."

Ich konnte nicht antworten. Das entsetzlich Gemeine dieser Begegnung betäubte mich. Am liebsten hätte ich mich irgendwie losgerissen, mit einem Stück Geld, mit einer Ausrede freigekauft, aber mein Wille hatte keine Macht mehr über mich. Wie auf einer Rodel war mir, wenn man an einer Kurve schleudernd, mit rasender Geschwindigkeit einen steilen Schneehang hinabsaust und das Gefühl der Todesangst sich irgendwie wollüstig mit dem Rausch der Geschwindigkeit mengt und man, statt zu bremsen, sich mit einer taumelnden und doch bewußten Schwäche willenlos an den Sturz hingibt.

Ich konnte nicht mehr zurück und wollte vielleicht gar nicht mehr, und jetzt, wie sie vertraulich sich an mich drückte, faßte ich unwillkürlich ihren Arm. Es war ein ganz magerer Arm, nicht der Arm einer Frau, sondern wie der eines zurückgebliebenen skrofulösen Kindes, und kaum daß ich ihn durch das dünne Mäntelchen fühlte, überkam mich mitten in dem gespannten Empfinden ein ganz weiches, flutendes Mitleid mit diesem erbärmlichen, zertretenen Stück Leben, das diese Nacht gegen mich gespült. Und unwillkürlich liebkosten meine Finger diese schwachen, kränklichen Gelenke so rein, so ehrfürchtig, wie ich noch nie eine Frau berührt. Wir überquerten eine matt erleuchtete Straße und traten in ein kleines Gehölz, wo wuchtige Baumkronen ein dumpfes, übelriechendes Dunkel fest zusammenhielten. In diesem Augenblick merkte ich, obwohl man kaum mehr einen Umriß bemerken konnte, daß sie ganz vorsichtig an meinem Arm sich umwandte und einige Schritte später noch ein zweitesmal. Und seltsam: während ich gleichsam in einer Betäubung in das schmutzige Abenteuer hinabglitt, waren doch meine Sinne furchtbar wach und funkelnd. Mit einer Hellsichtigkeit, der nichts entging, die jede Regung wissend bis in sich hineinriß, merkte ich, daß rückwärts am Saum des überquerten Pfades schattenhaft uns etwas nachglitt, und mir war es, als hörte ich einen schleichenden Schritt. Und plötzlich – wie ein Blitz eine Landschaft prasselnd weiß überspringt – ahnte, wußte ich alles: daß ich hier in eine Falle gelockt werden sollte, daß die Zuhälter dieser Hure hinter uns lauerten und sie mich im Dunkel an eine verabredete Stelle zog, wo ich ihre Beute werden sollte. Mit einer überirdischen Klarheit, wie sie nur die zusammengepreßten Sekunden zwischen Tod und Leben haben, sah ich alles, überlegte ich jede Möglichkeit. Noch war es Zeit zu entkommen, die Hauptstraße mußte nahe sein, denn ich hörte die elektrische Tramway dort auf den Schienen rattern, ein Schrei, ein Pfiff konnte Leute herbeirufen: in scharf umrissenen Bildern zuckten alle Möglichkeiten der Flucht, der Rettung in mir auf.

Aber seltsam – diese aufschreckende Erkenntnis kühlte nicht, sondern hitzte nur. Ich kann mir heute in einem wachen Augenblick, im klaren Licht eines herbstlichen Tages das Absurde meines Tuns selbst nicht ganz erklären: ich wußte, wußte sofort mit jeder Fiber meines Wesens, daß ich unnötig in eine Gefahr ging, aber wie ein feiner Wahnsinn rieselte mir das Vorgefühl durch die Nerven. Ich wußte ein Widerliches, vielleicht Tödliches voraus, ich zitterte vor Ekel, hier irgendwie in ein Verbrechen, in ein gemeines, schmutziges Erleben gedrängt zu sein, aber gerade für die nie gekannte, nie geahnte Lebenstrunkenheit, die mich betäubend überströmte, war selbst der Tod noch eine finstere Neugier. Etwas – war es Scham, die Furcht zu zeigen, oder eine Schwäche? – stieß mich vorwärts. Es reizte mich, in die letzte Kloake des Lebens hinabzusteigen, in einem einzigen Tage meine ganze Vergangenheit zu verspielen und zu verprassen, eine verwegene Wollust des Geistes mengte sich der gemeinen dieses Abenteuers. Und obwohl ich mit allen meinen Nerven die Gefahr witterte, sie mit meinen Sinnen, meinem Verstand klarsichtig begriff, ging ich trotzdem weiter hinein in das Gehölz am Arm dieser schmutzigen Praterdirne, die mich körperlich mehr abstieß als lockte und von der ich wußte, daß sie mich nur für ihre Spießgesellen herzog. Aber ich konnte nicht zurück. Die Schwerkraft des Verbrecherischen, die sich nachmittags im Abenteuer auf dem Rennplatze an mich gehangen, riß mich weiter und weiter hinab. Und ich spürte nur mehr die Betäubung, den wirbeligen Taumel des Sturzes in neue Tiefen hinab und vielleicht in die letzte: in den Tod.

Nach ein paar Schritten blieb sie stehen. Wieder flog ihr Blick unsicher herum. Dann sah sie mich wartend an: „Na – und was schenkst du mir?“

Ach so. Das hatte ich vergessen. Aber die Frage ernüchterte mich nicht. Im Gegenteil. Ich war ja so froh, schenken, geben, mich verschwenden zu dürfen. Hastig griff ich in die Tasche, schüttete alles Silber und ein paar zerknüllte Banknoten ihr in die aufgetane Hand. Und nun geschah etwas so Wunderbares, daß mir heute noch das Blut warm wird, wenn ich daran denke: entweder war diese arme Person überrascht von der Höhe der Summe – sie war sonst nur kleine Münze gewohnt für ihren schmutzigen Dienst –, oder in der Art meines Gebens, des freudigen, raschen, fast beglückten Gebens mußte etwas ihr Ungewohntes, etwas Neues sein, denn sie trat zurück, und durch das dicke, übelriechende Dunkel spürte ich, wie ihr Blick mit einem großen Erstaunen mich suchte. Und ich empfand endlich das lang Entbehrte dieses Abends: jemand fragte nach mir, jemand suchte mich, zum erstenmal *lebte* ich für irgend jemanden dieser Welt. Und daß gerade diese Ausgestoßenste, dieses Wesen, das ihren armen verbrauchten Körper durch die Dunkelheit wie eine Ware trug und die, ohne den Käufer auch nur anzusehen, sich an mich gedrängt, nun die Augen aufschlug zu den meinen, daß sie nach dem Menschen in mir fragte, das steigerte nur meine merkwürdige Trunkenheit, die hellsichtig war und taumelnd zugleich, wissend und aufgelöst in eine magische Dumpfheit.

Und schon drängte dieses fremde Wesen sich näher an mich, aber nicht in geschäftsmäßiger Erfüllung bezahlter Pflicht, sondern ich meinte, irgend etwas unbewußt Dankbares, einen weibhaften Willen zur Annäherung darin zu spüren. Ich faßte leise ihren Arm an, den magern rachitischen Kinderarm, empfand ihren kleinen verkrüppelten Körper und sah plötzlich über all das hinaus ihr ganzes Leben: die geliehene schmierige Bettstelle in einem Vorstadthof, wo sie von morgens bis mittags schlief zwischen einem Gewürm fremder Kinder, ich sah ihren Zuhälter, der sie würgte, die Trunkenen, die sich im Dunkel rülpsend über sie warfen, die gewisse Abteilung im Krankenhaus, in die man sie brachte, den Hörsaal, wo man ihren abgeschundenenLeib nackt und krank jungen frechen Studenten als Lehrobjekt hinhielt, und dann das Ende irgendwo in einer Heimatsgemeinde, in die man sie per Schub abgeladen und wo man sie verrecken ließ wie ein Tier. Unendliches Mitleid mit ihr, mit allen überkam mich, irgend etwas Warmes, das Zärtlichkeit war und doch keine Sinnlichkeit. Immer wieder strich ich ihr über den kleinen magern Arm. Und dann beugte ich mich nieder und küßte die Erstaunte.

In diesem Augenblick raschelte es hinter mir. Ein Ast knackte. Ich sprang zurück. Und schon lachte eine breite, ordinäre Männerstimme. „Da haben mirs. Ich hab mirs ja gleich gedacht."

Noch ehe ich sie sah, wußte ich, wer sie waren. Nicht eine Sekunde hatte ich inmitten all meiner dumpfen Betäubung daran vergessen, daß ich umlauert war, ja meine geheimnisvolle wache Neugier hatte sie erwartet. Eine Gestalt schob sich jetzt vor aus dem Gebüsch und hinter ihr eine zweite: verwilderte Burschen, frech aufgepflanzt. Wieder kam das ordinäre Lachen. „So eine Gemeinheit, da Schweinereien zu treiben. Natürlich ein feiner Herr! Den werden wir aber jetzt Hopp nehmen." Ich stand reglos. Das Blut tickte mir an die Schläfen. Ich empfand keine Angst. Ich wartete nur, was geschehen sollte. Jetzt war ich endlich in der Tiefe, im letzten Abgrund des Gemeinen. Jetzt mußte der Aufschlag kommen, das Zerschellen, das Ende, dem ich halbwissend entgegengetrieben.

Das Mädel war von mir weggesprungen, aber doch nicht zu ihnen hinüber. Sie stand irgendwie in der Mitte:anscheinend war ihr der vorbereitete Überfall doch nicht ganz angenehm. Die Burschen wiederum waren ärgerlich, daß ich mich nicht rührte. Sie sahen einander an, offenbar erwarteten sie von mir einen Widerspruch, eine Bitte, irgendeine Angst. „Aha, er sagt nix', rief schließlich drohend der eine. Und der andere trat auf mich zu und sagte befehlend: „Sie müssen mit aufs Kommissariat."

Ich antwortete noch immer nichts. Da legte mir der eine den Arm auf die Schulter und stieß mich leicht vor. „Vorwärts", sagte er.

Ich ging. Ich wehrte mich nicht, weil ich mich nicht wehren wollte: das Unerhörte, das Gemeine, das Gefährliche der Situation betäubte mich. Mein Gehirn blieb ganz wach; ich wußte, daß die Burschen die Polizei mehr fürchten mußten als ich, daß ich mich loskaufen konnte mit ein paar Kronen, – aber ich wollte ganz die Tiefe des Gräßlichen auskosten, ich genoß die grausige Erniedrigung der Situation in einer Art wissender Ohnmacht. Ohne Hast, ganz mechanisch ging ich in die Richtung, in die sie mich gestoßen hatten. Aber gerade das, daß ich so wortlos, so geduldig dem Licht zuging, schien die Burschen zu verwirren. Sie zischelten leise. Dann fingen sie wieder an, absichtlich laut miteinander zu reden. „Laß ihn laufen", sagte der eine (ein pockennarbiger kleiner Kerl); aber der andere erwiderte, scheinbar streng: „Nein, das geht nicht. Wenn das ein armer Teufel tut wie wir, der nix zum Fressen hat, dann wird er eingelocht. Aber so ein feiner Herr – da muß a Straf sein." Und ich hörte jedes Wort und hörte darin ihre ungeschickte Bitte, ich möchte beginnen, mit ihnen zu verhandeln, der Verbrecher in mir verstand den Verbrecher in ihnen, verstand, daß sie mich quälen wollten mit Angst und ich sie quälte mit meiner Nachgiebigkeit. Es war ein stummer Kampf zwischen uns beiden, und – o wie reich war diese Nacht! – ich fühlte inmitten tödlicher Gefahr, hier mitten im stinkenden Dickicht der Praterwiese, zwischen Strolchen und einer Dirne, zum zweitenmal seit zwölf Stunden den rasenden Zauber des Spiels, nun aber um den höchsten Einsatz, um meine ganze bürgerliche Existenz, ja um mein Leben. Und ich gab mich diesem ungeheuren Spiel, der funkelnden Magie des Zufalls mit der ganzen gespannten, bis zum Zerreißen gespannten Kraft meiner zitternden Nerven hin.

„Aha, dort ist schon der Wachmann," sagte hinter mir die eine Stimme, „da wird er sich nicht zu freuen haben, der feine Herr, eine Wochen wird er schon sitzen." Es sollte böse klingen und drohend, aber ich hörte die stockende Unsicherheit. Ruhig ging ich dem Lichtschein zu, wo tatsächlich die Pickelhaube eines Schutzmannes glänzte. Zwanzig Schritte noch, dann mußte ich vor ihm stehen. Hinter mir hatten die Burschen aufgehört zu reden; ich merkte, wie sie langsamer gingen; im nächsten Augenblick mußten sie, ich wußte es, feig zurücktauchen in das Dunkel, in ihre Welt, erbittert über den mißlungenen Streich, und ihren Zorn vielleicht an der Armseligen auslassen. Das Spiel war zu Ende: wiederum, zum zweitenmal, hatte ich heute gewonnen, wiederum einen andern fremden, unbekannten Menschen um seine böse Lust geprellt. Schon flackerte von drüben der bleiche Kreis der Laternen, und als ich mich jetzt umwandte, sah ich zum erstenmal in die Gesichter der beiden Burschen: Erbitterung war und eine geduckte Beschämung in ihren unsichern Augen. Sie blieben stehen in einer gedrückten, enttäuschten Art, bereit, ins Dunkel zurückzuspringen. Denn ihre Macht war vorüber: nun war *ich* es, den sie fürchteten.

In diesem Augenblick überkam mich plötzlich – und es war, als ob die innere Gärung alle Dauben in meiner Brust plötzlich sprengte und heiß das Gefühl in mein Blut überliefe – ein so unendliches, ein *brüderliches* Mitleid mit diesen beiden Menschen. Was hatten sie denn begehrt von mir, sie, die armen hungernden, zerfetzten Burschen, von mir, dem Übersatten, dem Parasiten: ein paar Kronen, ein paar elende Kronen. Sie hätten mich würgen können dort im Dunkel, mich berauben, mich töten, und hatten es nicht getan, hatten nur in einer ungeübten, ungeschickten Art versucht, mich zu schrecken um dieser kleinen Silbermünzen willen, die mir lose in der Tasche lagen. Wie konnte ich es da wagen, ich, der Dieb aus Laune, aus Frechheit, der Verbrecher aus Nervenlust, sie, diese armen Teufel, noch zu quälen? Und in mein unendliches Mitleid strömte unendliche Scham, daß ich mit ihrer Angst, mit ihrer Ungeduld um meiner Wollust willen noch gespielt. Ich raffte mich zusammen: jetzt, gerade jetzt, da ich gesichert war, da schon das Licht der nahen Straße mich schützte, jetzt mußte ich ihnen zuwillen sein, die Enttäuschung auslöschen in diesen bittern, hungrigen Blicken.

Mit einer plötzlichen Wendung trat ich auf den einen zu. „Warum wollen Sie mich anzeigen?“ sagte ich und mühte mich, in meine Stimme einen gepreßten Atem von Angst zu quälen. „Was haben Sie davon? Vielleicht werde ich eingesperrt, vielleicht auch nicht. Aber Ihnen bringt es doch keinen Nutzen. Warum wollen Sie mir mein Leben verderben?“

Die beiden starrten verlegen. Sie hatten alles erwartet jetzt, einen Anschrei, eine Drohung, unter der sie wie knurrende Hunde sich weggedrückt hätten, nur nicht diese Nachgiebigkeit. Endlich sagte der eine, aber gar nicht drohend, sondern gleichsam entschuldigend: „Gerechtigkeit muß sein. Wir tun nur unsere Pflicht.“

Es war offenbar eingelernt für solche Fälle. Und doch klang es irgendwie falsch. Keiner von beiden wagte mich anzusehen. Sie warteten. Und ich wußte, worauf sie warteten. Daß ich betteln würde um Gnade. Und daß ich ihnen Geld bieten würde. Ich weiß noch alles aus jenen Sekunden. Ich weiß jeden Nerv, der sich in mir regte, jeden Gedanken, der hinter der Schläfe zuckte. Und ich weiß, was mein böses Gefühl damals zuerst wollte: sie warten lassen, sie noch länger quälen, die Wollust des Wartenlassens auskosten. Aber ich zwang mich rasch, ich bettelte, weil ich wußte, daß ich die Angst dieser beiden endlich erlösen mußte. Ich begann eine Komödie der Furcht zu spielen, bat sie um Mitleid, sie möchten schweigen, mich nicht unglücklich machen. Ich merkte, wie sie verlegen wurden, diese armen Dilettanten der Erpressung, und wie das Schweigen gleichsam weicher zwischen uns stand.

Und da sagte ich endlich, endlich das Wort, nach dem sie so lange lechzten. „Ich... ich gebe Ihnen... hundert Kronen."

Alle drei fuhren auf und sahen sich an. So viel hatten sie nicht mehr erwartet, jetzt, da doch alles für sie verloren war. Endlich faßte sich der eine, der Pockennarbige mit dem unruhigen Blick. Zweimal setzte er an. Es ging ihm nicht aus der Kehle. Dann sagte er – und ich spürte, wie er sich schämte dabei: „Zweihundert Kronen."

„Aber hörts auf", mengte sich jetzt plötzlich das Mädchen ein. „Ihr könnts froh sein, wenn er euch überhaupt etwas gibt. Er hat ja gar nix getan, kaum daß er mich angerührt hat. Das ist wirklich zu stark."

Wirklich erbittert schrie sie's ihnen entgegen. Und mir klang das Herz. Jemand hatte Mitleid mit mir, jemand sprach für mich, aus dem Gemeinen stieg Güte, irgendein dunkles Begehren nach Gerechtigkeit aus einer Erpressung. Wie das wohltat, wie das Antwort gab auf den Aufschwall in mir! Nein, nur jetzt nicht länger spielen mit den Menschen, nicht sie quälen in ihrer Angst, in ihrer Scham: genug! genug!

„Gut, also zweihundert Kronen."

Sie schwiegen alle drei. Ich nahm die Brieftasche heraus. Ganz langsam, ganz offen bog ich sie auf in der Hand. Mit einem Griff hätten sie mir sie wegreißen können und in das Dunkel hinein flüchten. Aber sie sahen scheu weg. Es war zwischen ihnen und mir irgendein geheimes Gebundensein, nicht mehr Kampf und Spiel, sondern ein Zustand des Rechts, des Vertrauens, eine menschliche Beziehung. Ich blätterte die beiden Noten aus dem gestohlenen Pack und reichte sie dem einen hin.

„Danke schön", sagte er unwillkürlich und wandte sich schon weg. Offenbar spürte er selbst das Lächerliche, zu danken für ein erpreßtes Geld. Er schämte sich, und diese seine Scham – oh, alles fühlte ich ja in dieser Nacht, jede Geste schloß sich mir auf! – bedrückte mich. Ich wollte nicht, daß sich ein Mensch vor mir schäme, vor mir, der ich seinesgleichen war, Dieb wie er, schwach, feige und willenlos wie er. Seine Demütigung quälte mich, und ich wollte sie ihm wegnehmen. So wehrte ich seinem Dank.

„Ich habe Ihnen zu danken", sagte ich und wunderte mich selbst, wieviel wahrhaftige Herzlichkeit aus meiner Stimme sprang. „Wenn Sie mich angezeigt hätten, wäre ich verloren gewesen. Ich hätte mich erschießen müssen, und Sie hätten nichts davon gehabt. Es ist besser so. Ich gehe jetzt da rechts hinüber und Sie vielleicht dort auf die andere Seite. Gute Nacht."

Sie schwiegen wieder einen Augenblick. Dann sagte der eine „Gute Nacht", dann der andere, zuletzt die Hure, die ganz im Dunkel geblieben. Ganz warm klang es, ganz herzlich wie ein wirklicher Wunsch. An ihren Stimmen fühlte ich, sie hatten mich irgendwo tief im Dunkel ihres Wesens lieb, sie würden diese sonderbare Sekunde nie vergessen. Im Zuchthaus oder im Spital würde sie ihnen vielleicht wieder einmal einfallen: etwas von mir lebte fort in ihnen, ich hatte ihnen etwas gegeben. Und dieses Gebens Lust erfüllte mich wie noch nie ein Gefühl. Ich ging allein durch die Nacht dem Ausgang des Praters zu. Alles Gepreßte war von mir gefallen, ich fühlte, wie ich ausströmte in nie gekannter Fülle, ich, der Verschollene, in die ganze unendliche Welt hinein. Alles empfand ich, als lebte es nur für mich allein und mich wieder mit allem strömend verbunden. Schwarz umstanden mich die Bäume, sie rauschten mir zu, und ich liebte sie. Sterne glänzten von oben nieder, und ich atmete ihren weißen Gruß. Stimmen kamen singend von irgendwoher, und mir war, sie sängen für mich. Alles gehörte mir mit einem Male, seit ich die Rinde um meine Brust zerstoßen, und Freude des Hingebens, des Verschwendens schwellte mich allem zu. O wie leicht ist es, fühlte ich, Freude zu machen und selbst froh zu werden aus der Freude: man braucht sich nur aufzutun, und schon fließt von Mensch zu Menschen der lebendige Strom, stürzt vom Hohen zum Niedern, schäumt von der Tiefe wieder ins Unendliche empor.

Am Ausgang des Praters neben einem Wagenstandplatz sah ich eine Hökerin, müde, gebückt über ihren kleinen Kram. Bäckereien hatte sie, überschimmelt von Staub, und ein paar Früchte, seit Morgen saß sie wohl so da, gebückt über die paar Heller, und die Müdigkeit knickte sie ein. Warum sollst du dich nicht auch freuen, dachte ich, wenn ich mich freue? Ich nahm ein kleines Stück Zuckerbrot und legte ihr einen Schein hin. Sie wollte eilfertig wechseln, aber schon ging ich weiter und sah nur, wie sie erschrak vor Glück, wie die zerknitterte Gestalt sich plötzlich straffte und nur der im Staunen erstarrte Mund mir tausend Wünsche nachsprudelte. Das Brot zwischen den Fingern trat ich zu dem Pferde, das müde an der Deichsel hing, aber nun wandte es sich her und schnaubte mir freundlich zu. Auch in seinem dumpfen Blick warDank, daß ich seine rosa Nüster streichelte und ihm das Brot hinreichte. Und kaum daß ichs getan, begehrte ich nach mehr: noch mehr Freude zu machen, noch mehr zu spüren, wie man mit ein paar Silberstücken, mit ein paar farbigen Zetteln Angst auslöschen, Sorge töten, Heiterkeit aufzünden konnte. Warum waren keine Bettler da? Warum keine Kinder, die von den Ballons haben wollten, die dort ein mürrischer, weißhaariger Hinkfuß in dicken Bündeln an vielen Fäden nach Hause stelzte, enttäuscht über das schlechte Geschäft des langen heißen Tages. Ich ging auf ihn zu. „Geben Sie mir die Ballons." „Zehn Heller das Stück", sagte er mißtrauisch, denn was wollte dieser elegante Müßiggänger jetzt mitternachts mit den farbigen Ballons? „Geben Sie mir alle", sagte ich und gab ihm einen Zehnkronenschein. Er torkelte auf, sah mich wie geblendet an, dann gab er mir zitternd die Schnur, die das ganze Bündel hielt. Straff fühlte ich es an dem Finger ziehn: sie wollten weg, wollten frei sein, wollten hinauf in den Himmel hinein. So geht, fliegt, wohin ihr begehrt, seid frei! Ich ließ die Schnüre los, und wie viele bunte Monde stiegen sie plötzlich auf. Von allen Seiten liefen die Leute her und lachten, aus dem Dunkel kamen die Verliebten, die Kutscher knallten mit den Peitschen und zeigten sich gegenseitig rufend mit den Fingern, wie jetzt die freien Kugeln über die Bäume hin zu den Häusern und Dächern trieben. Alles sah sich fröhlich an und hatte seinen Spaß mit meiner seligen Torheit.

Warum hatte ich das nie und nie gewußt, wie leicht es ist und wie gut, Freude zu geben! Mit einem Male brannten die Banknoten wieder in der Brieftasche, sie zuckten mir in den Fingern so wie vordem die Schnüre der Ballons: auch sie wollten wegfliegen von mir ins Unbekannte hinein. Und ich nahm sie, die gestohlenen des Lajos und die eigenen – denn nichts empfand ich mehr davon als Unterschied oder Schuld – zwischen die Finger, bereit, sie jedem hinzustreuen, der eine wollte. Ich ging hinüber zu einem Straßenkehrer, der verdrossen die verlassene Praterstraße fegte. Er meinte, ich wolle ihn nach irgendeiner Gasse fragen und sah mürrisch auf: ich lachte ihn an und hielt ihm einen Zwanzigkronenschein hin. Er starrte, ohne zu begreifen, dann nahm er ihn endlich und wartete, was ich von ihm fordern würde. Ich aber lachte ihm nur zu, sagte: „Kauf dir was Gutes dafür", und ging weiter. Immer sah ich nach allen Seiten, ob nicht jemand etwas von mir begehrte, und da niemand kam, bot ich an: einer Hure, die mich ansprach, schenkte ich einen Schein, zwei einem Laternenanzünder, einen warf ich in die offene Luke einer Backstube im Untergeschoß, und ging so, ein Kielwasser von Staunen, Dank, Freude hinter mir, weiter und weiter. Schließlich warf ich sie einzeln und zerknüllt ins Leere auf die Straße, auf die Stufen einer Kirche und freute mich an dem Gedanken, wie das Hutzelweibchen bei der Morgenandacht die hundert Kronen finden und Gott segnen, ein armer Student, ein Mädel, ein Arbeiter das Geld staunend und doch beglückt auf ihrem Weg entdecken würden, sowie ich selbst staunend und beglückt in dieser Nacht mich selber entdeckt. Ich könnte nicht mehr sagen, wo und wie ich sie alle verstreute, die Banknoten und schließlich auch mein Silbergeld. Es war irgendein Taumel in mir, ein sich Ergießen wie in eine Frau, und als die letzten Blätter weggeflattert waren, fühlte ich Leichtigkeit, als ob ich hätte fliegen können, eine Freiheit, die ich nie gekannt. Die Straße, der Himmel, die Häuser, alles flutete mir ineinander in einem ganz neuen Gefühl des Besitzes, des Zusammengehörens: nie und auch in den heißesten Sekunden meiner Existenz hatte ich so stark empfunden, daß alle diese Dinge wirklich vorhanden waren, daß sie lebten und daß ich lebte und daß ihr Leben und das meine ganz das gleiche waren, eben das große, das gewaltige, das nie genug beglückt gefühlte Leben, das nur die Liebe begreift, nur der Hingegebene umfaßt.

Dann kam noch ein letzter dunkler Augenblick, und das war, als ich, selig heimgewandert, den Schlüssel in meine Türe drückte und der Gang zu meinen Zimmern schwarz sich auftat. Da stürzte plötzlich Angst über mich, ich ginge jetzt in mein altes früheres Leben zurück, wenn ich die Wohnung dessen betrete, der ich bis zu dieser Stunde gewesen, mich in sein Bett legte, wenn ich die Verknüpfung mit all dem wieder aufnahm, was diese Nacht so schön gelöst. Nein, nur nicht mehr dieser Mensch werden, der ich war, nicht mehr der korrekte, fühllose, weltabgelöste Gentleman von gestern und einst, lieber hinabstürzen in alle Tiefen des Verbrechens und des Grauens, aber doch in die Wirklichkeit des Lebens! Ich war müde, unsagbar müde, und doch fürchtete ich mich, der Schlaf möchte über mir zusammenschlagen und all das Heiße, das Glühende, das Lebendige, das diese Nacht in mir entzündet, wieder wegschwemmen mit seinem schwarzen Schlamm, und dies ganze Erlebnis möge so flüchtig und unverhaftet gewesen sein wie ein phantastischer Traum.

Aber ich ward heiter wach in einen neuen Morgen am nächsten Tage, und nichts war verronnen von dem dankbar strömenden Gefühl. Seitdem sind nun vier Monate vergangen, und die Starre von einst ist nicht wiedergekehrt, ich blühe noch immer warm in den Tag hinein. Jene magische Trunkenheit von damals, da ich plötzlich den Boden meiner Welt unter den Füßen verlor, ins Unbekannte stürzte und bei diesem Sturz in den eigenen Abgrund den Taumel der Geschwindigkeit gleichzeitig mit der Tiefe des ganzen Lebens berauscht gemengt empfand, – diese fliegende Hitze, sie freilich ist dahin, aber ich spüre seit jener Stunde mein eigenes warmes Blut mit jedem Atemzuge und spüre es mit täglich erneuter Wollust des Lebens. Ich weiß, daß ich ein anderer Mensch geworden bin mit anderen Sinnen, anderer Reizbarkeit und stärkerer Bewußtheit. Selbstverständlich wage ich nicht zu behaupten, ich sei ein besserer Mensch geworden: ich weiß nur, daß ich ein glücklicherer bin, weil ich irgendeinen Sinn für mein ganz ausgekühltes Leben gefunden habe, einen Sinn, für den ich kein Wort finde als eben das Wort Leben selbst. Seitdem verbiete ich mir nichts mehr, weil ich die Normen und Formen meiner Gesellschaft als wesenlos empfinde, ich schäme mich weder vor andern noch vor mir selbst. Worte wie Ehre, Verbrechen, Laster haben plötzlich einen kalten, blechernen Klangton bekommen, ich vermag sie ohne Grauen gar nicht auszusprechen. Ich lebe, indem ich mich leben lasse von der Macht, die ich damals zum erstenmal so magisch gespürt. Wohin sie mich treibt, frage ich nicht: vielleicht einem neuen Abgrund entgegen, in das hinein, was die andern Laster nennen, oder einem ganz Erhabenen zu. Ich weiß es nicht und will es nicht wissen. *Denn ich glaube, daß nur der wahrhaft lebt, der sein Schicksal als ein Geheimnis lebt.*

Nie aber habe ich – dessen bin ich gewiß – das Leben inbrünstiger geliebt, und ich weiß jetzt, daß jeder ein Verbrechen tut (das einzige, das es gibt!), der gleichgültig ist gegen irgendeine seiner Formen und Gestalten. Seitdem ich mich selbst zu verstehen begann, verstehe ich unendlich viel anderes auch: der Blick eines gierigen Menschen vor einer Auslage kann mich erschüttern, die Kapriole eines Hundes mich begeistern. Ich achte mit einemmal auf alles, nichts ist mir gleichgültig. Ich lese in der Zeitung (die ich sonst nur auf Vergnügungen und Auktionen durchblätterte) täglich hundert Dinge, die mich erregen, Bücher, die mich langweilten, tun sich mir plötzlich auf. Und das merkwürdigste ist: ich kann auf einmal mit Menschen auch außerhalb dessen, was man Konversation nennt, sprechen. Mein Diener, den ich seit sieben Jahren habe, interessiert mich, ich unterhalte mich oft mit ihm, der Hausmeister, an dem ich sonst wie an einem beweglichen Pfeiler achtlos vorüberging, hat mir jüngst vom Tod seines Töchterchens erzählt, und es hat mich mehr ergriffen als die Tragödien Shakespeares. Und diese Verwandlung scheint – obzwar ich, um mich nicht zu verraten, mein Leben innerhalb der Kreise gesitteter Langweile äußerlich fortsetze – allmählich transparent zu werden. Manche Menschen sind mit einemmal herzlich mit mir, zum drittenmal in dieser Woche liefen mir fremde Hunde auf der Straße zu. Und Freunde sagen mir wie zu einem, der eine Krankheit überstanden hat, mit einer gewissen Freudigkeit, sie fänden mich verjüngt. Verjüngt? Ich allein weiß ja, daß ich erst jetzt wirklich zu leben beginne. Nun ist dies wohl ein allgemeiner Wahn, daß jeder vermeint, alles Vergangene sei immer nur Irrtum und Vorbereitung gewesen, und ich verstehe wohl die eigene Anmaßung, eine kalte Feder in die warme lebendige Hand zu nehmen und auf einem trockenen Papier sich hinzuschreiben, man lebe wirklich. Aber sei es auch ein Wahn – er ist der erste, der mich beglückt, der erste, der mir das Blut gewärmt und mir die Sinne aufgetan. Und wenn ich mir das Wunder meiner Erweckung hier aufzeichne, so tue ich es doch nur für mich allein, der all dies tiefer weiß, als die eigenen Worte es ihm zu sagen vermögen. Gesprochen habe ich zu keinem Freunde davon; sie ahnten nie, wie abgestorben ich schon gewesen, sie werden nie ahnen, wie blühend ich nun bin. Und sollte mitten in dies mein lebendiges Leben der Tod fahren und diese Zeilen je in eines andern Hände fallen, so schreckt und quält mich diese Möglichkeit durchaus nicht. Denn wem die Magie einer solchen Stunde nie bewußt geworden, wird ebensowenig verstehen, als ich es selbst vor einem halben Jahre hätte verstehen können, daß ein paar dermaßen flüchtige und scheinbar kaum verbundene Episoden eines einzigen Abends ein schon verloschenes Schicksal so magisch entzünden konnten. Vor ihm schäme ich mich nicht, denn er versteht mich nicht. Wer aber um das Verbundene weiß, der richtet nicht und hat keinen Stolz. Vor ihm schäme ich mich nicht, denn er versteht mich. Wer einmal sich selbst gefunden, kann nichts auf dieser Welt mehr verlieren. Und wer einmal den Menschen in sich begriffen, der begreift alle Menschen.

Brief einer Unbekannten

Als der bekannte Romanschriftsteller R. frühmorgens von dreitägigem erfrischendem Ausflug ins Gebirge wieder nach Wien zurückkehrte und am Bahnhof eine Zeitung kaufte, wurde er, kaum daß er das Datum überflog, erinnernd gewahr, daß heute sein Geburtstag sei. Der einundvierzigste, besann er sich rasch, und diese Feststellung tat ihm nicht wohl und nicht weh. Flüchtig überblätterte er die knisternden Seiten der Zeitung und fuhr mit einem Mietautomobil in seine Wohnung. Der Diener meldete aus der Zeit seiner Abwesenheit zwei Besuche sowie einige Telephonanrufe und überbrachte auf einem Tablett die angesammelte Post. Lässig sah er den Einlauf an, riß ein paar Kuverts auf, die ihn durch ihre Absender interessierten; einen Brief, der fremde Schriftzüge trug und zu umfangreich schien, schob er zunächst beiseite. Inzwischen war der Tee aufgetragen worden, bequem lehnte er sich in den Fauteuil, durchblätterte noch einmal die Zeitung und einige Drucksachen; dann zündete er sich eine Zigarre an und griff nun nach dem zurückgelegten Briefe.

Es waren etwa zwei Dutzend hastig beschriebene Seiten in fremder, unruhiger Frauenschrift, ein Manuskript eher als ein Brief. Unwillkürlich betastete er noch einmal das Kuvert, ob nicht darin ein Begleitschreiben vergessen geblieben wäre. Aber der Umschlag war leer und trug so wenig wie die Blätter selbst eine Absenderadresse oder eine Unterschrift. Seltsam, dachte er, und nahm das Schreiben wieder zur Hand. „*Dir, der Du mich nie gekannt*", stand oben als Anruf, als Überschrift. Verwundert hielt er inne: galt das ihm, galt das einem erträumten Menschen? Seine Neugier war plötzlich wach. Und er begann zu lesen:

****

Mein Kind ist gestern gestorben – drei Tage und drei Nächte habe ich mit dem Tode um dies kleine, zarte Leben gerungen, vierzig Stunden bin ich, während die Grippe seinen armen, heißen Leib im Fieber schüttelte, an seinem Bette gesessen. Ich habe Kühles um seine glühende Stirn getan, ich habe seine unruhigen, kleinen Hände gehalten Tag und Nacht. Am dritten Abend bin ich zusammengebrochen. Meine Augen konnten nicht mehr, sie fielen zu, ohne daß ich es wußte. Drei Stunden oder vier war ich auf dem harten Sessel eingeschlafen, und indes hat der Tod ihn genommen. Nun liegt er dort, der süße, arme Knabe, in seinem schmalen Kinderbett, ganz so wie er starb; nur die Augen hat man ihm geschlossen, seine klugen, dunkeln Augen, die Hände über dem weißen Hemd hat man ihm gefaltet, und vier Kerzen brennen hoch an den vier Enden des Bettes. Ich wage nicht hinzusehen, ich wage nicht mich zu rühren, denn wenn sie flackern, die Kerzen, huschen Schatten über sein Gesicht und den verschlossenen Mund, und es ist dann so, als regten sich seine Züge, und ich könnte meinen, er sei nicht tot, er würde wieder erwachen und mit seiner hellen Stimme etwas Kindlich-Zärtliches zu mir sagen. Aber ich weiß es, er ist tot, ich will nicht hinsehen mehr, um nicht noch einmal zu hoffen, nicht noch einmal enttäuscht zu sein. Ich weiß es, ich weiß es, mein Kind ist gestern gestorben – jetzt habe ich nur Dich mehr auf der Welt, nur Dich, der Du von mir nichts weißt, der Du indes ahnungslos spielst oder mit Dingen und Menschen tändelst. Nur Dich, der Du mich nie gekannt und den ich immer geliebt.

Ich habe die fünfte Kerze genommen und hier zu dem Tisch gestellt, auf dem ich an Dich schreibe. Denn ich kann nicht allein sein mit meinem toten Kinde, ohne mir die Seele auszuschreien, und zu wem sollte ich sprechen in dieser entsetzlichen Stunde, wenn nicht zu Dir, der Du mir alles warst und alles bist! Vielleicht kann ich nicht ganz deutlich zu Dir sprechen, vielleicht verstehst Du mich nicht – mein Kopf ist ja ganz dumpf, es zuckt und hämmert mir an den Schläfen, meine Glieder tun so weh. Ich glaube, ich habe Fieber, vielleicht auch schon die Grippe, die jetzt von Tür zu Tür schleicht, und das wäre gut, denn dann ginge ich mit meinem Kinde und müßte nichts tun wider mich. Manchmal wirds mir ganz dunkel vor den Augen, vielleicht kann ich diesen Brief nicht einmal zu Ende schreiben – aber ich will alle Kraft zusammentun, um einmal, nur dieses eine Mal zu Dir zu sprechen, Du mein Geliebter, der Du mich nie erkannt.

Zu Dir allein will ich sprechen, Dir zum erstenmal alles sagen; mein ganzes Leben sollst Du wissen, das immer das Deine gewesen und um das Du nie gewußt. Aber Du sollst mein Geheimnis nur kennen, wenn ich tot bin, wenn Du mir nicht mehr Antwort geben mußt, wenn das, was mir die Glieder jetzt so kalt und heiß schüttelt, wirklich das Ende ist. Muß ich weiterleben, so zerreiße ich diesen Brief und werde weiter schweigen, wie ich immer schwieg. Hältst Du ihn aber in Händen, so weißt Du, daß hier eine Tote Dir ihr Leben erzählt, ihr Leben, das das Deine war von ihrer ersten bis zu ihrer letzten wachen Stunde. Fürchte Dich nicht vor meinen Worten; eine Tote will nichts mehr, sie will nicht Liebe und nicht Mitleid und nicht Tröstung. Nur dies eine will ich von Dir, daß Du mir alles glaubst, was mein zu Dir hinflüchtender Schmerz Dir verrät. Glaube mir alles, nur dies eine bitte ich Dich: man lügt nicht in der Sterbestunde eines einzigen Kindes.

Mein ganzes Leben will ich Dir verraten, dies Leben, das wahrhaft erst begann mit dem Tage, da ich Dich kannte. Vorher war bloß etwas Trübes und Verworrenes, in das mein Erinnern nie mehr hinabtauchte, irgendein Keller von verstaubten, spinnverwebten, dumpfen Dingen und Menschen, von denen mein Herz nichts mehr weiß. Als Du kamst, war ich dreizehn Jahre und wohnte im selben Hause, wo Du jetzt wohnst, in demselben Hause, wo Du diesen Brief, meinen letzten Hauch Leben, in Händen hältst, ich wohnte auf demselben Gange, gerade der Tür Deiner Wohnung gegenüber. Du erinnerst Dich gewiß nicht mehr an uns, an die ärmliche Rechnungsratswitwe (sie ging immer in Trauer) und das halbwüchsige, magere Kind – wir waren ja ganz still, gleichsam hinabgetaucht in unsere kleinbürgerliche Dürftigkeit – Du hast vielleicht nie unseren Namen gehört, denn wir hatten kein Schild auf unserer Wohnungstür, und niemand kam, niemand fragte nach uns. Es ist ja auch schon so lange her, fünfzehn, sechzehn Jahre, nein, Du weißt es gewiß nicht mehr, mein Geliebter, ich aber, oh, ich erinnere mich leidenschaftlich an jede Einzelheit, ich weiß noch wie heute den Tag, nein, die Stunde, da ich zum erstenmal von Dir hörte, Dich zum erstenmal sah, und wie sollte ichs auch nicht, denn damals begann ja die Welt für mich. Dulde, Geliebter, daß ich Dir alles, alles von Anfang erzähle, werde, ich bitte Dich, die eine Viertelstunde von mir zu hören nicht müde, die ich ein Leben lang Dich zu lieben nicht müde geworden bin.

Ehe Du in unser Haus einzogst, wohnten hinter Deiner Tür häßliche, böse, streitsüchtige Leute. Arm wie sie waren, haßten sie am meisten die nachbarliche Armut, die unsere, weil sie nichts gemein haben wollte mit ihrer herabgekommenen, proletarischen Roheit. Der Mann war ein Trunkenbold und schlug seine Frau; oft wachten wir auf in der Nacht vom Getöse fallender Stühle und zerklirrter Teller, einmal lief sie, blutig geschlagen, mit zerfetzten Haaren auf die Treppe, und hinter ihr grölte der Betrunkene, bis die Leute aus den Türen kamen und ihn mit der Polizei bedrohten. Meine Mutter hatte von Anfang an jeden Verkehr mit ihnen vermieden und verbot mir, zu den Kindern zu sprechen, die sich dafür bei jeder Gelegenheit an mir rächten. Wenn sie mich auf der Straße trafen, riefen sie schmutzige Worte hinter mir her und schlugen mich einmal so mit harten Schneeballen, daß mir das Blut von der Stirne lief. Das ganze Haus haßte mit einem gemeinsamen Instinkt diese Menschen, und als plötzlich einmal etwas geschehen war – ich glaube, der Mann wurde wegen eines Diebstahls eingesperrt – und sie mit ihrem Kram ausziehen mußten, atmeten wir alle auf. Ein paar Tage hing der Vermietungszettel am Haustore, dann wurde er heruntergenommen, und durch den Hausmeister verbreitete es sich rasch, ein Schriftsteller, ein einzelner, ruhiger Herr, habe die Wohnung genommen. Damals hörte ich zum erstenmal Deinen Namen.

Nach ein paar Tagen schon kamen Maler, Anstreicher, Zimmerputzer, Tapezierer, die Wohnung nach ihren schmierigen Vorbesitzern reinzufegen, es wurde gehämmert, geklopft, geputzt und gekratzt, aber die Mutter war nur zufrieden damit, sie sagte, jetzt werde endlich die unsaubere Wirtschaft drüben ein Ende haben. Dich selbst bekam ich, auch während der Übersiedlung, noch nicht zu Gesicht: alle diese Arbeiten überwachte Dein Diener, dieser kleine, ernste, grauhaarige Herrschaftsdiener, der alles mit einer leisen, sachlichen Art von oben herab dirigierte. Er imponierte uns allen sehr, erstens weil in unserem Vorstadthaus ein Herrschaftsdiener etwas ganz Neuartiges war, und dann, weil er zu allen so ungemein höflich war, ohne sich deshalb mit den Dienstboten auf eine Stufe zu stellen und in kameradschaftliche Gespräche einzulassen. Meine Mutter grüßte er vom ersten Tage an respektvoll als eine Dame, sogar zu mir Fratzen war er immer zutraulich und ernst. Wenn er Deinen Namen nannte, so geschah das immer mit einer gewissen Ehrfurcht, mit einem besonderen Respekt – man sah gleich, daß er Dir weit über das Maß des gewohnten Dienens anhing. Und wie habe ich ihn dafür geliebt, den guten, alten Johann, obwohl ich ihn beneidete, daß er immer um Dich sein durfte und Dir dienen.

Ich erzähle Dir all das, Du Geliebter, all diese kleinen, fast lächerlichen Dinge, damit Du verstehst, wie Du von Anfang an schon eine solche Macht gewinnen konntest über das scheue, verschüchterte Kind, das ich war. Noch ehe Du selbst in mein Leben getreten, war schon ein Nimbus um Dich, eine Sphäre von Reichtum, Sonderbarkeit und Geheimnis – wir alle in dem kleinen Vorstadthaus (Menschen, die ein enges Leben haben, sind ja immer neugierig auf alles Neue vor ihren Türen) warteten schon ungeduldig auf Deinen Einzug. Und diese Neugier nach Dir, wie steigerte sie sich erst bei mir, als ich eines Nachmittags von der Schule nach Hause kam und der Möbelwagen vor dem Hause stand. Das meiste, die schweren Stücke, hatten die Träger schon hinaufbefördert, nun trug man einzeln kleinere Sachen hinauf; ich blieb an der Tür stehen, um alles bestaunen zu können, denn alle Deine Dinge waren so seltsam anders, wie ich sie nie gesehen; es gab da indische Götzen, italienische Skulpturen, ganz grelle, große Bilder, und dann zum Schluß kamen Bücher, so viele und so schöne, wie ich es nie für möglich gehalten. An der Tür wurden sie alle aufgeschichtet, dort übernahm sie der Diener und schlug mit Stock und Wedel sorgfältig den Staub aus jedem einzelnen. Ich schlich neugierig um den immer wachsenden Stoß herum, der Diener wies mich nicht weg, aber er ermutigte mich auch nicht; so wagte ich keines anzurühren, obwohl ich das weiche Leder von manchen gern befühlt hätte. Nur die Titel sah ich scheu von der Seite an: es waren französische, englische darunter und manche in Sprachen, die ich nicht verstand. Ich glaube, ich hätte sie stundenlang alle angesehen: da rief mich die Mutter hinein.

Den ganzen Abend dann mußte ich an Dich denken; noch ehe ich Dich kannte. Ich besaß selbst nur ein Dutzend billige, in zerschlissene Pappe gebundene Bücher, die ich über alles liebte und immer wieder las. Und nun bedrängte mich dies, wie der Mensch sein müßte, der all diese vielen herrlichen Bücher besaß und gelesen hatte, der alle diese Sprachen wußte, der so reich war und so gelehrt zugleich. Eine Art überirdischer Ehrfurcht verband sich mir mit der Idee dieser vielen Bücher. Ich suchte Dich mir im Bilde vorzustellen: Du warst ein alter Mann mit einer Brille und einem weißen langen Barte, ähnlich wie unser Geographieprofessor, nur viel gütiger, schöner und milder – ich weiß nicht, warum ich damals schon gewiß war, Du müßtest schön sein, wo ich noch an Dich wie einen alten Mann dachte. Damals in jener Nacht und noch ohne Dich zu kennen, habe ich das erstemal von Dir geträumt.

Am nächsten Tage zogst Du ein, aber trotz allen Spähens konnte ich Dich nicht zu Gesicht bekommen – das steigerte nur meine Neugier. Endlich, am dritten Tage, sah ich Dich, und wie erschütternd war die Überraschung für mich, daß Du so anders warst, so ganz ohne Beziehung zu dem kindlichen Gottvaterbilde. Einen bebrillten gütigen Greis hatte ich mir geträumt, und da kamst Du – Du, ganz so, wie Du noch heute bist, Du Unwandelbarer, an dem die Jahre lässig abgleiten! Du trugst eine hellbraune, entzückende Sportdreß und liefst in Deiner unvergleichlich leichten knabenhaften Art die Treppe hinauf, immer zwei Stufen auf einmal nehmend. Den Hut trugst Du in der Hand, so sah ich mit einem gar nicht zu schildernden Erstaunen Dein helles, lebendiges Gesicht mit dem jungen Haar: wirklich, ich erschrak vor Erstaunen, wie jung, wie hübsch, wie federnd-schlank und elegant Du warst. Und ist es nicht seltsam: in dieser ersten Sekunde empfand ich ganz deutlich das, was ich und alle anderen an Dir als so einzig mit einer Art Überraschung immer wieder empfinden: daß Du irgendein zwiefacher Mensch bist, ein heißer, leichtlebiger, ganz dem Spiel und dem Abenteuer hingegebener Junge, und gleichzeitig in Deiner Kunst ein unerbittlich ernster, pflichtbewußter, unendlich belesener und gebildeter Mann. Unbewußt empfand ich, was dann jeder bei Dir spürte, daß Du ein Doppelleben führst, ein Leben mit einer hellen, der Welt offen zugekehrten Fläche, und einer ganz dunkeln, die Du nur allein kennst – diese tiefste Zweiheit, das Geheimnis Deiner Existenz, sie fühlte ich, die Dreizehnjährige, magisch angezogen, mit meinem ersten Blick.

Verstehst Du nun schon, Geliebter, was für ein Wunder, was für eine verlockende Rätselhaftigkeit Du für mich, das Kind, sein mußtest! Einen Menschen, vor dem man Ehrfurcht hatte, weil er Bücher schrieb, weil er berühmt war in jener anderen großen Welt, plötzlich als einen jungen, eleganten, knabenhaft heiteren, fünfundzwanzigjährigen Mann zu entdecken! Muß ich Dir noch sagen, daß von diesem Tage an in unserem Hause, in meiner ganzen armen Kinderwelt mich nichts interessierte als Du, daß ich mit dem ganzen Starrsinn, der ganzen bohrenden Beharrlichkeit einer Dreizehnjährigen nur mehr um Dein Leben, um Deine Existenz herumging. Ich beobachtete Dich, ich beobachtete Deine Gewohnheiten, beobachtete die Menschen, die zu Dir kamen, und all das vermehrte nur, statt sie zu mindern, meine Neugier nach Dir selbst, denn die ganze Zwiefältigkeit Deines Wesens drückte sich in der Verschiedenheit dieser Besuche aus. Da kamen junge Menschen, Kameraden von Dir, mit denen Du lachtest und übermütig warst, abgerissene Studenten, und dann wieder Damen, die in Autos vorfuhren, einmal der Direktor der Oper, der große Dirigent, den ich ehrfürchtig nur am Pulte von fern gesehen, dann wieder kleine Mädel, die noch in die Handelsschule gingen und verlegen in die Tür hineinhuschten, überhaupt viel, sehr viel Frauen. Ich dachte mir nichts Besonderes dabei, auch nicht, als ich eines Morgens, wie ich zur Schule ging, eine Dame ganz verschleiert von Dir weggehen sah – ich war ja erst dreizehn Jahre alt, und die leidenschaftliche Neugier, mit der ich Dich umspähte und belauerte, wußte im Kinde noch nicht, daß sie schon Liebe war.

Aber ich weiß noch genau, mein Geliebter, den Tag und die Stunde, wann ich ganz und für immer an Dich verloren war. Ich hatte mit einer Schulfreundin einen Spaziergang gemacht, wir standen plaudernd vor dem Tor. Da kam ein Auto angefahren, hielt an, und schon sprangst Du mit Deiner ungeduldigen, elastischen Art, die mich noch heute an Dir immer hinreißt, vom Trittbrett und wolltest in die Tür. Unwillkürlich zwang es mich, Dir die Tür aufzumachen, und so trat ich Dir in den Weg, daß wir fast zusammengerieten. Du sahst mich an mit jenem warmen, weichen, einhüllenden Blick, der wie eine Zärtlichkeit war, lächeltest mir – ja, ich kann es nicht anders sagen, als: zärtlich zu und sagtest mit einer ganz leisen und fast vertraulichen Stimme: „Danke vielmals, Fräulein."

Das war alles, Geliebter, aber von dieser Sekunde, seit ich diesen weichen, zärtlichen Blick gespürt, war ich Dir verfallen. Ich habe ja später, habe es bald erfahren, daß Du diesen umfangenden, an Dich ziehenden, diesen umhüllenden und doch zugleich entkleidenden Blick, diesen Blick des gebornen Verführers, jeder Frau hingibst, die an dich streift, jedem Ladenmädchen, das Dir verkauft, jedem Stubenmädchen, das Dir die Tür öffnet, daß dieser Blick bei Dir gar nicht bewußt ist als Wille und Neigung, sondern daß Deine Zärtlichkeit zu Frauen ganz unbewußt Deinen Blick weich und warm werden läßt, wenn er sich ihnen zuwendet. Aber ich, das dreizehnjährige Kind, ahnte das nicht: ich war wie in Feuer getaucht. Ich glaubte, die Zärtlichkeit gelte nur mir, nur mir allein, und in dieser einen Sekunde war die Frau in mir, der Halbwüchsigen, erwacht und war diese Frau Dir für immer verfallen.

„Wer war das?" fragte meine Freundin. Ich konnte ihr nicht gleich antworten. Es war mir unmöglich, Deinen Namen zu nennen: schon in dieser einen, dieser einzigen Sekunde war er mir heilig, war er mein Geheimnis geworden. „Ach, irgendein Herr, der hier im Hause wohnt", stammelte ich dann ungeschickt heraus. „Aber warum bist Du denn so rot geworden, wie er Dich angeschaut hat", spottete die Freundin mit der ganzen Bosheit eines neugierigen Kindes. Und eben weil ich fühlte, daß sie an mein Geheimnis spottend rühre, fuhr mir das Blut noch heißer in die Wangen. Ich wurde grob aus Verlegenheit. „Blöde Gans", sagte ich wild: am liebsten hätte ich sie erdrosselt. Aber sie lachte nur noch lauter und höhnischer, bis ich fühlte, daß mir die Tränen in die Augen schossen vor ohnmächtigem Zorn. Ich ließ sie stehen und lief hinauf.

Von dieser Sekunde an habe ich Dich geliebt. Ich weiß, Frauen haben Dir, dem Verwöhnten, oft dieses Wort gesagt. Aber glaube mir, niemand hat Dich so sklavisch, so hündisch, so hingebungsvoll geliebt als dieses Wesen, das ich war und das ich für Dich immer geblieben bin, denn nichts auf Erden gleicht der unbemerkten Liebe eines Kindes aus dem Dunkel, weil sie so hoffnungslos, so dienend, so unterwürfig, so lauernd und leidenschaftlich ist, wie niemals die begehrende und unbewußt doch fordernde Liebe einer erwachsenen Frau. Nur einsame Kinder können ganz ihre Leidenschaft zusammenhalten: die anderen zerschwätzen ihr Gefühl in Geselligkeit, schleifen es ab in Vertraulichkeiten, sie haben von Liebe viel gehört und gelesen und wissen, daß sie ein gemeinsames Schicksal ist. Sie spielen damit, wie mit einem Spielzeug, sie prahlen damit, wie Knaben mit ihrer ersten Zigarette. Aber ich, ich hatte ja niemand, um mich anzuvertrauen, war von keinem belehrt und gewarnt, war unerfahren und ahnungslos: ich stürzte hinein in mein Schicksal wie in einen Abgrund. Alles, was in mir wuchs und aufbrach, wußte nur Dich, den Traum von Dir, als Vertrauten: mein Vater war längst gestorben, die Mutter mir fremd in ihrer ewig unheiteren Bedrücktheit und Pensionistenängstlichkeit, die halbverdorbenen Schulmädchen stießen mich ab, weil sie so leichtfertig mit dem spielten, was mir letzte Leidenschaft war – so warf ich alles, was sich sonst zersplittert und verteilt, warf ich mein ganzes zusammengepreßtes und immer wieder ungeduldig aufquellendes Wesen Dir entgegen.

Du warst mir – wie soll ich es Dir sagen? jeder einzelne Vergleich ist zu gering, – Du warst eben alles, mein ganzes Leben. Alles existierte nur insofern, als es Bezug hatte auf Dich, alles in meiner Existenz hatte nur Sinn, wenn es mit Dir verbunden war. Du verwandeltest mein ganzes Leben. Bisher gleichgültig und mittelmäßig in der Schule, wurde ich plötzlich die Erste, ich las tausend Bücher bis tief in die Nacht, weil ich wußte, daß Du die Bücher liebtest, ich begann, zum Erstaunen meiner Mutter, plötzlich mit fast störrischer Beharrlichkeit Klavier zu üben, weil ich glaubte, Du liebtest Musik. Ich putzte und nähte an meinen Kleidern, nur um gefällig und proper vor Dir auszusehen, und daß ich an meiner alten Schulschürze (sie war ein zugeschnittenes Hauskleid meiner Mutter) links einen eingesetzten viereckigen Fleck hatte, war mir entsetzlich. Ich fürchtete, Du könntest ihn bemerken und mich verachten; darum drückte ich immer die Schultasche darauf, wenn ich die Treppen hinauflief, zitternd vor Angst, Du würdest ihn sehen. Aber wie töricht war das: Du hast mich ja nie, fast nie mehr angesehen.

Und doch: ich tat eigentlich den ganzen Tag nichts als auf Dich warten und Dich belauern. An unserer Tür war ein kleines messingenes Guckloch, durch dessen kreisrunden Ausschnitt man hinüber auf Deine Tür sehen konnte. Dieses Guckloch – nein, lächle nicht, Geliebter, noch heute, noch heute schäme ich mich jener Stunden nicht! – war mein Auge in die Welt hinaus, dort, im eiskalten Vorzimmer, scheu vor dem Argwohn der Mutter, saß ich in jenen Monaten und Jahren, ein Buch in der Hand, ganze Nachmittage auf der Lauer, gespannt wie eine Saite und klingend, wenn Deine Gegenwart sie berührte. Ich war immer um Dich, immer in Spannung und Bewegung; aber Du konntest es so wenig fühlen wie die Spannung der Uhrfeder, die Du in der Tasche trägst und die geduldig im Dunkel Deine Stunden zählt und mißt, Deine Wege mit unhörbarem Herzpochen begleitet und auf die nur einmal in Millionen tickender Sekunden Dein hastiger Blick fällt. Ich wußte alles von Dir, kannte jede Deiner Gewohnheiten, jede Deiner Krawatten, jeden Deiner Anzüge, ich kannte und unterschied bald Deine einzelnen Bekannten und teilte sie in solche, die mir lieb und solche, die mir widrig waren: von meinem dreizehnten bis zu meinem sechzehnten Jahre habe ich jede Stunde in Dir gelebt. Ach, was für Torheiten habe ich begangen! Ich küßte die Türklinke, die Deine Hand berührt hatte, ich stahl einen Zigarrenstummel, den Du vor dem Eintreten weggeworfen hattest, und er war mir heilig, weil Deine Lippen daran gerührt. Hundertmal lief ich abends unter irgendeinem Vorwand hinab auf die Gasse, um zu sehen, in welchem Deiner Zimmer Licht brenne und so Deine Gegenwart, Deine unsichtbare, wissender zu fühlen. Und in den Wochen, wo Du verreist warst – mir stockte immer das Herz vor Angst, wenn ich den guten Johann Deine gelbe Reisetasche hinabtragen sah –, in diesen Wochen war mein Leben tot und ohne Sinn. Mürrisch, gelangweilt, böse ging ich herum und mußte nur immer achtgeben, daß die Mutter an meinen verweinten Augen nicht meine Verzweiflung merke.

Ich weiß, das sind alles groteske Überschwänge, kindische Torheiten, die ich Dir da erzähle. Ich sollte mich ihrer schämen, aber ich schäme mich nicht, denn nie war meine Liebe zu Dir reiner und leidenschaftlicher als in diesen kindlichen Exzessen. Stundenlang, tagelang könnte ich Dir erzählen, wie ich damals mit Dir gelebt, der Du mich kaum von Angesicht kanntest, denn begegnete ich Dir auf der Treppe und gab es kein Ausweichen, so lief ich, aus Furcht vor Deinem brennenden Blick, mit gesenktem Kopf an Dir vorbei wie einer, der ins Wasser stürzt, nur daß mich das Feuer nicht versenge. Stundenlang, tagelang könnte ich Dir von jenen Dir längst entschwundenen Jahren erzählen, den ganzen Kalender Deines Lebens aufrollen; aber ich will Dich nicht langweilen, will Dich nicht quälen. Nur das schönste Erlebnis meiner Kindheit will ich Dir noch anvertrauen, und ich bitte Dich, nicht zu spotten, weil es ein so Geringes ist, denn mir, dem Kinde, war es eine Unendlichkeit. An einem Sonntag muß es gewesen sein, Du warst verreist, und Dein Diener schleppte die schweren Teppiche, die er geklopft hatte, durch die offene Wohnungstür. Er trug schwer daran, der Gute, und in einem Anfall von Verwegenheit ging ich zu ihm und fragte, ob ich ihm nicht helfen könnte. Er war erstaunt, aber ließ mich gewähren, und so sah ich – vermöchte ich Dirs doch nur zu sagen, mit welcher ehrfürchtigen, ja frommen Verehrung! – Deine Wohnung von innen, Deine Welt, den Schreibtisch, an dem Du zu sitzen pflegtest und auf dem in einer blauen Kristallvase ein paar Blumen standen, Deine Schränke, Deine Bilder, Deine Bücher. Nur ein flüchtiger, diebischer Blick war es in Dein Leben, denn Johann, der Getreue, hätte mir gewiß genaue Betrachtung gewehrt, aber ich sog mit diesem einen Blick die ganze Atmosphäre ein und hatte Nahrung für meine unendlichen Träume von Dir im Wachen und Schlaf.

Dies, diese rasche Minute, sie war die glücklichste meiner Kindheit. Sie wollte ich Dir erzählen, damit Du, der Du mich nicht kennst, endlich zu ahnen beginnst, wie ein Leben an Dir hing und verging. Sie wollte ich Dir erzählen und jene andere noch, die fürchterlichste Stunde, die jener leider so nachbarlich war. Ich hatte – ich sagte es Dir ja schon – um Deinetwillen an alles vergessen, ich hatte auf meine Mutter nicht acht und kümmerte mich um niemanden. Ich merkte nicht, daß ein älterer Herr, ein Kaufmann aus Innsbruck, der mit meiner Mutter entfernt verschwägert war, öfter kam und länger blieb, ja, es war mir nur angenehm, denn er führte Mama manchmal in das Theater, und ich konnte allein bleiben, an Dich denken, auf Dich lauern, was ja meine höchste, meine einzige Seligkeit war. Eines Tages nun rief mich die Mutter mit einer gewissen Umständlichkeit in ihr Zimmer; sie hätte ernst mit mir zu sprechen. Ich wurde blaß und hörte mein Herz plötzlich hämmern: sollte sie etwas geahnt, etwas erraten haben? Mein erster Gedanke warst Du, das Geheimnis, das mich mit der Welt verband. Aber die Mutter war selbst verlegen, sie küßte mich (was sie sonst nie tat) zärtlich ein- und zweimal, zog mich auf das Sofa zu sich und begann dann zögernd und verschämt zu erzählen, ihr Verwandter, der Witwer sei, habe ihr einen Heiratsantrag gemacht, und sie sei, hauptsächlich um meinetwillen, entschlossen, ihn anzunehmen.

Heißer stieg mir das Blut zum Herzen: nur ein Gedanke antwortete von innen, der Gedanke an Dich. „Aber wir bleiben doch hier?“ konnte ich gerade noch stammeln. „Nein, wir ziehen nach Innsbruck, dort hat Ferdinand eine schöne Villa." Mehr hörte ich nicht. Mir ward schwarz vor den Augen. Später wußte ich, daß ich in Ohnmacht gefallen war; ich sei, hörte ich die Mutter dem Stiefvater leise erzählen, der hinter der Tür gewartet hatte, plötzlich mit aufgespreizten Händen zurückgefahren und dann hingestürzt wie ein Klumpen Blei. Was dann in den nächsten Tagen geschah, wie ich mich, ein machtloses Kind, wehrte gegen ihren übermächtigen Willen, das kann ich Dir nicht schildern: noch jetzt zittert mir, da ich daran denke, die Hand im Schreiben. Mein wirkliches Geheimnis konnte ich nicht verraten, so schien meine Gegenwehr bloß Starrsinn, Bosheit und Trotz. Niemand sprach mehr mit mir, alles geschah hinterrücks. Man nutzte die Stunden, da ich in der Schule war, um die Übersiedlung zu fördern: kam ich dann nach Hause, so war immer wieder ein anderes Stück verräumt oder verkauft. Ich sah, wie die Wohnung und damit mein Leben verfiel, und einmal, als ich zum Mittagessen kam, waren die Möbelpacker dagewesen und hatten alles weggeschleppt. In den leeren Zimmern standen die gepackten Koffer und zwei Feldbetten für die Mutter und mich: da sollten wir noch eine Nacht schlafen, die letzte, und morgen nach Innsbruck reisen.

An diesem letzten Tage fühlte ich mit plötzlicher Entschlossenheit, daß ich nicht leben konnte ohne Deine Nähe. Ich wußte keine andere Rettung als Dich. Wie ich mirs dachte und ob ich überhaupt klar in diesen Stunden der Verzweiflung zu denken vermochte, das werde ich nie sagen können, aber plötzlich – die Mutter war fort – stand ich auf im Schulkleid, wie ich war, und ging hinüber zu Dir. Nein, ich ging nicht: es stieß mich mit steifen Beinen, mit zitternden Gelenken magnetisch fort zu Deiner Tür. Ich sagte Dir schon, ich wußte nicht deutlich, was ich wollte: Dir zu Füßen fallen und dich bitten, mich zu behalten als Magd, als Sklavin, und ich fürchte, Du wirst lächeln über diesen unschuldigen Fanatismus einer Fünfzehnjährigen, aber, – Geliebter, Du würdest nicht mehr lächeln, wüßtest Du, wie ich damals draußen im eiskalten Gange stand, starr vor Angst und doch vorwärts gestoßen von einer unfaßbaren Macht, und wie ich den Arm, den zitternden, mir gewissermaßen vom Leib losriß, daß er sich hob und – es war ein Kampf durch die Ewigkeit entsetzlicher Sekunden – den Finger auf den Knopf der Türklinke drückte. Noch heute gellts mir im Ohr, dies schrille Klingelzeichen, und dann die Stille danach, wo mir das Herz stillstand, wo mein ganzes Blut anhielt und nur lauschte, ob Du kämest.

Aber Du kamst nicht. Niemand kam. Du warst offenbar fort an jenem Nachmittage und Johann auf Besorgung; so tappte ich, den toten Ton der Klingel im dröhnenden Ohr, in unsere zerstörte, ausgeräumte Wohnung zurück und warf mich erschöpft auf einen Plaid, müde von den vier Schritten, als ob ich stundenlang durch tiefen Schnee gegangen sei. Aber unter dieser Erschöpfung glühte noch unverlöscht die Entschlossenheit, Dich zu sehen, Dich zu sprechen, ehe sie mich wegrissen. Es war, ich schwöre es Dir, kein sinnlicher Gedanke dabei, ich war noch unwissend, eben weil ich an nichts dachte als an Dich: nur sehen wollte ich Dich, einmal noch sehen, mich anklammern an Dich. Die ganze Nacht, die ganze lange, entsetzliche Nacht, habe ich dann, Geliebter, auf Dich gewartet. Kaum daß die Mutter sich in ihr Bett gelegt hatte und eingeschlafen war, schlich ich in das Vorzimmer hinaus, um zu horchen, wann Du nach Hause kämest. Die ganze Nacht habe ich gewartet, und es war eine eisige Januarnacht. Ich war müde, meine Glieder schmerzten mich, und es war kein Sessel mehr, mich hinzusetzen: so legte ich mich flach auf den kalten Boden, über den der Zug von der Tür hinstrich. Nur in meinem dünnen Kleide lag ich auf dem schmerzenden kalten Boden, denn ich nahm keine Decke; ich wollte es nicht warm haben, aus Furcht, einzuschlafen und Deinen Schritt zu überhören. Es tat weh, meine Füße preßte ich im Krampfe zusammen, meine Arme zitterten: ich mußte immer wieder aufstehen, so kalt war es im entsetzlichen Dunkel. Aber ich wartete, wartete, wartete auf Dich wie auf mein Schicksal.

Endlich – es muß schon zwei oder drei Uhr morgens gewesen sein – hörte ich unten das Haustor aufsperren und dann Schritte die Treppe hinauf. Wie abgesprungen war die Kälte von mir, heiß überflogs mich, leise machte ich die Tür auf, um Dir entgegen zu stürzen, Dir zu Füßen zu fallen... Ach, ich weiß ja nicht, was ich törichtes Kind damals getan hätte. Die Schritte kamen näher, Kerzenlicht flackte herauf. Zitternd hielt ich die Klinke. Warst Du es, der da kam?

Ja, Du warst es, Geliebter – aber Du warst nicht allein. Ich hörte ein leises, kitzliches Lachen, irgendein streifendes seidenes Kleid und leise Deine Stimme – Du kamst mit einer Frau nach Hause...

Wie ich diese Nacht überleben konnte, weiß ich nicht. Am nächsten Morgen, um acht Uhr, schleppten sie mich nach Innsbruck; ich hatte keine Kraft mehr, mich zu wehren.

****

Mein Kind ist gestern nacht gestorben – nun werde ich wieder allein sein, wenn ich wirklich weiterleben muß. Morgen werden sie kommen, fremde, schwarze, ungeschlachte Männer, und einen Sarg bringen, werden es hineinlegen, mein armes, mein einziges Kind. Vielleicht kommen auch Freunde und bringen Kränze, aber was sind Blumen auf einem Sarg? Sie werden mich trösten und mir irgendwelche Worte sagen, Worte, Worte; aber was können sie mir helfen? Ich weiß, ich muß dann doch wieder allein sein. Und es gibt nichts Entsetzlicheres, als Alleinsein unter den Menschen. Damals habe ich es erfahren, damals in jenen unendlichen zwei Jahren in Innsbruck, jenen Jahren von meinem sechzehnten bis zu meinem achtzehnten, wo ich wie eine Gefangene, eine Verstoßene zwischen meiner Familie lebte. Der Stiefvater, ein sehr ruhiger, wortkarger Mann, war gut zu mir, meine Mutter schien, wie um ein unbewußtes Unrecht zu sühnen, allen meinen Wünschen bereit, junge Menschen bemühten sich um mich, aber ich stieß sie alle in einem leidenschaftlichen Trotz zurück. Ich wollte nicht glücklich, nicht zufrieden leben abseits von Dir, ich grub mich selbst in eine finstere Welt von Selbstqual und Einsamkeit. Die neuen, bunten Kleider, die sie mir kauften, zog ich nicht an, ich weigerte mich, in Konzerte, in Theater zu gehen oder Ausflüge in heiterer Gesellschaft mitzumachen. Kaum daß ich je die Gasse betrat: würdest Du es glauben, Geliebter, daß ich von dieser kleinen Stadt, in der ich zwei Jahre gelebt, keine zehn Straßen kenne? Ich trauerte und ich wollte trauern, ich berauschte mich an jeder Entbehrung, die ich mir zu der Deines Anblicks noch auferlegte. Und dann: ich wollte mich nicht ablenken lassen von meiner Leidenschaft, nur in Dir zu leben. Ich saß allein zu Hause, stundenlang, tagelang, und tat nichts, als an Dich zu denken, immer wieder, immer wieder die hundert kleinen Erinnerungen an Dich, jede Begegnung, jedes Warten, mir zu erneuern, mir diese kleinen Episoden vorzuspielen wie im Theater. Und darum, weil ich jede der Sekunden von einst mir unzähligemale wiederholte, ist auch meine ganze Kindheit mir in so brennender Erinnerung geblieben, daß ich jede Minute jener vergangenen Jahre so heiß und springend fühle, als wäre sie gestern durch mein Blut gefahren.

Nur in Dir habe ich damals gelebt. Ich kaufte mir alle Deine Bücher; wenn Dein Name in der Zeitung stand, war es ein festlicher Tag. Willst Du es glauben, daß ich jede Zeile aus Deinen Büchern auswendig kann, so oft habe ich sie gelesen? Würde mich einer nachts aus dem Schlaf aufwecken und eine losgerissene Zeile aus ihnen mir vorsprechen, ich könnte sie heute noch, heute noch nach dreizehn Jahren, weitersprechen wie im Traum: so war jedes Wort von Dir mir Evangelium und Gebet. Die ganze Welt, sie existierte nur in Beziehung auf Dich: ich las in den Wiener Zeitungen die Konzerte, die Premieren nach nur mit dem Gedanken, welche Dich davon interessieren möchte, und wenn es Abend wurde, begleitete ich Dich von ferne: jetzt tritt er in den

Saal, jetzt setzt er sich nieder. Tausendmal träumte ich das, weil ich Dich ein einziges Mal in einem Konzert gesehen.

Aber wozu all dies erzählen, diesen rasenden, gegen sich selbst wütenden, diesen so tragischen hoffnungslosen Fanatismus eines verlassenen Kindes, wozu es einem erzählen, der es nie geahnt, der es nie gewußt? Doch war ich damals wirklich noch ein Kind? Ich wurde siebzehn, wurde achtzehn Jahre – die jungen Leute begannen sich auf der Straße nach mir umzublicken, doch sie erbitterten mich nur. Denn Liebe oder auch nur ein Spiel mit Liebe im Gedanken an jemanden andern als an Dich, das war mir so unerfindlich, so unausdenklich fremd, ja die Versuchung schon wäre mir als ein Verbrechen erschienen. Meine Leidenschaft zu Dir blieb dieselbe, nur daß sie anders ward mit meinem Körper, mit meinen wacheren Sinnen, glühender, körperlicher, frauenhafter. Und was das Kind in seinem dumpfen unbelehrten Willen, das Kind, das damals die Klingel Deiner Türe zog, nicht ahnen konnte, das war jetzt mein einziger Gedanke: mich Dir zu schenken, mich Dir hinzugeben.

Die Menschen um mich vermeinten mich scheu, nannten mich schüchtern (ich hatte mein Geheimnis verbissen hinter den Zähnen). Aber in mir wuchs ein eiserner Wille. Mein ganzes Denken und Trachten war in eine Richtung gespannt: zurück nach Wien, zurück zu Dir. Und ich erzwang meinen Willen, so unsinnig, so unbegreiflich er den andern scheinen mochte. Mein Stiefvater war vermögend, er betrachtete mich als sein eigenes Kind. Aber ich drang in erbittertem Starrsinn darauf, ich wolle mir mein Geld selbst verdienen und erreichte es endlich, daß ich in Wien zu einem Verwandten als Angestellte eines großen Konfektionsgeschäftes kam.

Muß ich Dir sagen, wohin mein erster Weg ging, als ich an einem nebligen Herbstabend – endlich! endlich! – in Wien ankam? Ich ließ die Koffer an der Bahn, stürzte mich in eine Straßenbahn – wie langsam schien sie mir zu fahren, jede Haltestelle erbitterte mich – und lief vor das Haus. Deine Fenster waren erleuchtet, mein ganzes Herz klang. Nun erst lebte die Stadt, die mich so fremd, so sinnlos umbraust hatte, nun erst lebte ich wieder, da ich Dich nahe ahnte, Dich, meinen ewigen Traum. Ich ahnte ja nicht, daß ich in Wirklichkeit Deinem Bewußtsein ebenso ferne war hinter Tälern, Bergen und Flüssen als nun, da nur die dünne leuchtende Glasscheibe Deines Fensters zwischen Dir war und meinem aufstrahlenden Blick. Ich sah nur empor und empor: da war Licht, da war das Haus, da warst Du, da war meine Welt. Zwei Jahre hatte ich von dieser Stunde geträumt, nun war sie mir geschenkt. Ich stand den langen, weichen, verhangenen Abend vor Deinen Fenstern, bis das Licht erlosch. Dann suchte ich erst mein Heim.

Jeden Abend stand ich dann so vor Deinem Haus. Bis sechs Uhr hatte ich Dienst im Geschäft, harten, anstrengenden Dienst, aber er war mir lieb, denn diese Unruhe ließ mich die eigene nicht so schmerzhaft fühlen. Und geradeswegs, sobald die eisernen Rollbalken hinter mir niederdröhnten, lief ich zu dem geliebten Ziel. Nur Dich einmal sehen, nur einmal Dir begegnen, das war mein einziger Wille, nur wieder einmal mit dem Blick Dein Gesicht umfassen dürfen von ferne. Etwa nach einer Woche geschahs dann endlich, daß ich Dir begegnete, und zwar gerade in einem Augenblick, wo ichs nicht vermutete: während ich eben hinauf zu Deinen Fenstern spähte, kamst Du quer über die Straße. Und plötzlich war ich wieder das Kind, das dreizehnjährige, ich fühlte, wie das Blut mir in die Wangen schoß; unwillkürlich, wider meinen innersten Drang, der sich sehnte, Deine Augen zu fühlen, senkte ich den Kopf und lief blitzschnell wie gehetzt an Dir vorbei. Nachher schämte ich mich dieser schulmädelhaften scheuen Flucht, denn jetzt war mein Wille mir doch klar: ich wollte Dir ja begegnen, ich suchte Dich, ich wollte von Dir erkannt sein nach all den sehnsüchtig verdämmerten Jahren, wollte von Dir beachtet, wollte von Dir geliebt sein.

Aber Du bemerktest mich lange nicht, obzwar ich jeden Abend, auch bei Schneegestöber und in dem scharfen, schneidenden Wiener Wind in Deiner Gasse stand. Oft wartete ich stundenlang vergebens, oft gingst Du dann endlich vom Hause in Begleitung von Bekannten fort, zweimal sah ich Dich auch mit Frauen, und nun empfand ich mein Erwachsensein, empfand das Neue, Andere meines Gefühls zu Dir an dem plötzlichen Herzzucken, das mir quer die Seele zerriß, als ich eine fremde Frau so sicher Arm in Arm mit Dir hingehen sah. Ich war nicht überrascht, ich kannte ja diese Deine ewigen Besucherinnen aus meinen Kindertagen schon, aber jetzt tat es mit einmal irgendwie körperlich weh, etwas spannte sich in mir, gleichzeitig feindlich und mitverlangend gegen diese offensichtliche, diese fleischliche Vertrautheit mit einer anderen. Einen Tag blieb ich, kindlich stolz wie ich war und vielleicht jetzt noch geblieben bin, von Deinem Hause weg: aber wie entsetzlich war dieser leere Abend des Trotzes und der Auflehnung. Am nächsten Abend stand ich schon wieder demütig vor Deinem Hause wartend, wartend, wie ich mein ganzes Schicksal lang vor Deinem verschlossenen Leben gestanden bin.

Und endlich, an einem Abend bemerktest Du mich. Ich hatte Dich schon von ferne kommen sehen und straffte meinen Willen zusammen, Dir nicht auszuweichen. Der Zufall wollte, daß durch einen abzuladenden Wagen die Straße verengert war und Du ganz an mir vorbei mußtest. Unwillkürlich streifte mich Dein zerstreuter Blick, um sofort, kaum daß er der Aufmerksamkeit des meinen begegnete – wie erschrak die Erinnerung in mir! – jener Dein Frauenblick, jener zärtliche, hüllende und gleichzeitig enthüllende, jener umfangende und schon fassende Blick zu werden, der mich, das Kind, zum erstenmal zur Frau, zur Liebenden erweckt. Ein, zwei Sekunden lang hielt dieser Blick so den meinen, der sich nicht wegreißen konnte und wollte, – dann warst Du an mir vorbei. Mir schlug das Herz: unwillkürlich mußte ich meinen Schritt verlangsamen, und wie ich aus einer nicht zu bezwingenden Neugier mich umwandte, sah ich, daß Du stehengeblieben warst und mir nachsahst. Und an der Art, wie Du neugierig interessiert mich beobachtetest, wußte ich sofort: Du erkanntest mich nicht.

Du erkanntest mich nicht, damals nicht, nie, nie hast Du mich erkannt. Wie soll ich Dir, Geliebter, die Enttäuschung jener Sekunde schildern – damals war es ja das erstemal, daß ichs erlitt, dies Schicksal, von Dir nicht erkannt zu sein, das ich ein Leben durchlebt habe, und mit dem ich sterbe; unerkannt, immer noch unerkannt von Dir. Wie soll ich sie Dir schildern, diese Enttäuschung! Denn sieh, in diesen zwei Jahren in Innsbruck, wo ich jede Stunde an Dich dachte und nichts tat, als mir unsere erste Wiederbegegnung in Wien auszudenken, da hatte ich die wildesten Möglichkeiten neben den seligsten, je nach dem Zustand meiner Laune, ausgeträumt. Alles war, wenn ich so sagen darf, durchgeträumt; ich hatte mir in finstern Momenten vorgestellt, Du würdest mich zurückstoßen, würdest mich verachten, weil ich zu gering, zu häßlich, zu aufdringlich sei. Alle Formen Deiner Mißgunst, Deiner Kälte, Deiner Gleichgültigkeit, sie alle hatte ich durchgewandelt in leidenschaftlichen Visionen – aber dies, dies eine hatte ich in keiner finstern Regung des Gemüts, nicht im äußersten Bewußtsein meiner Minderwertigkeit in Betracht zu ziehen gewagt, dies Entsetzlichste: daß Du überhaupt von meiner Existenz nichts bemerkt hattest. Heute verstehe ich es ja – ach, Du hast michs verstehen gelehrt! – daß das Gesicht eines Mädchens, einer Frau etwas ungemein Wandelhaftes sein muß für einen Mann, weil es meist nur Spiegel ist, bald einer Leidenschaft, bald einer Kindlichkeit, bald eines Müdeseins, und so leicht verfließt wie ein Bildnis im Spiegel, daß also ein Mann leichter das Antlitz einer Frau verlieren kann, weil das Alter darin durchwandelt mit Schatten und Licht, weil die Kleidung es von einemmal zum andern anders rahmt. Die Resignierten, sie sind ja erst die wahren Wissenden. Aber ich, das Mädchen von damals, ich konnte Deine Vergeßlichkeit noch nicht fassen, denn irgendwie war aus meiner maßlosen, unaufhörlichen Beschäftigung mit Dir der Wahn in mich gefahren, auch Du müßtest meiner oft gedenken und auf mich warten; wie hätte ich auch nur atmen können mit der Gewißheit, ich sei Dir nichts, nie rühre ein Erinnern an mich Dich leise an! Und dies Erwachen vor Deinem Blick, der mir zeigte, daß nichts in Dir mich mehr kannte, kein Spinnfaden Erinnerung von Deinem Leben hinreiche zu meinem, das war ein erster Sturz hinab in die Wirklichkeit, eine erste Ahnung meines Schicksals.

Du erkanntest mich nicht damals. Und als zwei Tage später Dein Blick mit einer gewissen Vertrautheit bei erneuter Begegnung mich umfing, da erkanntest Du mich wiederum nicht als die, die Dich geliebt und die Du erweckt, sondern bloß als das hübsche achtzehnjährige Mädchen, das Dir vor zwei Tagen an der gleichen Stelle entgegengetreten. Du sahst mich freundlich überrascht an, ein leichtes Lächeln umspielte Deinen Mund. Wieder gingst Du an mir vorbei und wieder den Schritt sofort verlangsamend: ich zitterte, ich jauchzte, ich betete, Du würdest mich ansprechen. Ich fühlte, daß ich zum erstenmal für Dich lebendig war: auch ich verlangsamte den Schritt, ich wich Dir nicht aus. Und plötzlich spürte ich Dich hinter mir, ohne mich umzuwenden, ich wußte, nun würde ich zum erstenmal Deine geliebte Stimme an mich gerichtet hören. Wie eine Lähmung war die Erwartung in mir, schon fürchtete ich stehenbleiben zu müssen, so hämmerte mir das Herz – da tratest Du an meine Seite. Du sprachst mich an mit Deiner leichten heitern Art, als wären wir lange befreundet – ach, Du ahntest mich ja nicht, nie hast Du etwas von meinem Leben geahnt! – so zauberhaft unbefangen sprachst Du mich an, daß ich Dir sogar zu antworten vermochte. Wir gingen zusammen die ganze Gasse entlang. Dann fragtest Du mich, ob wir gemeinsam speisen wollten. Ich sagte ja. Was hätte ich Dir gewagt zu verneinen?

Wir speisten zusammen in einem kleinen Restaurant – weißt Du noch, wo es war? Ach nein, Du unterscheidest es gewiß nicht mehr von andern solchen Abenden, denn wer war ich Dir? Eine unter Hunderten, ein Abenteuer in einer ewig fortgeknüpften Kette. Was sollte Dich auch an mich erinnern: ich sprach ja wenig, weil es mir so unendlich beglückend war, Dich nahe zu haben, Dich zu mir sprechen zu hören. Keinen Augenblick davon wollte ich durch eine Frage, durch ein törichtes Wort vergeuden. Nie werde ich Dir von dieser Stunde dankbar vergessen, wie voll Du meineleidenschaftliche Ehrfurcht erfülltest, wie zart, wie leicht, wie taktvoll Du warst, ganz ohne Zudringlichkeit, ganz ohne jene eiligen karessanten Zärtlichkeiten, und vom ersten Augenblick von einer so sicheren freundschaftlichen Vertrautheit, daß Du mich auch gewonnen hättest, wäre ich nicht schon längst mit meinem ganzen Willen und Wesen Dein gewesen. Ach, Du weißt ja nicht, ein wie Ungeheures Du erfülltest, indem Du mir fünf Jahre kindischer Erwartung nicht enttäuschtest! Es wurde spät, wir brachen auf. An der Tür des Restaurants fragtest Du mich, ob ich eilig wäre oder noch Zeit hätte. Wie hätte ichs verschweigen können, daß ich Dir bereit sei! Ich sagte, ich hätte noch Zeit. Dann fragtest Du, ein leises Zögern rasch überspringend, ob ich nicht noch ein wenig zu Dir kommen wollte, um zu plaudern. „Gerne", sagte ich ganz aus der Selbstverständlichkeit meines Fühlens heraus und merkte sofort, daß Du von der Raschheit meiner Zusage irgendwie peinlich oder freudig berührt warst, jedenfalls aber sichtlich überrascht. Heute verstehe ich ja dies Dein Erstaunen; ich weiß, es ist bei Frauen üblich, auch wenn das Verlangen nach Hingabe in einer brennend ist, diese Bereitschaft zu verleugnen, ein Erschrecken vorzutäuschen oder eine Entrüstung, die durch eindringliche Bitte, durch Lügen, Schwüre und Versprechen erst beschwichtigt sein will. Ich weiß, daß vielleicht nur die Professionellen der Liebe, die Dirnen, eine solche Einladung mit einer so vollen freudigen Zustimmung beantworten, oder ganz naive, ganz halbwüchsige Kinder. In mir aber war es – und wie konntest Du das ahnen – nur der wortgewordene Wille, die geballt vorbrechende Sehnsucht von tausend einzelnen Tagen. Jedenfalls aber: Du warst frappiert, ich begann Dich zu interessieren. Ich spürte, daß Du, während wir gingen, von der Seite her während des Gespräches mich irgendwie erstaunt mustertest. Dein Gefühl, Dein in allem Menschlichen so magisch sicheres Gefühl witterte hier sogleich ein Ungewöhnliches, ein Geheimnis in diesem hübschen zutunlichen Mädchen. Der Neugierige in Dir war wach, und ich merkte aus der umkreisenden, spürenden Art der Fragen, wie Du nach dem Geheimnis tasten wolltest. Aber ich wich Dir aus: ich wollte lieber töricht erscheinen als Dir mein Geheimnis verraten.

Wir gingen zu Dir hinauf. Verzeih, Geliebter, wenn ich Dir sage, daß Du es nicht verstehen kannst, was dieser Gang, diese Treppe für mich waren, welcher Taumel, welche Verwirrung, welch ein rasendes, quälendes, fast tödliches Glück. Jetzt noch kann ich kaum ohne Tränen daran denken, und ich habe keine mehr. Aber fühl es nur aus, daß jeder Gegenstand dort gleichsam durchdrungen war von meiner Leidenschaft, jeder ein Symbol meiner Kindheit, meiner Sehnsucht: das Tor, vor dem ich tausende Male auf Dich gewartet, die Treppe, von der ich immer Deinen Schritt erhorcht und wo ich Dich zum erstenmal gesehen, das Guckloch, aus dem ich mir die Seele gespäht, der Türvorleger vor Deiner Tür, auf dem ich einmal gekniet, das Knacken des Schlüssels, bei dem ich immer aufgesprungen von meiner Lauer. Die ganze

Kindheit, meine ganze Leidenschaft, da nistete sie ja in diesen paar Metern Raum, hier war mein ganzes Leben, und jetzt fiel es nieder auf mich wie ein Sturm, da alles, alles sich erfüllte und ich mit Dir ging, ich mit Dir, in Deinem, in unserem Hause. Bedenke – es klingt ja banal, aber ich weiß es nicht anders zu sagen –, daß bis zu Deiner Tür alles Wirklichkeit, dumpfe tägliche Welt ein Leben lang gewesen war, und dort das Zauberreich des Kindes begann, Aladins Reich, bedenke, daß ich tausendmal mit brennenden Augen auf diese Tür gestarrt, die ich jetzt taumelnd durchschritt, und Du wirst ahnen – aber nur ahnen, niemals ganz wissen, mein Geliebter! – was diese stürzende Minute von meinem Leben wegtrug.

Ich blieb damals die ganze Nacht bei Dir. Du hast es nicht geahnt, daß vordem noch nie ein Mann mich berührt, noch keiner meinen Körper gefühlt oder gesehen. Aber wie konntest Du es auch ahnen, Geliebter, denn ich bot Dir ja keinen Widerstand, ich unterdrückte jedes Zögern der Scham, nur damit Du nicht das Geheimnis meiner Liebe zu Dir erraten könntest, das Dich gewiß erschreckt hätte –, denn Du liebst ja nur das Leichte, das Spielende, das Gewichtlose, Du hast Angst, in ein Schicksal einzugreifen. Verschwenden willst Du Dich, Du, an alle, an die Welt, und willst kein Opfer. Wenn ich Dir jetzt sage, Geliebter, daß ich mich jungfräulich Dir gab, so flehe ich Dich an: mißversteh mich nicht! Ich klage Dich ja nicht an, Du hast mich nicht gelockt, nicht belogen, nicht verführt – ich, ich selbst drängte zu Dir, warf mich an DeineBrust, warf mich in mein Schicksal. Nie, nie werde ich Dich anklagen, nein, nur immer Dir danken, denn wie reich, wie funkelnd von Lust, wie schwebend von Seligkeit war für mich diese Nacht. Wenn ich die Augen auftat im Dunkeln und Dich fühlte an meiner Seite, wunderte ich mich, daß nicht die Sterne über mir waren, so sehr fühlte ich Himmel – nein, ich habe niemals bereut, mein Geliebter, niemals um dieser Stunde willen. Ich weiß noch: als Du schliefst, als ich Deinen Atem hörte, Deinen Körper fühlte und mich selbst Dir so nah, da habe ich im Dunkeln geweint vor Glück.

Am Morgen drängte ich frühzeitig schon fort. Ich mußte in das Geschäft und wollte auch gehen, ehe der Diener käme: er sollte mich nicht sehen. Als ich angezogen vor Dir stand, nahmst Du mich in den Arm, sahst mich lange an; war es ein Erinnern, dunkel und fern, das in Dir wogte, oder schien ich Dir nur schön, beglückt, wie ich war? Dann küßtest Du mich auf den Mund. Ich machte mich leise los und wollte gehen. Da fragtest Du: „Willst Du nicht ein paar Blumen mitnehmen?" Ich sagte ja. Du nahmst vier weiße Rosen aus der blauen Kristallvase am Schreibtisch (ach, ich kannte sie von jenem einzigen diebischen Kindheitsblick) und gabst sie mir. Tagelang habe ich sie noch geküßt.

Wir hatten zuvor einen andern Abend verabredet. Ich kam, und wieder war es wunderbar. Noch eine dritte Nacht hast Du mir geschenkt. Dann sagtest Du, Du müßtest verreisen, – oh, wie haßte ich diese Reisen von meiner Kindheit her! – und versprachst mir, mich sofort nach Deiner Rückkehr zu verständigen. Ich gab Dir eine Poste restante-Adresse – meinen Namen wollte ich Dir nicht sagen. Ich hütete mein Geheimnis. Wieder gabst Du mir ein paar Rosen zum Abschied – zum Abschied.

Jeden Tag während zweier Monate fragte ich... aber nein, wozu diese Höllenqual der Erwartung, der Verzweiflung Dir schildern. Ich klage Dich nicht an, ich liebe Dich als den, der Du bist, heiß und vergeßlich, hingebend und untreu, ich liebe Dich so, nur so, wie Du immer gewesen und wie Du jetzt noch bist. Du warst längst zurück, ich sah es an Deinen erleuchteten Fenstern, und hast mir nicht geschrieben. Keine Zeile habe ich von Dir in meinen letzten Stunden, keine Zeile von Dir, dem ich mein Leben gegeben. Ich habe gewartet, ich habe gewartet wie eine Verzweifelte. Aber Du hast mich nicht gerufen, keine Zeile hast Du mir geschrieben... keine Zeile...

****

Mein Kind ist gestern gestorben – es war auch Dein Kind. Es war auch Dein Kind, Geliebter, das Kind einer jener drei Nächte, ich schwöre es Dir, und man lügt nicht im Schatten des Todes. Es war unser Kind, ich schwöre es Dir, denn kein Mann hat mich berührt von jenen Stunden, da ich mich Dir hingegeben, bis zu jenen andern, da es aus meinem Leib gerungen wurde. Ich war mir heilig durch Deine Berührung: wie hätte ich es vermocht, mich zu teilen an Dich, der mir alles gewesen, und an andere, die an meinem Leben nur leise anstreiften? Es war unser Kind, Geliebter, das Kind meiner wissenden Liebe und Deiner sorglosen, verschwenderischen, fast unbewußten Zärtlichkeit, unser Kind, unser Sohn, unser einziges Kind. Aber Du fragst nun – vielleicht erschreckt, vielleicht bloß erstaunt –, Du fragst nun, mein Geliebter, warum ich dies Kind Dir alle diese langen Jahre verschwiegen und erst heute von ihm spreche, da es hier im Dunkel schlafend, für immer schlafend, liegt, schon bereit fortzugehen und nie mehr wiederzukehren, nie mehr! Doch wie hätte ich es Dir sagen können? Nie hättest Du mir, der Fremden, der allzu Bereitwilligen dreier Nächte, die sich ohne Widerstand, ja begehrend, Dir aufgetan, nie hättest Du ihr, der Namenlosen einer flüchtigen Begegnung, geglaubt, daß sie Dir die Treue hielt, Dir, dem Untreuen, – nie ohne Mißtrauen dies Kind als das Deine erkannt! Nie hättest Du, selbst wenn mein Wort Dir Wahrscheinlichkeit geboten, den heimlichen Verdacht abtun können, ich versuchte, Dir, dem Begüterten, das Kind fremder Stunde unterzuschieben. Du hättest mich beargwöhnt, ein Schatten wäre geblieben, ein fliegender, scheuer Schatten von Mißtrauen zwischen Dir und mir. Das wollte ich nicht. Und dann, ich kenne Dich; ich kenne Dich so gut, wie Du kaum selber Dich kennst, ich weiß, es wäre Dir, der Du das Sorglose, das Leichte, das Spielende liebst in der Liebe, peinlich gewesen, plötzlich Vater, plötzlich verantwortlich zu sein für ein Schicksal. Du hättest Dich, Du, der Du nur in Freiheit atmen kannst, Dich irgendwie verbunden gefühlt mit mir. Du hättest mich – ja, ich weiß es, daß Du es getan hättest, wider Deinen eigenen wachen Willen –, Du hättest mich gehaßt für dieses Verbundensein. Vielleicht nur stundenlang, vielleicht nur flüchtige Minuten lang wäre ich Dir lästig gewesen, wäre ich Dir verhaßt worden – ich aber wollte in meinem Stolze, Du solltest an mich ein Leben lang ohne Sorge denken. Lieber wollte ich alles auf mich nehmen, als Dir eine Last werden, und einzig die sein unter allen Deinen Frauen, an die Du immer mit Liebe, mit Dankbarkeit denkst. Aber freilich, Du hast nie an mich gedacht, Du hast mich vergessen.

Ich klage Dich nicht an, mein Geliebter, nein, ich klage Dich nicht an. Verzeih mirs, wenn mir manchmal ein Tropfen Bitternis in die Feder fließt, verzeih mirs – mein Kind, unser Kind liegt ja da tot unter den flackernden Kerzen; ich habe zu Gott die Fäuste geballt und ihn Mörder genannt, meine Sinne sind trüb und verwirrt. Verzeih mir die Klage, verzeihe sie mir! Ich weiß ja, daß Du gut bist und hilfreich im tiefsten Herzen, Du hilfst jedem, hilfst auch dem Fremdesten, der Dich bittet. Aber Deine Güte ist so sonderbar, sie ist eine, die offen liegt für jeden, daß er nehmen kann soviel seine Hände fassen, sie ist groß, unendlich groß Deine Güte, aber sie ist – verzeih mir – sie ist träge. Sie will gemahnt, will genommen sein. Du hilfst, wenn man Dich ruft, Dich bittet, hilfst aus Scham, aus Schwäche und nicht aus Freudigkeit. Du hast – laß es Dir offen sagen – den Menschen in Notdurft und Qual nicht lieber, als den Bruder im Glück.

Und Menschen, die so sind wie Du, selbst die Gütigsten unter ihnen, sie bittet man schwer. Einmal, ich war noch ein Kind, sah ich durch das Guckloch an der Tür, wie Du einem Bettler, der bei Dir geklingelt hatte, etwas gabst. Du gabst ihm rasch und sogar viel, noch ehe er Dich bat, aber Du reichtest es ihm mit einer gewissen Angst und Hast hin, er möchte nur bald wieder fortgehen, es war, als hättest Du Furcht, ihm ins Auge zu sehen. Diese Deine unruhige, scheue, vor der Dankbarkeit flüchtende Art des Helfens habe ich nie vergessen. Und deshalb habe ich mich nie an Dich gewandt. Gewiß, ich weiß, Du hättest mir damals zur Seite gestanden auch ohne die Gewißheit, es sei Dein Kind, Du hättest mich getröstet, mir Geld gegeben, reichlich Geld, aber immer nur mit der geheimen Ungeduld, das Unbequeme von Dir wegzuschieben, ja, ich glaube, Du hättest mich sogar beredet, das Kind vorzeitig abzutun. Und dies fürchtete ich vor allem – denn was hätte ich nicht getan, so Du es begehrtest, wie hätte ich Dir etwas zu verweigern vermocht! Aber dieses Kind war alles für mich, war es doch von Dir, nochmals Du, aber nun nicht mehr Du, der Glückliche, der Sorglose, den ich nicht zu halten vermochte, sondern Du für immer – so meinte ich – mir gegeben, verhaftet in meinem Leibe, verbunden in meinem Leben. Nun hatte ich Dich ja endlich gefangen, ich konnte Dich, Dein Leben wachsen spüren in meinen Adern, Dich nähren, Dich tränken, Dich liebkosen, Dich küssen, wenn mir die Seele danach brannte. Siehst Du, Geliebter, darum war ich so selig, als ich wußte, daß ich ein Kind von Dir hatte, darum verschwieg ich Dirs: denn nun konntest Du mir nicht mehr entfliehen.

Freilich, Geliebter, es waren nicht nur so selige Monate, wie ich sie voraus fühlte in meinen Gedanken, es waren auch Monate voll von Grauen und Qual, voll Ekel vor der Niedrigkeit der Menschen. Ich hatte es nicht leicht. In das Geschäft konnte ich während der letzten Monate nicht mehr gehen, damit es den Verwandten nicht auffällig werde und sie nicht nach Hause berichteten. Von der Mutter wollte ich kein Geld erbitten – so fristete ich mir mit dem Verkauf von dem bißchen Schmuck, den ich hatte, die Zeit bis zur Niederkunft. Eine Woche vorher wurden mir aus einem Schranke von einer Wäscherin die letzten paar Kronen gestohlen, so mußte ich in die Gebärklinik. Dort, wo nur die ganz Armen, die Ausgestoßenen und Vergessenen sich in ihrer Not hinschleppen, dort, mitten im Abhub des Elends, dort ist das Kind, Dein Kind geboren worden. Es war zum Sterben dort: fremd, fremd, fremd war alles, fremd wir einander, die wir da lagen, einsam und voll Haß eine auf die andere, nur vom Elend, von der gleichen Qual in diesen dumpfen, von Chloroform und Blut, von Schrei und Stöhnen vollgepreßten Saal gestoßen.

Was die Armut an Erniedrigung, an seelischer und körperlicher Schande zu ertragen hat, ich habe es dort gelitten an dem Beisammensein mit Dirnen und mit Kranken, die aus der Gemeinsamkeit des Schicksals eine Gemeinheit machten, an der Zynik der jungen Ärzte, die mit einem ironischen Lächeln der Wehrlosen das Bettuch aufstreiften und sie mit falscher Wissenschaftlichkeit antasteten, an der Habsucht der Wärterinnen – oh, dort wird die Scham eines Menschen gekreuzigt mit Blicken und gegeißelt mit Worten. Die Tafel mit Deinem Namen, das allein bist dort noch Du, denn was im Bette liegt, ist bloß ein zuckendes Stück Fleisch, betastet von Neugierigen, ein Objekt der Schau und des Studierens – ah, sie wissen es nicht, die Frauen, die ihren Mann, dem zärtlich wartenden, in seinem Hause Kinder schenken, was es heißt, allein, wehrlos, gleichsam am Versuchstisch, ein Kind zu gebären! Und lese ich noch heute in einem Buche das Wort Hölle, so denke ich plötzlich wider meinen bewußten Willen an jenen vollgepfropften, dünstenden, von Seufzer, Gelächter und blutigem Schrei erfüllten Saal, in dem ich gelitten habe, an dieses Schlachthaus der Scham.

Verzeih, verzeih mirs, daß ich davon spreche. Aber nur dieses eine Mal rede ich davon, nie mehr, nie mehr wieder. Elf Jahre habe ich geschwiegen davon, und werde bald stumm sein in alle Ewigkeit: einmal mußte ichs ausschreien, einmal ausschreien, wie teuer ich es erkaufte, dies Kind, das meine Seligkeit war und das nun dort ohne Atem liegt. Ich hatte sie schon vergessen, diese Stunden, längst vergessen im Lächeln, in der Stimme des Kindes, in meiner Seligkeit; aber jetzt, da es tot ist, wird die Qual wieder lebendig, und ich mußte sie mir von der Seele schreien, dieses eine, dieses eine Mal. Aber nicht Dich klage ich an, nur Gott, nur Gott, der sie sinnlos machte, diese Qual. Nicht Dich klage ich an, ich schwöre es Dir, und nie habe ich mich im Zorn erhoben gegen Dich. Selbst in der Stunde, da mein Leib sich krümmte in den Wehen, da mein Körper vor Scham brannte unter den tastenden Blicken der Studenten, selbst in der Sekunde, da der Schmerz mir die Seele zerriß, habe ich Dich nicht angeklagt vor Gott; nie habe ich jene Nächte bereut, nie meine Liebe zu Dir gescholten, immer habe ich Dich geliebt, immer die Stunde gesegnet, da Du mir begegnet bist. Und müßte ich noch einmal durch die Hölle jener Stunden und wüßte vordem, was mich erwartet, ich täte es noch einmal, mein Geliebter, noch einmal und tausendmal!

****

Unser Kind ist gestern gestorben – Du hast es nie gekannt. Niemals, auch in der flüchtigen Begegnung des Zufalles hat dies blühende, kleine Wesen, Dein Wesen, im Vorübergehen Deinen Blick gestreift. Ich hielt mich lange verborgen vor Dir, sobald ich dies Kind hatte, meine Sehnsucht nach Dir war weniger schmerzhaft geworden, ja ich glaube, ich liebte Dich weniger leidenschaftlich, zumindest litt ich nicht so an meiner Liebe, seit es mir geschenkt war. Ich wollte mich nicht zerteilen zwischen Dir und ihm; so gab ich mich nicht an Dich, den Glücklichen, der an mir vorbeilebte, sondern an dies Kind, das mich brauchte, das ich nähren mußte, das ich küssen konnte und umfangen. Ich schien gerettet vor meiner Unruhe nach Dir, meinem Verhängnis, gerettet durch dies Dein anderes Du, das aber wahrhaft mein war – selten nur mehr, ganz selten drängte mein Gefühl sich demütig heran an Dein Haus. Nur eines tat ich: zu Deinem Geburtstag sandte ich Dir immer ein Bündel weiße Rosen, genau dieselben, wie Du sie mir damals geschenkt nach unserer ersten Liebesnacht. Hast Du je in diesen zehn, in diesen elf Jahren Dich gefragt, wer sie sandte? Hast Du Dich vielleicht an die erinnert, der Du einst solche Rosen geschenkt? Ich weiß es nicht und werde Deine Antwort nicht wissen. Nur aus dem Dunkel sie Dir hinzureichen, einmal im Jahre die Erinnerung aufblühen zu lassen an jene Stunde – das war mir genug.

Du hast es nie gekannt, unser armes Kind – heute klage ich mich an, daß ich es Dir verbarg, denn Du hättest es geliebt. Nie hast Du ihn gekannt, den armen Knaben, nie ihn lächeln gesehen, wenn er leise die Lider aufhob und dann mit seinen dunklen klugen Augen – Deinen Augen! – ein helles, frohes Licht warf über mich, über die ganze Welt. Ach, er war so heiter, so lieb: die ganze Leichtigkeit Deines Wesens war in ihm kindlich wiederholt, Deine rasche, bewegte Phantasie in ihm erneuert: stundenlang konnte er verliebt mit Dingen spielen, so wie Du mit dem Leben spielst, und dann wieder ernst mit hochgezogenen Brauen vor seinen Büchern sitzen. Er wurde immer mehr Du; schon begann sich auch in ihm jene Zwiefältigkeit von Ernst und Spiel, die Dir eigen ist, sichtbar zu entfalten, und je ähnlicher er Dir ward, desto mehr liebte ich ihn.

Er hat gut gelernt, er plauderte Französisch wie eine kleine Elster, seine Hefte waren die saubersten der Klasse, und wie hübsch war er dabei, wie elegant in seinem schwarzen Samtkleid oder dem weißen Matrosenjäckchen. Immer war er der Eleganteste von allen, wohin er auch kam, in Grado am Strande, wenn ich mit ihm ging, blieben die Frauen stehen und streichelten sein langes blondes Haar, auf dem Semmering, wenn er im Schlitten fuhr, wandten sich bewundernd die Leute nach ihm um. Er war so hübsch, so zart, so zutunlich: als er im letzten Jahre ins Internat des Theresianums kam, trug er seine Uniform und den kleinen Degen wie ein Page aus dem achtzehnten Jahrhundert – nun hat er nichts als sein Hemdchen an, der Arme, der dort liegt mit blassen Lippen und eingefalteten Händen.

Aber Du fragst mich vielleicht, wie ich das Kind so im Luxus erziehen konnte, wie ich es vermochte, ihm dies helle, dies heitere Leben der oberen Welt zu vergönnen. Liebster, ich spreche aus dem Dunkel zu Dir; ich habe keine Scham, ich will es Dir sagen, aber erschrick nicht, Geliebter – ich habe mich verkauft. Ich wurde nicht gerade das, was man ein Mädchen von der Straße nennt, eine Dirne, aber ich habe mich verkauft. Ich hatte reiche Freunde, reiche Geliebte: zuerst suchte ich sie, dann suchten sie mich, denn ich war – hast Du es je bemerkt? – sehr schön. Jeder, dem ich mich gab, gewann mich lieb, alle haben mir gedankt, alle an mir gehangen, alle mich geliebt – nur Du nicht, nur Du nicht, mein Geliebter!

Verachtest Du mich nun, weil ich Dir es verriet, daß ich mich verkauft habe? Nein, ich weiß, Du verachtest mich nicht, ich weiß, Du verstehst alles und wirst auch verstehen, daß ich es nur für Dich getan, für Dein anderes Ich, für Dein Kind. Ich hatte einmal in jener Stube der Gebärklinik an das Entsetzliche der Armut gerührt, ich wußte, daß in dieser Welt der Arme immer der Getretene, der Erniedrigte, das Opfer ist, und ich wollte nicht, um keinen Preis, daß Dein Kind, Dein helles, schönes Kind da tief unten aufwachsen sollte im Abhub, im Dumpfen, im Gemeinen der Gasse, in der verpesteten Luft eines Hinterhausraumes. Sein zarter Mund sollte nicht die Sprache des Rinnsteins kennen, sein weißer Leib nicht die dumpfige, verkrümmte Wäsche der Armut – Dein Kind sollte alles haben, allen Reichtum, alle Leichtigkeit der Erde, es sollte wieder aufsteigen zu Dir, in Deine Sphäre des Lebens.

Darum, nur darum, mein Geliebter, habe ich mich verkauft. Es war kein Opfer für mich, denn was man gemeinhin Ehre und Schande nennt, das war mir wesenlos: Du liebtest mich nicht, Du, der Einzige, dem mein Leib gehörte, so fühlte ich es als gleichgültig, was sonst mit meinem Körper geschah. Die Liebkosungen der Männer, selbst ihre innerste Leidenschaft, sie rührten mich im Tiefsten nicht an, obzwar ich manche von ihnen sehr achten mußte und mein Mitleid mit ihrer unerwiderten Liebe in Erinnerung eigenen Schicksals mich oft erschütterte. Alle waren sie gut zu mir, die ich kannte, alle haben sie mich verwöhnt, alle achteten sie mich. Da war vor allem einer, ein älterer, verwitweter Reichsgraf, derselbe, der sich die Füße wundstand an den Türen, um die Aufnahme des vaterlosen Kindes, Deines Kindes, im Theresianum durchzudrücken – der liebte mich wie eine Tochter. Dreimal, viermal machte er mir den Antrag, mich zu heiraten – ich könnte heute Gräfin sein, Herrin auf einem zauberischen Schloß in Tirol, könnte sorglos sein, denn das Kind hätte einen zärtlichen Vater gehabt, der es vergötterte, und ich einen stillen, vornehmen, gütigen Mann an meiner Seite – ich habe es nicht getan, so sehr, sooft er auch drängte, so sehr ich ihm wehe tat mit meiner Weigerung. Vielleicht war es eine Torheit, denn sonst lebte ich jetzt irgendwo still und geborgen, und dies Kind, das geliebte, mit mir, aber – warum soll ich Dir es nicht gestehen – ich wollte mich nicht binden, ich wollte Dir frei sein in jeder Stunde. Innen im Tiefsten, im Unbewußten meines Wesens lebte noch immer der alte Kindertraum, Du würdest vielleicht noch einmal mich zu Dir rufen, sei es nur für eine Stunde lang. Und für diese eine mögliche Stunde habe ich alles weggestoßen, nur um Dir frei zu sein für Deinen ersten Ruf. Was war mein ganzes Leben seit dem Erwachen aus der Kindheit denn anders, als ein Warten, ein Warten auf Deinen Willen!

Und diese Stunde, sie ist wirklich gekommen. Aber Du weißt sie nicht, Du ahnst sie nicht, mein Geliebter! Auch in ihr hast Du mich nicht erkannt – nie, nie, nie hast Du mich erkannt! Ich war Dir ja schon früher oft begegnet, in den Theatern, in den Konzerten, im Prater, auf der Straße – jedesmal zuckte mir das Herz, aber Du sahst an mir vorbei: ich war ja äußerlich eine ganz andere, aus dem scheuen Kinde war eine Frau geworden, schön wie sie sagten, in kostbare Kleider gehüllt, umringt von Verehrern: wie konntest Du in mir jenes schüchterne Mädchen im dämmerigen Licht Deines Schlafraumes vermuten! Manchmal grüßte Dich einer der Herren, mit denen ich ging, Du danktest und sahst auf zu mir: aber Dein Blick war höfliche Fremdheit, anerkennend, aber nie erkennend, fremd, entsetzlich fremd. Einmal, ich erinnere mich noch, ward mir dieses Nichterkennen, an das ich fast schon gewohnt war, zur brennenden Qual: ich saß in einer Loge der Oper mit einem Freunde und Du in der Nachbarloge. Die Lichter erloschen bei der Ouvertüre, ich konnte Dein Antlitz nicht mehr sehen, nur Deinen Atem fühlte ich so nah neben mir, wie damals in jener Nacht, und auf der samtenen Brüstung der Abteilung unserer Logen lag Deine Hand aufgestützt, Deine feine, zarte Hand. Und unendlich überkam mich das Verlangen, mich niederzubeugen und diese fremde, diese so geliebte Hand demütig zu küssen, deren zärtliche Umfassung ich einst gefühlt. Um mich wogte aufwühlend die Musik, immer leidenschaftlicher wurde das Verlangen, ich mußte mich ankrampfen, mich gewaltsam aufreißen, so gewaltsam zog es meine Lippen hin zu Deiner geliebten Hand. Nach dem ersten Akt bat ich meinen Freund, mit mir fortzugehen. Ich ertrug es nicht mehr, Dich so fremd und so nah neben mir zu haben im Dunkel.

Aber die Stunde kam, sie kam noch einmal, ein letztes Mal in mein verschüttetes Leben. Fast genau vor einem Jahr ist es gewesen, am Tage nach Deinem Geburtstage. Seltsam: ich hatte alle die Stunden an Dich gedacht, denn Deinen Geburtstag, ihn feierte ich immer wie ein Fest. Ganz frühmorgens schon war ich ausgegangen und hatte die weißen Rosen gekauft, die ich Dir wie alljährlich senden ließ zur Erinnerung an eine Stunde, die Du vergessen hattest.

Nachmittags fuhr ich mit dem Buben aus, führte ihn zu Demel in die Konditorei und abends ins Theater, ich wollte, auch er sollte diesen Tag, ohne seine Bedeutung zu wissen, irgendwie als einen mystischen Feiertag von Jugend her empfinden. Am nächsten Tage war ich dann mit meinem damaligen Freunde, einem jungen, reichen Brünner Fabrikanten, mit dem ich schon seit zwei Jahren zusammenlebte, der mich vergötterte, verwöhnte und mich ebenso heiraten wollte wie die andern und dem ich mich ebenso scheinbar grundlos verweigerte wie den andern, obwohl er mich und das Kind mit Geschenken überschüttete und selbst liebenswert war in seiner ein wenig dumpfen, knechtischen Güte. Wir gingen zusammen in ein Konzert, trafen dort heitere Gesellschaft, soupierten in einem Ringstraßenrestaurant, und dort, mitten im Lachen und Schwätzen, machte ich den Vorschlag, noch in ein Tanzlokal, in den Tabarin, zu gehen. Mir waren diese Art Lokale mit ihrer systematischen und alkoholischen Heiterkeit wie jede „Drahrerei" sonst immer widerlich, und ich wehrte mich sonst immer gegen derlei Vorschläge, diesmal aber – es war wie eine unergründliche magische Macht in mir, die mich plötzlich unbewußt den Vorschlag mitten in die freudig zustimmende Erregung der andern werfen ließ – hatte ich plötzlich ein unerklärliches Verlangen, als ob dort irgend etwas Besonderes mich erwarte. Gewohnt, mir gefällig zu sein, standen alle rasch auf, wir gingen hinüber, tranken Champagner, und in mich kam mit einemmal eine ganz rasende, ja fast schmerzhafte Lustigkeit, wie ich sie nie gekannt. Ich trank und trank, sang die kitschigen Lieder mit und hatte fast den Zwang, zu tanzen oder zu jubeln. Aber plötzlich – mir war, als hätte etwas Kaltes oder etwas Glühendheißes sich mir jäh aufs Herz gelegt – riß es mich auf: am Nachbartisch saßest Du mit einigen Freunden und sahst mich an mit einem bewundernden und begehrenden Blick, mit jenem Blicke, der mir immer den ganzen Leib von innen aufwühlte. Zum erstenmal seit zehn Jahren sahst Du mich wieder an mit der ganzen unbewußt-leidenschaftlichen Macht Deines Wesens. Ich zitterte. Fast wäre mir das erhobene Glas aus den Händen gefallen. Glücklicherweise merkten die Tischgenossen nicht meine Verwirrung: sie verlor sich in dem Dröhnen von Gelächter und Musik.

Immer brennender wurde Dein Blick und tauchte mich ganz in Feuer. Ich wußte nicht: hattest Du mich endlich, endlich erkannt, oder begehrtest Du mich neu, als eine andere, als eine Fremde? Das Blut flog mir in die Wangen, zerstreut antwortete ich den Tischgenossen: Du mußtest es merken, wie verwirrt ich war von Deinem Blick. Unmerklich für die übrigen machtest Du mit einer Bewegung des Kopfes ein Zeichen, ich möchte für einen Augenblick hinauskommen in den Vorraum. Dann zahltest Du ostentativ, nahmst Abschied von Deinen Kameraden und gingst hinaus, nicht ohne zuvor noch einmal angedeutet zu haben, daß Du draußen auf mich warten würdest. Ich zitterte wie im Frost, wie im Fieber, ich konnte nicht mehr Antwort geben, nicht mehr mein aufgejagtes Blut beherrschen. Zufälligerweise begann gerade in diesem Augenblick ein Negerpaar mit knatternden Absätzen und schrillen Schreien einen absonderlichen neuen Tanz: alles starrte ihnen zu, und diese Sekunde nützte ich. Ich stand auf, sagte meinem Freunde, daß ich gleich zurückkäme, und ging Dir nach.

Draußen im Vorraum vor der Garderobe standest Du, mich erwartend: Dein Blick ward hell, als ich kam. Lächelnd eiltest Du mir entgegen; ich sah sofort, Du erkanntest mich nicht, erkanntest nicht das Kind von einst und nicht das Mädchen, noch einmal griffest Du nach mir als einem Neuen, einem Unbekannten. „Haben Sie auch für mich einmal eine Stunde“, fragtest Du vertraulich – ich fühlte an der Sicherheit Deiner Art, Du nahmst mich für eine dieser Frauen, für die Käufliche eines Abends. „Ja“, sagte ich, dasselbe zitternde und doch selbstverständliche einwilligende Ja, das Dir das Mädchen vor mehr als einem Jahrzehnt auf der dämmernden Straße gesagt. „Und wann könnten wir uns sehen?“ fragtest Du. „Wann immer Sie wollen“, antwortete ich – vor Dir hatte ich keine Scham. Du sahst mich ein wenig verwundert an, mit derselben mißtrauisch-neugierigen Verwunderung wie damals, als Dich gleichfalls die Raschheit meines Einverständnisses erstaunt hatte. „Könnten Sie jetzt?“ fragtest Du, ein wenig zögernd. „Ja,“ sagte ich, „gehen wir.“

Ich wollte zur Garderobe, meinen Mantel holen.

Da fiel mir ein, daß mein Freund den Garderobenzettel hatte für unsere gemeinsam abgegebenen Mäntel. Zurückzugehen und ihn verlangen, wäre ohne umständliche Begründung nicht möglich gewesen, anderseits die Stunde mit Dir preisgeben, die seit Jahren ersehnte, dies wollte ich nicht. So habe ich keine Sekunde gezögert: ich nahm nur den Schal über das Abendkleid und ging hinaus in die nebelfeuchte Nacht, ohne mich um den Mantel zu kümmern, ohne mich um den guten, zärtlichen Menschen zu kümmern, von dem ich seit Jahren lebte und den ich vor seinen Freunden zum lächerlichsten Narren erniedrigte, zu einem, dem seine Geliebte nach Jahren wegläuft auf den ersten Pfiff eines fremden Mannes. Oh, ich war mir ganz der Niedrigkeit, der Undankbarkeit, der Schändlichkeit, die ich gegen einen ehrlichen Freund beging, im Tiefsten bewußt, ich fühlte, daß ich lächerlich handelte und mit meinem Wahn einen gütigen Menschen für immer tödlich kränkte, fühlte, daß ich mein Leben mitten entzweiriß – aber was war mir Freundschaft, was meine Existenz gegen die Ungeduld, wieder einmal Deine Lippen zu fühlen, Dein Wort weich gegen mich gesprochen zu hören. So habe ich Dich geliebt, nun kann ich es Dir sagen, da alles vorbei ist und vergangen. Und ich glaube, riefest Du mich von meinem Sterbebette, so käme mir plötzlich die Kraft, aufzustehen und mit Dir zu gehen.

Ein Wagen stand vor dem Eingang, wir fuhren zu Dir. Ich hörte wieder Deine Stimme, ich fühlte Deine zärtliche Nähe und war genau so betäubt, so kindischselig verwirrt wie damals. Wie stieg ich, nach mehr als zehn Jahren, zum erstenmal wieder die Treppe empor – nein, nein, ich kann Dirs nicht schildern, wie ich alles immer doppelt fühlte in jenen Sekunden, vergangene Zeit und Gegenwart, und in allem und allem immer nur Dich. In Deinem Zimmer war wenigesanders, ein paar Bilder mehr, und mehr Bücher, da und dort fremde Möbel, aber alles doch grüßte mich vertraut. Und am Schreibtisch stand die Vase mit den Rosen darin – mit meinen Rosen, die ich Dir tags vorher zu Deinem Geburtstag geschickt als Erinnerung an eine, an die Du Dich doch nicht erinnertest, die Du doch nicht erkanntest, selbst jetzt, da sie Dir nahe war, Hand in Hand und Lippe an Lippe. Aber doch: es tat mir wohl, daß Du die Blumen hegtest: so war doch ein Hauch meines Wesens, ein Atem meiner Liebe um Dich.

Du nahmst mich in Deine Arme. Wieder blieb ich bei Dir eine ganze herrliche Nacht. Aber auch im nackten Leibe erkanntest Du mich nicht. Selig erlitt ich Deine wissenden Zärtlichkeiten und sah, daß Deine Leidenschaft keinen Unterschied macht zwischen einer Geliebten und einer Käuflichen, daß Du Dich ganz gibst an Dein Begehren mit der unbedachten verschwenderischen Fülle Deines Wesens. Du warst so zärtlich und lind zu mir, der vom Nachtlokal Geholten, so vornehm und so herzlich-achtungsvoll und doch gleichzeitig so leidenschaftlich im Genießen der Frau; wieder fühlte ich, taumelig vom alten Glück, diese einzige Zweiheit Deines Wesens, die wissende, die geistige Leidenschaft in der sinnlichen, die schon das Kind Dir hörig gemacht. Nie habe ich bei einem Manne in der Zärtlichkeit solche Hingabe an den Augenblick gekannt, ein solches Ausbrechen und Entgegenleuchten des tiefsten Wesens – freilich um dann hinzulöschen in eine unendliche, fast unmenschliche Vergeßlichkeit. Aber auch ich vergaß mich selbst: wer war ich nun im Dunkel neben Dir? War ichs, das brennende Kind von einst, war ichs, die Mutter Deines Kindes, war ichs, die Fremde? Ach, es war so vertraut, so erlebt alles, und alles wieder so rauschend neu in dieser leidenschaftlichen Nacht. Und ich betete, sie möchte kein Ende nehmen.

Aber der Morgen kam, wir standen spät auf, Du ludest mich ein, noch mit Dir zu frühstücken. Wir tranken zusammen den Tee, den eine unsichtbar dienende Hand diskret in dem Speisezimmer bereitgestellt hatte, und plauderten. Wieder sprachst Du mit der ganzen offenen, herzlichen Vertraulichkeit Deines Wesens zu mir und wieder ohne alle indiskreten Fragen, ohne alle Neugier nach dem Wesen, das ich war. Du fragtest nicht nach meinem Namen, nicht nach meiner Wohnung: ich war Dir wiederum nur das Abenteuer, das Namenlose, die heiße Stunde, die im Rauch des Vergessens spurlos sich löst. Du erzähltest, daß Du jetzt weit weg reisen wolltest, nach Nordafrika für zwei oder drei Monate; ich zitterte mitten in meinem Glück, denn schon hämmerte es mir in den Ohren: vorbei, vorbei und vergessen! Am liebsten wäre ich hin zu Deinen Knieen gestürzt und hätte geschrieen: „Nimm mich mit, damit Du mich endlich erkennst, endlich, endlich nach so vielen Jahren!" Aber ich war ja so scheu, so feige, so sklavisch, so schwach vor Dir. Ich konnte nur sagen: „Wie schade." Du sahst mich lächelnd an: „Ist es Dir wirklich leid?"

Da faßte es mich wie eine plötzliche Wildheit. Ich stand auf, sah Dich an, lange und fest. Dann sagte ich: „Der Mann, den ich liebte, ist auch immer weggereist." Ich sah Dich an, mitten in den Stern Deines Auges. „Jetzt, jetzt wird er mich erkennen!" zitterte, drängte alles in mir. Aber Du lächeltest mir entgegen und sagtest tröstend: „Man kommt ja wieder zurück." „Ja," antwortete ich, „man kommt zurück, aber dann hat man vergessen."

Es muß etwas Absonderliches, etwas Leidenschaftliches in der Art gewesen sein, wie ich Dir das sagte. Denn auch Du standest auf und sahst mich an, verwundert und sehr liebevoll. Du nahmst mich bei den Schultern: „Was gut ist, vergißt sich nicht, Dich werde ich nicht vergessen", sagtest Du, und dabei senkte sich Dein Blick ganz in mich hinein, als wollte er dies Bild sich festprägen. Und wie ich diesen Blick in mich eindringen fühlte, suchend, spürend, mein ganzes Wesen an sich saugend, da glaubte ich endlich, endlich den Bann der Blindheit gebrochen. Er wird mich erkennen, er wird mich erkennen! Meine ganze Seele zitterte in dem Gedanken.

Aber Du erkanntest mich nicht. Nein, Du erkanntest mich nicht, nie war ich Dir fremder jemals als in dieser Sekunde, denn sonst – sonst hättest Du nie tun können, was Du wenige Minuten später tatest. Du hattest mich geküßt, noch einmal leidenschaftlich geküßt. Ich mußte mein Haar, das sich verwirrt hatte, wieder zurechtrichten, und während ich vor dem Spiegel stand, da sah ich durch den Spiegel – und ich glaubte hinsinken zu müssen vor Scham und Entsetzen – da sah ich, wie Du in diskreter Art ein paar größere Banknoten in meinen Muff schobst. Wie habe ichs vermocht, nicht aufzuschreien, Dir nicht ins Gesicht zu schlagen in dieser Sekunde – mich, die ich Dich liebte von Kindheit an, die Mutter Deines Kindes, mich zahltest Du für diese Nacht! Eine Dirne aus dem Tabarin war ich Dir, nicht mehr – bezahlt, bezahlt hattest Du mich! Es war nicht genug, von Dir vergessen, ich mußte noch erniedrigt sein.

Ich tastete rasch nach meinen Sachen. Ich wollte fort, rasch fort. Es tat mir zu weh. Ich griff nach meinem Hut, er lag auf dem Schreibtisch, neben der Vase mit den weißen Rosen, meinen Rosen. Da erfaßte es mich mächtig, unwiderstehlich: noch einmal wollte ich es versuchen, Dich zu erinnern. „Möchtest Du mir nicht von Deinen weißen Rosen eine geben?" „Gern", sagtest Du und nahmst sie sofort. „Aber sie sind Dir vielleicht von einer Frau gegeben, von einer Frau, die Dich liebt?" sagte ich. „Vielleicht," sagtest Du, „ich weiß es nicht. Sie sind mir gegeben und ich weiß nicht von wem; darum liebe ich sie so." Ich sah Dich an. „Vielleicht sind sie auch von einer, die Du vergessen hast!"

Du blicktest erstaunt. Ich sah Dich fest an. „Erkenne mich, erkenne mich endlich!" schrie mein Blick. Aber Dein Auge lächelte freundlich und unwissend. Du küßtest mich noch einmal. Aber Du erkanntest mich nicht.

Ich ging rasch zur Tür, denn ich spürte, daß mir Tränen in die Augen schossen, und das solltest Du nicht sehen. Im Vorzimmer – so hastig war ich hinausgeeilt – stieß ich mit Johann, Deinem Diener, fast zusammen. Scheu und eilfertig sprang er zur Seite, riß die Haustür auf, um mich hinauszulassen, und da – in dieser einen, hörst Du? in dieser einen Sekunde, da ich ihn ansah, mit tränenden Augen ansah, den gealterten Mann, da zuckte ihm plötzlich ein Licht in den Blick. In dieser einen Sekunde, hörst Du? in dieser einen Sekunde, hat der alte Mann mich erkannt, der mich seit meiner Kindheit nicht gesehen. Ich hätte hinknieen können vor ihm für dieses Erkennen und ihm die Hände küssen. So riß ich nur die Banknoten, mit denen Du mich gegeißelt, rasch aus dem Muff und steckte sie ihm zu. Er zitterte, sah erschreckt zu mir auf – in dieser Sekunde hat er vielleicht mehr geahnt von mir als Du in Deinem ganzen Leben. Alle, alle Menschen haben mich verwöhnt, alle waren zu mir gütig – nur Du, nur Du, Du hast mich vergessen, nur Du, nur Du hast mich nie erkannt!

****

Mein Kind ist gestorben, unser Kind – jetzt habe ich niemanden mehr in der Welt, ihn zu lieben, als Dich. Aber wer bist Du mir, Du, der Du mich niemals, niemals erkennst, der an mir vorübergeht wie an einem Wasser, der auf mich tritt wie auf einen Stein, der immer geht und weiter geht und mich läßt in ewigem Warten? Einmal vermeinte ich Dich zu halten, Dich, den Flüchtigen, in dem Kinde. Aber es war Dein Kind: über Nacht ist es grausam von mir gegangen, eine Reise zu tun, es hat mich vergessen und kehrt nie zurück. Ich bin wieder allein, mehr allein als jemals, nichts habe ich, nichts von Dir – kein Kind mehr, kein Wort, keine Zeile, kein Erinnern, und wenn jemand meinen Namen nennen würde vor Dir, Du hörtest an ihm fremd vorbei. Warum soll ich nicht gerne sterben, da ich Dir tot bin, warum nicht weitergehen, da Du von mir gegangen bist? Nein, Geliebter, ich klage nicht wider Dich, ich will Dir nicht meinen Jammer hinwerfen in Dein heiteres Haus. Fürchte nicht, daß ich Dich weiter bedränge – verzeih mir, ich mußte mir einmal die Seele ausschreien in dieser Stunde, da das Kind dort tot und verlassen liegt. Nur dies eine Mal mußte ich sprechen zu Dir – dann gehe ich wieder stumm in mein Dunkel zurück, wie ich immer stumm neben Dir gewesen. Aber Du wirst diesen Schrei nicht hören, solange ich lebe – nur wenn ich tot bin, empfängst Du dies Vermächtnis von mir, von einer, die Dich mehr geliebt als alle, und die Du nie erkannt, von einer, die immer auf Dich gewartet und die Du nie gerufen. Vielleicht, vielleicht wirst Du mich dann rufen, und ich werde Dir ungetreu sein zum erstenmal, ich werde Dich nicht mehr hören aus meinem Tod: kein Bild lasse ich Dir und kein Zeichen, wie Du mir nichts gelassen; nie wirst Du mich erkennen, niemals. Es war mein Schicksal im Leben, es sei es auch in meinem Tod. Ich will Dich nicht rufen in meine letzte Stunde, ich gehe fort, ohne daß Du meinen Namen weißt und mein Antlitz. Ich sterbe leicht, denn Du fühlst es nicht von ferne. Täte es Dir weh, daß ich sterbe, so könnte ich nicht sterben.

Ich kann nicht mehr weiter schreiben… mir ist so dumpf im Kopfe… die Glieder tun mir weh, ich habe Fieber… ich glaube, ich werde mich gleich hinlegen müssen. Vielleicht ist es bald vorbei, vielleicht ist mir einmal das Schicksal gütig, und ich muß es nicht mehr sehen, wie sie das Kind wegtragen… Ich kann nicht mehr schreiben. Leb wohl, Geliebter, leb wohl, ich danke Dir… Es war gut, wie es war, trotz alledem… ich will Dirs danken bis zum letzten Atemzug. Mir ist wohl: ich habe Dir alles gesagt, Du weißt nun, nein, Du ahnst nur, wie sehr ich Dich geliebt, und hast doch von dieser Liebe keine Last. Ich werde

Dir nicht fehlen – das tröstet mich. Nichts wird anders sein in Deinem schönen, hellen Leben… ich tue Dir nichts mit meinem Tod… das tröstet mich, Du Geliebter.

Aber wer… wer wird Dir jetzt immer die weißen Rosen senden zu Deinem Geburtstag? Ach, die Vase wird leer sein, der kleine Atem, der kleine Hauch von meinem Leben, der einmal im Jahre um Dich wehte, auch er wird verwehen! Geliebter, höre, ich bitte Dich… es ist meine erste und letzte Bitte an Dich… tu mirs zuliebe, nimm an jedem Geburtstag – es ist ja ein Tag, wo man an sich denkt – nimm da Rosen und tu sie in die Vase. Tu's, Geliebter, tu es so, wie andere einmal im Jahre eine Messe lesen lassen für eine liebe Verstorbene. Ich aber glaube nicht an Gott mehr und will keine Messe, ich glaube nur an Dich, ich liebe nur Dich und will nur in Dir noch weiterleben… ach, nur einen Tag im Jahr, ganz, ganz still nur, wie ich neben Dir gelebt… Ich bitte Dich, tu es, Geliebter… es ist meine erste Bitte an Dich und die letzte… ich danke Dir… ich liebe Dich, ich liebe Dich… lebe wohl…

****

Er legte den Brief aus den zitternden Händen. Dann sann er lange nach. Verworren tauchte irgendein Erinnern auf an ein nachbarliches Kind, an ein Mädchen, an eine Frau im Nachtlokal, aber ein Erinnern, undeutlich und verworren, so wie ein Stein flimmert und formlos zittert am Grunde fließenden Wassers. Schatten strömten zu und fort, aber es wurde kein Bild. Er fühlte Erinnerungen des Gefühls und erinnerte sich doch nicht. Ihm war, als ob er von all diesen Gestalten geträumt hätte, oft und tief geträumt, aber doch nur geträumt. Da fiel sein Blick auf die blaue Vase vor ihm auf dem Schreibtisch. Sie war leer, zum erstenmal leer seit Jahren an seinem Geburtstag. Er schrak zusammen: ihm war, als sei plötzlich eine Tür unsichtbar aufgesprungen, und kalte Zugluft ströme aus anderer Welt in seinen ruhenden Raum. Er spürte einen Tod und spürte unsterbliche Liebe: innen brach etwas auf in seiner Seele, und er dachte an die Unsichtbare körperlos und leidenschaftlich wie an eine ferne Musik.

Die Mondscheingasse

Das Schiff hatte, durch Sturm verzögert, erst spät abends in der kleinen französischen Hafenstadt landen können, der Nachtzug nach Deutschland war versäumt. So blieb ein unerwarteter Tag an fremdem Ort, ein Abend ohne andere Lockung als die einer melancholischen Damenmusik in einem vorstädtischen Vergnügungslokal oder eines eintönigen Gespräches mit den ganz zufälligen Reisegenossen. Unerträglich schien mir die Luft in dem kleinen Speiseraum des Hotels, fettig von Öl, dumpf von Rauch, und ich fühlte doppelt ihre trübe Unreinlichkeit, weil noch der reine Atem des Meeres mir salzig-kühl auf den Lippen lag. So ging ich hinaus, aufs Geratewohl die helle breite Straße entlang zu einem Platz, wo eine Bürgergardenkapelle spielte, und wieder weiter inmitten der lässig fortflutenden Woge der Spaziergänger. Anfangs tat es mir gut, dieses willenlose Geschaukeltsein in der Strömung gleichgültiger und provinziell geputzter Menschen, aber bald ertrug ich es doch nicht mehr, dieses Anwogen von fremden Leuten und ihr abgerissenes Gelächter, diese Augen, die mich angriffen, erstaunt, fremd oder grinsend, diese Berührungen, die mich unmerklich weiterschoben, dies aus tausend kleinen Quellen brechende Licht und unaufhörliche Scharren von Schritten. Die Seefahrt war bewegt gewesen, und noch gärte in meinem Blut ein taumliges und sanfttrunkenes Gefühl: noch immer spürte ich Gleiten und Wiegen unter meinen Füßen, die Erde schien wie atmend sich zu bewegen und die Straße bis auf in den Himmel zu schwingen.

Schwindelig ward mir mit einem Male von diesem lauten Gewirr, und um mich zu retten, bog ich, ohne nach ihrem Namen zu blicken, in eine Seitenstraße ein und von da wieder in eine kleinere, in der dies sinnlose Lärmen allmählich verebbte, und ging nun ziellos weiter ins Gewirr dieser wie Adern sich verästelnden Gassen, die immer dunkler wurden, je mehr ich mich vom Hauptplatz entfernte. Die großen elektrischen Bogenlampen, diese Monde der breiten Boulevards, flammten hier nicht mehr, und über die spärliche Beleuchtung hin begann man endlich wieder die Sterne zu sehen und einen schwarzen verhängten Himmel.

Ich mußte nahe dem Hafen sein, im Matrosenviertel, das fühlte ich an dem faulen Fischgeruch, an diesem süßlichen Duft von Tang und Fäulnis, wie ihn auch die von der Brandung ans Land gerissenen Algen haben, an diesem eigentümlichen Dunst verdorbener Gerüche und ungelüfteter Stuben, der sich dumpfig in diese Winkel legt, bis einmal der große Sturm kommt und ihnen

Atem bringt. Das ungewisse Dunkel tat mir wohl und diese unerwartete Einsamkeit, ich verlangsamte meinen Schritt, betrachtete nun Gasse um Gasse, eine immer anders wie die Nachbarin, hier eine friedfertige, dort eine buhlerische, alle aber dunkel und mit einem gedämpften Geräusch von Musik und Stimmen, das aus dem Unsichtbaren, aus der Brust ihrer Gewölbe so geheimnisvoll aufquoll, daß kaum die unterirdische Quelle zu erraten war. Denn alle waren sie verschlossen und blinzelten nur mit einem roten oder gelben Licht. Ich liebe diese Gassen in fremden Städten, diesen schmutzigen Markt aller Leidenschaften, diese heimliche Anhäufung aller Verführungen für die Matrosen, die von einsamen Nächten auf fremden und gefährlichen Meeren hier für eine Nacht einkehren, ihre vielen und sinnlichen Träume in einer Stunde zu erfüllen. Sie müssen sich verstecken irgendwo in einer Niederung der großen Stadt, diese kleinen Seitengassen, weil sie so frech und aufdringlich sagen, was die hellen Häuser mit blanken Scheiben und vornehmen Menschen in hundert Masken verbergen. Musik klingt und lockt hier aus kleinen Stuben, Kinematographen verheißen mit grellen Plakaten ungeahnte Prächte, kleine viereckige Lichter ducken sich unter die Tore und zwinkern mit vertraulichem Gruß eine sehr deutliche Einladung zu, zwischen dem aufgetanen Spalt einer Tür schimmert nacktes Fleisch unter vergoldetem Flitter. Aus den Cafés grölen die Stimmen der Berauschten und poltert der Zank der Spieler. Die Matrosen grinsen, wenn sie hier einander begegnen, ihre stumpfen Blicke werden grell von vieler Verheißung, denn hier ist alles, Weiber und Spiel, Trunk und Schau, das Abenteuer, das schmutzige und das große. All dies aber ist scheu und doch verräterisch gedämpft hinter den heuchlerisch gesenkten Fensterläden, alles nur innen, und diese scheinbare Verschlossenheit reizt durch die doppelte Verführung von Verborgenheit und Zugänglichkeit. Diese Straßen sind gleich in Hamburg und Colombo und Havanna, gleich da und dort wie auch die großen Avenuen des Luxus, denn das Oben und Unten des Lebens hat die gleiche Form. Letzte phantastische Reste einer sinnlich ungeregelten Welt, wo die Triebe noch brutal und ungezügelt sich entladen, ein finsterer Wald von Leidenschaften und Dickicht und voll triebhaften Getiers sind diese unbürgerlichen Straßen, erregend durch das, was sie verraten, und verlockend durch das, was sie verbergen. Man kann von ihnen träumen.

Und so war auch diese, in der ich mich mit einem Male gefangen fühlte. Aufs Geratewohl war ich ein paar Kürassieren nachgegangen, die mit ihrem nachschleifenden Säbel über das holprige Pflaster klirrten. Aus einer Bar riefen Weiber sie an, sie lachten und schrien ihnen grobe Scherze zu, einer klopfte an das Fenster, dann fluchte eine Stimme irgendwo, sie gingen weiter, das Gelächter wurde ferner, und bald hörte ich sie nicht mehr. Stumm war wieder die Gasse, ein paar Fenster blinkten unklar in einem Nebelglanz von mattem Mond. Ich stand und sog atmend diese Stille ein, die mir seltsam schien, weil hinter ihr etwas surrte von Geheimnis, Wollust und Gefahr. Deutlich spürte ich, daß dieses Schweigen eine Lüge war und unter dem trüben Dunst dieser Gasse etwas glimmerte von der Fäulnis der Welt. Aber ich stand, blieb und lauschte ins Leere. Ich fühlte die Stadt nicht mehr und die Gasse, nicht ihren Namen und nicht den meinen, empfand nur, daß ich hier fremd war, wunderbar losgelöst in einem Unbekannten stand, daß keine Absicht in mir war, keine Botschaft und keine Beziehung und ich doch all dies dunkle Leben um mich so voll fühlte wie das Blut unter der eigenen Haut.

Dies Gefühl nur empfand ich, daß nichts für mich geschah und doch alles mir zugehörte, dieses seligste Gefühl des durch Anteilslosigkeit tiefsten und wahrsten Erlebens, das zu den lebendigen Quellen meines innern Wesens gehört und mich im Unbekannten immer überfällt wie eine Lust. Da plötzlich, horchend wie ich in der einsamen Gasse stand, gleichsam erwartungsvoll auf irgend etwas, das geschehen müßte, etwas, das mich fortschöbe aus diesem mondsüchtigen Gefühl des Lauschens ins Leere, hörte ich gedämpft durch Ferne oder eine Wand, sehr trübe von irgendwo ein deutsches Lied singen, jenen ganz einfältigen Reigen aus dem „Freischütz“: „Schöner, grüner Jungfernkranz“. Eine Frauenstimme sang ihn, sehr schlecht, aber doch eine deutsche Melodie war es, deutsch hier irgendwo in einem fremden Winkel der Welt und darum brüderlich in einem so eigenen Sinne. Es war von irgendwoher gesungen, aber doch, wie einen Gruß fühlte ichs, seit Wochen das erste heimatliche Wort. Wer, fragte ich mich, spricht hier meine Sprache, wen treibt eine Erinnerung von innen, in verwinkelt-verwilderter Gasse dies arme Lied sich wieder aus dem Herzen zu heben? Ich tastete der Stimme nach, ein Haus nach dem andern von all denen, die halbschlafend hier standen, mit geschlossenen Fensterläden, hinter denen es aber verräterisch blinzelte von Licht und manchmal von einer winkenden Hand. Außen klebten grelle Überschriften, schreiende Plakate, und Ale, Whisky, Bier verhieß hier eine versteckte Bar, aber alles war verschlossen, abweisend und doch wieder einladend. Und dazwischen – ein paar Schritte tönten von fern – immer wieder die Stimme, die jetzt den Refrain heller trillerte und immer näher war: schon erkannte ich das Haus. Einen Augenblick zögerte ich, dann trat ich gegen die innere Tür, die mit weißen Gardinen dicht verhangen war.

Da aber, als ich mich entschlossen hinbeugte, ward etwas im Schatten des Flurs jäh lebendig, eine Gestalt, die offenbar eng an die Scheibe gepreßt dort gelauert hatte, zuckte erschrocken auf, ein Gesicht, begossen vom Rot der überhängenden Laterne und doch blaß im Entsetzen, ein Mann starrte mich mit aufgerissenen Augen an, murmelte etwas wie eine Entschuldigung und verschwand im Zwielicht der Gasse. Seltsam war dieser Gruß. Ich sah ihm nach. Etwas schien sich noch im entschwindenden Schatten der Gasse von ihm zu regen, aber undeutlich. Innen klang die Stimme noch immer, heller sogar, wie mirs schien. Das lockte mich. Ich klinkte auf und trat rasch ein. Wie von einem Messer zerschnitten fiel das letzte Wort des Gesanges herab. Und erschrocken spürte ich eine Leere vor mir, eine Feindlichkeit des Schweigens, gleichsam als ob ich was zertrümmert hätte. Mählich erst fand mein Blick sich in der Stube zurecht, die fast leer war, ein Schank und ein Tisch, das ganze offenbar nur Vorgemach zu andern Zimmern rückwärts, die mit halbaufgelehnten Türen, gedämpftem Lampenschein und bereiten Betten ihre eigentliche Bestimmung rasch verrieten. Vorn am Tisch lehnte auf den Ellbogen gestützt ein Mädchen, geschminkt und müd, rückwärts am Schank die Wirtin, beleibt und schmutziggrau mit einem andern nicht unhübschen Mädel.

Mein Gruß fiel hart in den Raum, ganz spät kam ein gelangweiltes Echo zurück. Mir wars unbehaglich, so ins Leere getreten zu sein; in ein so gespanntes ödes Schweigen, und gern wäre ich sofort wieder gegangen, doch fand meine Verlegenheit keinen Vorwand, und so setzte ich mich resigniert an den vorderen Tisch. Das Mädel, jetzt sich seiner Pflicht besinnend, fragte mich, was ich zu trinken wünschte, und an ihrem harten Französisch erkannte ich sofort die Deutsche. Ich bestellte ein Bier, sie ging und kam wieder mit jenem schlaffen Gang, der noch mehr Gleichgültigkeit verriet als das Seichte ihrer Augen, die schlaff unter den Lidern glommen wie verlöschende Lichter. Ganz mechanisch stellte sie nach dem Brauch jener Stuben neben das meine ein zweites Glas für sich. Ihr Blick ging, wie sie mir zutrank, leer an mir vorbei: so konnte ich sie betrachten. Ihr Gesicht war eigentlich noch schön und ebenmäßig in den Zügen, aber wie durch eine innere Ermattung maskenhaft und gemein geworden, alles fiel schlaff nieder, die Lider waren schwer, locker das Haar; die Wangen, fleckig von schlechter Schminke und verschwemmt, begannen schon nachzugeben und warfen sich mit breiter Falte bis an den Mund. Auch das Kleid war ganz lässig umgehängt, ausgebrannt die Stimme, rauh von Rauch und Bier. In allem spürte ich einen Menschen, der müde ist und nur aus Gewohnheit, gleichsam fühllos weiterlebt. Mit Befangenheit und Grauen warf ich eine Frage hin. Sie antwortete, ohne mich anzusehen, gleichgültig und stumpf mit kaum bewegten Lippen. Unwillkommen spürte ich mich. Rückwärts gähnte die Wirtin, das andere Mädel saß in einer Ecke und sah her, gleichsam wartend, bis ich sie riefe. Gern wäre ich gegangen, aber alles an mir war schwer, ich saß in dieser satten, schwelenden Luft, dumpf torkelnd wie die Matrosen, gefesselt von Neugier und Grauen; denn diese Gleichgültigkeit war irgendwie aufreizend.

Da plötzlich fuhr ich auf, erschreckt von einem grellen Gelächter neben mir. Und gleichzeitig schwankte die Flamme: am Luftzug spürte ich, daß jemand die Tür hinter meinem Rücken geöffnet haben mußte. „Kommst du schon wieder?“ höhnte grell und auf deutsch die Stimme neben mir. „Kriechst du schon wieder ums Haus, du Knauser du? Na, komm nur herein, ich tu dir nichts.“

Ich fuhr herum, zuerst ihr zu, die so grell diesen Gruß schrie, als bräche ihr Feuer aus dem Leib, und dann zur Tür. Und noch ehe sie ganz aufgetan war, erkannte ich die schlotternde Gestalt, erkannte den demütigen Blick dieses Menschen, der vorhin an der Tür gleichsam geklebt hatte. Er hielt den Hut verschüchtert in der Hand wie ein Bettler und zitterte unter dem grellen Gruß, unter dem Lachen, das wie ein Krampf ihre schwere Gestalt mit einem Male zu schüttern schien und von rückwärts, vom Schanktisch, mit raschem Geflüster der Wirtin begleitet wurde.

„Dort setz dich hin, zur Françoise“, herrschte sie den Armen an, als er jetzt mit einem feigen, schlurfenden Schritt näher trat. „Du siehst, ich habe einen Herrn.“

Deutsch schrie sie ihm das zu. Die Wirtin und das Mädel lachten laut, obwohl sie nichts verstehen konnten, aber sie schienen den Gast schon zu kennen.

„Gib ihm Champagner, Françoise“, den teuern, eine Flasche“, schrie sie lachend hinüber, und wieder höhnisch zu ihm: „Ists dir zu teuer, so bleib draußen, du elender Knicker. Möchtest mich wohl umsonst anstarren, ich weiß, du möchtest alles umsonst.“

Die lange Gestalt schmolz gleichsam zusammen unter diesem bösen Lachen, der Buckel schob sich schief empor, es war, als wollte das Gesicht sich hündisch verkriechen, und seine Hand zitterte, als er nach der Flasche griff, und verschüttete den Wein im Eingießen. Sein Blick, der immer aufwollte zu ihrem Gesicht, konnte nicht weg vom Boden und tastete dort im Kreise den

Kacheln nach. Und jetzt sah ich erst deutlich unter der Lampe dies ausgemergelte Gesicht, zermürbt und fahl, die Haare feucht und dünn auf beinernem Schädel, die Gelenke lose und wie zerbrochen, eine Jämmerlichkeit ohne Kraft und doch nicht ohne Bösartigkeit. Schief, verschoben war alles in ihm und geduckt, und der Blick, den er jetzt einmal hob und gleich wieder erschreckt zurückwarf, gekreuzt von einem bösen Licht.

„Kümmern Sie sich nicht um ihn", herrschte mich das Mädel auf französisch an und faßte derb meinen Arm, als wollte sie mich herumreißen. „Das ist eine alte Sache zwischen mir und ihm, ist nicht von heute." Und wieder mit blanken Zähnen, wie zum Bisse bereit, laut zu ihm hinüber: „Horch nur her, du alter Luchs. Möchtest hören, was ich rede. Daß ich eher ins Meer gehe als mit dir, habe ich gesagt."

Wieder lachten die Wirtin und das andere Mädel, breit und blöde. Es schien ein gewohnter Spaß für sie, ein alltäglicher Scherz. Aber mir wars unheimlich, jetzt zu sehen, wie sich dies andere Mädel plötzlich in falscher Zärtlichkeit an ihn drängte und ihn mit Schmeicheleien abgriff, vor denen er erschauerte ohne den Mut, sie abzuwehren, und ich erschrak, wenn sein Blick im Auftaumeln mich traf, ängstlich verlegen und kriecherisch. Und mir graute vor dem Weib neben mir, das plötzlich aus ihrer Schlaffheit aufgewacht war und so voll Bosheit funkelte, daß ihre Hände zitterten. Ich warf Geld auf den Tisch und wollte fort, aber sie nahm es nicht.

„Geniert er dich, dann werfe ich ihn hinaus, den Hund. Der muß parieren. Nimm noch ein Glas mit mir. Komm!"

Sie drängte sich heran mit einer jähen, fanatischen Art von Zärtlichkeit, von der ich sofort wußte, daß sie nur gespielt war, um jenen anderen zu quälen. Bei jeder dieser Bewegungen sah sie rasch schief hinüber, und es war mir widerwärtig zu sehen, wie bei jeder ihrer Gesten zu mir es in ihm zu zucken begann, als spürte er Brandstahl an seinen Gliedern. Ohne auf sie zu achten, starrte ich einzig ihn an und schauerte, wie etwas jetzt in ihm wuchs von Wut, Zorn, Neid und Gier, und sich doch gleich niederduckte, wandte sie nur den Kopf. Ganz nahe drängte sie sich nun zu mir, ich spürte ihren Körper, der zitterte von der bösen Lust dieses Spiels, und mir graute vor ihrem grellen Gesicht, das nach schlechtem Puder roch, vor dem Dunst ihres mürben Fleisches. Sie von meinem Gesicht abzuwehren, griff ich nach einer Zigarre, und während mein Blick noch den Tisch nach einem Streichholz absuchte, herrschte sie ihn schon an: „Bring Feuer her!"

Ich erschrak mehr noch als er vor dieser gemeinen Zumutung, mich zu bedienen, und mühte mich rasch, mir selbst eines zu finden. Aber schon von ihrem Worte wie mit einer Peitsche aufgeknallt, kam er mit seinen schiefen Schritten torkelnd herüber und legte rasch, als könnte er sich mit einer Berührung des Tisches verbrennen, sein Feuerzeug auf den Tisch. Eine Sekunde kreuzte ich seinen Blick: unendliche Scham lag darin und eine knirschende Erbitterung. Und dieser geknechtete Blick traf den Mann, den Bruder, in mir. Ich fühlte die Erniedrigung durch das Weib und schämte mich mit ihm.

„Ich danke Ihnen sehr," sagte ich auf deutsch – sie zuckte auf – „Sie hätten sich nicht bemühen müssen." Dann bot ich ihm die Hand. Ein Zögern, ein langes, dann spürte ich feuchte, knochige Finger und plötzlich krampfartig einen jähen Druck des Dankes. Eine Sekunde leuchteten seine Augen in die meinen, dann duckten sie sich wieder unter die schlaffen Lider. Aus Trotz wollte ich ihn bitten, bei uns Platz zu nehmen, und die einladende Geste mußte wohl schon in meine Hand geglitten sein, denn sie herrschte ihn eilig an: „Setz dich wieder hin und störe hier nicht."

Da packte mich plötzlich der Ekel vor ihrer ätzenden Stimme und vor dieser Quälerei. Was sollte mir diese verräucherte Spelunke, diese widrige Dirne, dieser Schwachsinnige, dieser Qualm von Bier und Rauch und schlechtem Parfüm? Mich dürstete nach Luft. Ich schob ihr das Geld hin, stand auf und rückte energisch ab, als sie mir schmeichelnd näher kam. Es ekelte mich, mitzuspielen bei dieser Erniedrigung eines Menschen, und deutlich ließ ich durch die Entschlossenheit meiner Abwehr spüren, wie wenig sie mich sinnlich verlocken konnte. Jetzt zuckte ihr Blut bös, eine Falte kroch ihr gemein um den Mund, aber sie hütete sich doch, das Wort auszusprechen, und wandte sich mit einem Ruck unverstellten Hasses gegen ihn, der aber, des Ärgsten gewärtig, eilig und wie gejagt von ihrer Drohung in die Tasche griff und mit zitternden Fingern eine Geldbörse herauszog. Er hatte Angst, jetzt allein mit ihr zu bleiben, das war sichtlich, und in der Hast konnte er die Knoten der Börse nicht gut lösen – eine Börse war es, gestrickt und mit Glasperlen besetzt, wie die Bauern sie tragen und die kleinen Leute. Mühelos war es zu merken, daß er ungewohnt war, Geld rasch auszugeben, sehr im Gegensatz zu den Matrosen, die es mit einem Handschwung aus den klimpernden Taschen hervorholen und auf den Tisch werfen; er mußte offenbar gewohnt sein, sorglich zu zählen und die Münzen zwischen den Fingern zu wägen. „Wie er zittert um seine lieben süßen Pfennige! Gehts zu langsam? Wart!" höhnte sie und trat einen Schritt näher.

Er schrak zurück, und sie, als sie sein Erschrecken sah, sagte, die Schultern hochziehend und mit einem unbeschreiblichen Ekel im Blick: „Ich nehm dir nichts, ich spei auf dein Geld. Weiß ja, sie sind gezählt, deine guten Pfennigchen, darf keines zuviel in die Welt. Aber erst" – und sie tippte ihm plötzlich gegen die Brust – „die Papierchen, die du da eingenäht hast, daß sie dir keiner stiehlt!" Und wirklich, wie ein Herzkranker im Krampf sich plötzlich an die Brust greift, so faßte fahl und zitternd seine Hand an eine bestimmte Stelle des Rockes, unwillkürlich tasteten seine Finger dort an das heimliche Nest und fielen dann beruhigt zurück. „Geizhals!" spie sie aus. Aber da flog plötzlich eine Glut in das Gesicht des Gemarterten, er warf die Geldbörse mit einem Ruck dem andern Mädel zu, die erst aufschrie im Schreck, dann hell lachte, und stürmte vorbei an ihr, zur Tür hinaus wie aus einem Brand.

Einen Augenblick stand sie noch aufgerichtet, hell funkelnd in ihrer bösen Wut. Dann fielen die Lider wieder schlaff herab, Mattigkeit bog den Körper aus der Spannung. Alt und müde schien sie in einer Minute zu werden. Etwas Unsicheres und Verlorenes dämpfte den Blick, der mich jetzt traf. Wie eine Trunkene, die aufwacht, dumpf mit dem Gefühl einer Schande stand sie da. „Draußen wird er jammern um sein Geld, vielleicht zur Polizei laufen, wir hätten ihn bestohlen. Und morgen ist er wieder da. Aber mich soll er doch nicht haben. Alle, nur gerade er nicht!"

Sie trat zum Schank, warf Geldstücke hin und stürzte mit einem Schwung ein Glas Branntwein hinunter. Das böse Licht glimmerte wieder in ihren Augen, aber trüb wie unter Tränen von Wut und Scham. Ekel faßte mich vor ihr und zerriß mein Mitleid: „Guten Abend", sagte ich und ging. „Bon soir," antwortete die Wirtin. Sie sah sich nicht um und lachte bloß, grell und höhnisch.

Die Gasse, sie war nur Nacht und Himmel, als ich hinaustrat, eine einzige schwüle Dunkelheit mit verwölktem, unendlich fernem Glanz von Mond. Gierig trank ich die laue und doch starke Luft, und das Gefühl des Grauens löste sich in das große Erstaunen vor der Mannigfaltigkeit der Geschicke, und ich spürte wieder – ein Gefühl, das mich selig machen kann bis zu Tränen –, daß immer hinter jeder Fensterscheibe Schicksal wartet, jede Tür sich in Erlebnis auftut, allgegenwärtig das Mannigfaltige dieser Welt ist und selbst der schmutzigste Winkel noch so wimmelnd von schon gestaltetem Erleben wie die Verwesung vom eifrigen Glanz der Käfer. Fern war das Widerliche der Begegnung und das gespannte Gefühl wohltuend gelöst in eine süße Müdigkeit, die sich sehnte, all dies Gelebte in schöneren Traum zu verwandeln. Unwillkürlich blickte ich suchend um mich, den Weg nach Hause durch diese Wirrnis verwinkelter Gäßchen zu finden. Da schob sich – unhörbar mußte er nahegetreten sein – ein Schatten an mich heran.

„Verzeihen Sie," – ich erkannte sogleich die demütige Stimme – „aber ich glaube, Sie finden sich hier nicht zurecht. Darf ich... darf ich Ihnen den Weg weisen? Der Herr wohnt...?'

Ich nannte mein Hotel.

„Ich begleite Sie... Wenn Sie erlauben", fügte er sogleich demütig hinzu.

Das Grauen faßte mich wieder. Dieser schleichende, gespenstische Schritt an meiner Seite, unhörbar fast und doch hart an mir, das Dunkel der Matrosengasse und die Erinnerung des Erlebten wich allmählich einem traumhaft wirren Gefühl ohne Wertung und Widerstand. Ich spürte die Demut seiner Augen, ohne sie zu sehen, und merkte das Zucken seiner Lippen, ich wußte, daß er mit mir reden wollte, tat aber nichts dafür und nichts dagegen aus der Taumligkeit meines Empfindens, in dem die Neugier des Herzens mit einer körperlichen Benommenheit sich wogend mengte. Er räusperte sich mehrmals, ich merkte den erstickten Ansatz zum Wort, aber irgendeine Grausamkeit, die von diesem Weib geheimnisvoll auf mich übergegangen war, freute sich dieses Ringens der Scham und seelischen Not: ich half ihm nicht, sondern ließ dieses Schweigen schwarz und schwer zwischen uns. Und unsere Schritte klangen, der seine leise schlurfend und alt, der meine mit Absicht stark und rauh, dieser schmutzigen Welt zu entrinnen, wirr zusammen. Immer stärker spürte ich die Spannung zwischen uns: schrill, voll inneren Schreis war dieses Schweigen und schon wie eine übermäßig gespannte Saite, bis er es endlich – und wie entsetzlich zagend zuerst – durchriß mit einem Wort.

„Sie haben... Sie haben... mein Herr... da drinnen eine merkwürdige Szene gesehen... verzeihen Sie... verzeihen Sie, wenn ich noch einmal davon rede... aber sie mußte Ihnen merkwürdig sein... und ich sehr lächerlich... diese Frau... es ist nämlich..."

Er stockte wieder. Etwas würgte ihm dick die Kehle. Dann wurde seine Stimme ganz klein, und er flüsterte hastig: „Diese Frau... es ist nämlich meine Frau." Ich mußte aufgefahren sein im Erstaunen, denn er sprach hastig weiter, als wollte er sich entschuldigen: „Das heißt... es war meine Frau... vor fünf, vor vier Jahren... in Geratzheim drüben in Hessen, wo ich zu Hause bin... Ich will nicht, Herr, daß Sie schlecht von ihr denken... es ist vielleicht meine Schuld, daß sie so ist. Sie war nicht immer so... Ich... ich habe sie gequält... Ich habe sie genommen, obwohl sie sehr arm war, nicht einmal die Leinwand hatte sie, nichts, gar nichts... und ich bin reich... das heißt, vermögend... nicht reich... oder ich war es wenigstens damals... und, wissen Sie, mein Herr... ich war vielleicht – sie hat recht – sparsam... aber früher war ich es, mein Herr, vor dem Unglück, und ich verfluche es... aber mein Vater war so und die Mutter, alle waren so... und ich habe hart gearbeitet um jeden Pfennig... und sie war leicht, sie hatte gern schöne Sachen... und war doch arm, und ich habe es ihr immer wieder vorgehalten... Ich hätte es nicht tun sollen, ich weiß es jetzt, mein Herr, denn sie ist stolz, sehr stolz... Sie dürfen nicht glauben, daß sie so ist, wie sie sich gibt... das ist Lüge, und sie tut sich selber weh... nur... nur um mir wehe zu tun, um mich zu quälen... und... weil... weil sie sich schämt... Vielleicht ist sie auch schlecht geworden, aber ich... ich glaube es nicht... denn, mein Herr, sie war sehr gut, sehr gut..."

Er wischte sich die Augen und blieb stehen in seiner übermächtigen Erregung. Unwillkürlich blickte ich ihn an, und er schien mir mit einem Male nicht mehr lächerlich, und selbst diese merkwürdige servile Anrede, „mein Herr", die in Deutschland nur niedern Ständen zu eigen ist, spürte ich nicht mehr. Sein Antlitz war ganz von der inneren Bemühung zum Wort durchbildet, und der Blick starrte, wie er schwer jetzt wieder vorwärts taumelte, starr auf das Pflaster, als läse er dort im schwankenden Lichte mühsam ab, was sich dem Krampf seiner Kehle so quälend entriß.

„Ja, mein Herr", stieß er jetzt tiefatmend heraus, und mit einer ganz anderen, dunklen Stimme, die irgendwie aus einer weicheren Welt seines Innern kam: „Sie war sehr gut... auch zu mir, sie war sehr dankbar, daß ich sie aus ihrem Elend erlöst hatte... und ich wußte es auch, daß sie dankbar war... aber... ich... wollte es hören... immer wieder... immer wieder... es tat mir gut, diesen Dank zu hören... mein Herr, es war so, so unendlich gut, zu spüren, zu spüren, daß man besser ist... wenn... wenn man doch weiß, daß man der Schlechtere ist... ich hätte all mein Geld dafür gegeben, es immer wieder zu hören... und sie war sehr stolz und wollte es immer weniger, als sie merkte, daß ich ihn forderte, diesen Dank... Darum... nur darum, mein Herr, ließ ich sie immer bitten... nie gab ich freiwillig... es tat mir wohl, daß sie um jedes Kleid, um jedes Band kommen mußte und betteln... drei Jahre habe ich sie so gequält, immer mehr... aber, mein Herr, es war nur, weil ich sie liebte... Ich hatte ihren Stolz gern, und doch wollte ich ihn immer knechten, ich Wahnsinniger, und wenn sie etwas begehrte, so war ich böse... aber, mein Herr, ich war es gar nicht...

ich war selig jeder Gelegenheit, sie demütigen zu können, denn... denn ich wußte gar nicht, wie ich sie liebte..."

Wieder stockte er. Ganz torkelnd ging er. Offenbar hatte er mich vergessen. Mechanisch sprach er, wie aus dem Schlaf, mit immer lauterer Stimme.

„Das... das habe ich erst gewußt, wie ich damals... an jenem verfluchten Tag... ich hatte ihr Geld verweigert für ihre Mutter, ganz, ganz wenig... das heißt, ich hatte es schon bereitgelegt, aber ich wollte, daß sie noch einmal käme... noch einmal mich bitten... ja, was sage ich?... ja, damals habe ich es gewußt, als ich abends nach Hause kam und sie fort war und nur ein Zettel auf dem Tisch... ›Behalte dein verfluchtes Geld, ich will nichts mehr von dir‹... das stand darauf, sonst nichts... Herr, ich bin drei Tage, drei Nächte gewesen wie ein Rasender. Den Fluß habe ich absuchen lassen und den Wald, Hunderte habe ich der Polizei gegeben... zu allen Nachbarn bin ich gelaufen, aber sie haben nur gelacht und gehöhnt... Nichts, nichts war zu finden... Endlich hat mir einer Nachricht gesagt vom andern Dorf... er habe sie gesehen... in der Bahn mit einem Soldaten... sie sei nach Berlin gefahren... am selben Tage bin ich ihr nachgereist... ich habe meinen Verdienst gelassen... Tausende habe ich verloren... man hat mich bestohlen, meine Knechte, mein Verwalter, alle, alle... aber, ich schwöre es Ihnen, mein Herr, es war mir gleichgültig... Ich bin in Berlin geblieben, eine Woche hat es gedauert, bis ich sie auffand in diesem Wirbel von Menschen... und bin zu ihr gegangen..." Er atmete schwer.

„Mein Herr, ich schwöre es Ihnen... kein hartes Wort habe ich ihr gesagt... ich habe geweint... auf den Knien bin ich gelegen... ich habe ihr Geld geboten... mein ganzes Vermögen, sie sollte es verwalten, denn damals wußte ich es schon... ich kann nicht leben ohne sie. Ich liebe jedes Haar an ihr... ihren Mund... ihren Leib, alles, alles... und ich bin es ja, ich, der sie hinabgestoßen hat, ich allein... Sie war blaß wie der Tod, als ich hereinkam, plötzlich... ich hatte ihre Wirtin bestochen, eine Kupplerin, ein schlechtes, gemeines Weib... wie der Kalk war sie an der Wand... Sie hörte mich an. Herr, ich glaube, sie war... ja, sie war beinahe froh, mich zu sehen... aber als ich vom Gelde sprach... und ich habe es doch nur getan, ich schwöre es Ihnen, um ihr zu zeigen, daß ich nicht mehr daran denke... da hat sie ausgespien... und dann... weil ich noch immer nicht gehen wollte... da hat sie ihren Liebhaber gerufen, und sie haben mich verlacht... Aber, mein Herr, ich bin immer wiedergekommen, Tag für Tag. Die Hausleute haben mir alles erzählt, ich wußte, daß der Lump sie verlassen hatte und sie in Not war, und da ging ich noch einmal hin... noch einmal, Herr, aber sie fuhr mich an und zerriß einen Schein, den ich heimlich auf den Tisch gelegt hatte, und als ich doch wiederkam, war sie fort... Was habe ich nicht getan, mein Herr, sie wieder auszuforschen! Ein Jahr, ich schwöre es Ihnen, habe ich nicht gelebt, nur immer gespürt, habe Agenturen besoldet, bis ichs endlich erfuhr, daß sie drüben sei in Argentinien... in... in einem schlechten Hause... Er zögerte einen Augenblick. Wie ein Röcheln war das letzte Wort. Und dunkler wurde seine Stimme.

„Ich erschrak sehr... zuerst... aber dann besann ich mich, daß ich, nur ich es sei, der sie da hinabgestoßen hatte... und ich dachte, wie sehr sie leiden müsse, die Arme... denn stolz ist sie vor allem... Ich ging zu meinem Anwalt, der schrieb an den Konsul und sandte Geld... ohne daß sie erfuhr, wer es gab... nur daß sie zurückkäme. Man telegraphierte mir, daß alles gelungen sei... ich wußte das Schiff... und in Amsterdam wartete ich... drei Tage zu früh war ich gekommen, so brannte ich vor Ungeduld... Endlich kam es, ich war selig, wie nur der Rauch vom Dampfer am Horizont war, und ich glaubte es nicht erwarten zu können, bis er heranfuhr und anlegte, so langsam, langsam, und dann die Passagiere über den Steg kamen und endlich, endlich sie... Ich erkannte sie nicht gleich... sie war anders... geschminkt... und schon so... so, wie Sie es gesehen haben... und wie sie mich warten sah... wurde sie fahl... Zwei Matrosen mußten sie halten, sonst wäre sie vom Steg gefallen... Sobald sie am Land war, trat ich an ihre Seite... ich sagte nichts... meine Kehle war zu... Auch sie sprach nichts... und sah mich nicht an... Der Träger trug das Gepäck voran, wir gingen und gingen... Da plötzlich blieb sie stehen und sagte... Herr, wie sie es sagte... so schmerzend weh tat es mir, so traurig klang es... ›Willst du mich noch immer zu deiner Frau, jetzt auch noch?‹... Ich faßte sie bei der Hand... Sie zitterte, aber sie sagte nichts. Doch ich fühlte, daß nun alles wieder gut war... Herr, wie selig ich war! Ich tanzte wie ein Kind um sie, als ich sie im Zimmer hatte, ich fiel ihr zu Füßen... törichte Dinge muß ich gesagt haben... denn sie lächelte unter Tränen und liebkoste mich... ganz zaghaft natürlich nur... aber, Herr... wie es mir wohltat... mein Herz zerfloß. Ich lief treppauf, treppab, bestellte ein Diner im Hotel... unser Vermählungsmahl... ich half ihr, sich anzuziehen... und wir gingen hinab, wir aßen und tranken und waren fröhlich... Oh, so heiter war sie, ein Kind, so warm und gut, und sie sprach von Hause... und wie wir alles nun wieder besorgen wollten... Da..." Seine Stimme wurde plötzlich rauh, und er machte mit der Hand eine Geste, als ob er jemanden zerbrechen wollte. „Da... da war ein Kellner... ein schlechter, gemeiner Mensch... der glaubte, ich sei trunken, weil ich toll war und tanzte und mich überkollerte beim Lachen... während ich doch nur so glücklich war... oh, so glücklich, und da... als ich bezahlte, gab er mir zwanzig Francs zu wenig zurück... Ich fuhr ihn an und verlangte den Rest... er war verlegen und legte das Goldstück hin... Da... da begann sie auf einmal grell zu lachen... Ich starrte sie an, aber es war ein anderes Gesicht... höhnisch, hart und böse mit einem Male... ›Wie genau du noch immer bist... selbst an unserem Vermählungstag!‹ sagte sie ganz kalt, so scharf, so... mitleidig. Ich erschrak und verfluchte meine Peinlichkeit... ich gab mir Mühe, wieder zu lachen... aber ihre Heiterkeit war fort... war tot... Sie verlangte ein eigenes Zimmer... was hätte ich ihr nicht gewährt ... und ich lag allein die Nacht und sann nur nach, was ihr kaufen am nächsten Morgen... sie beschenken... ihr zeigen, daß ich nicht geizig sei... nie mehr gegen sie. Und am Morgen ging ich aus, ein Armband kaufte ich, ganz früh, und wie ich in ihr Zimmer trat... da war... da war es leer... ganz wie damals. Und ich wußte, auf dem Tisch würde ein Zettel liegen... ich lief fort und betete zu Gott, es möge nicht wahr sein... aber... aber... er lag doch dort... Und darauf stand...“

Er zögerte. Unwillkürlich war ich stehen geblieben und sah ihn an. Er duckte den Kopf. Dann flüsterte er heiser:

„Es stand darauf... ›Laß mich in Frieden. Du bist mir widerlich –‹“

Wir waren beim Hafen angelangt, und plötzlich rauschte in das Schweigen der grollende Atem der nahen Brandung. Mit blinkenden Augen, wie große schwarze Tiere lagen die Schiffe da, nah und ferne, und von irgendwo kam Gesang. Nichts war deutlich und doch vieles zu fühlen, ein ungeheurer Schlaf und der schwere Traum einer starken Stadt. Neben mir spürte ich den Schatten dieses Menschen, er zuckte gespenstisch vor meinen Füßen, floß bald auseinander, bald kroch er zusammen im wandelnden Licht der trüben Laternen. Ich vermochte nichts zu sagen, nicht Trost und hatte keine Frage, spürte aber sein Schweigen an mir kleben, lastend und dumpf. Da faßte er mich plötzlich zitternd am Arm.

„Aber ich gehe nicht fort von hier ohne sie... Nach Monaten habe ich sie wiedergefunden... Sie martert mich, aber ich will nicht müde werden... Ich beschwöre Sie, mein Herr, reden Sie mit ihr... Ich muß sie haben, sagen Sie es ihr... mich hört sie nicht... Ich kann nicht mehr so leben... Ich kann es nicht mehr sehen, wie Männer zu ihr gehen... und draußen warten vor dem Haus, bis sie wieder herunterkommen... lachend und trunken... Die ganze Gasse kennt mich schon... sie lachen, wenn sie mich warten sehen... wahnsinnig werde ich davon... und doch jeden Abend stehe ich wieder dort... Mein Herr, ich beschwöre Sie... sprechen Sie mit ihr... ich kenne Sie ja nicht, aber tun Sie es um Gottes Barmherzigkeit... sprechen Sie mit ihr...“

Unwillkürlich wollte ich meinen Arm befreien. Mir graute. Aber er, wie ers spürte, daß ich mich gegen sein Unglück wehrte, fiel plötzlich mitten auf der Straße in die Knie und faßte meine Füße.

„Ich beschwöre Sie, mein Herr... Sie müssen mit ihr sprechen... Sie müssen... sonst... sonst geschieht etwas Furchtbares... Ich habe mein ganzes Geld verbraucht, sie zu suchen, und ich lasse sie nicht hier... nicht lebendig... Ich habe mir ein Messer gekauft... Ich habe ein Messer, mein Herr... Ich lasse sie hier nicht mehr... nicht lebendig... ich ertrage es nicht... Sprechen Sie mit ihr, mein Herr..."

Er wälzte sich wie rasend vor mir. In diesem Augenblick kamen zwei Polizisten die Straße her. Ich riß ihn mit Gewalt auf. Einen Augenblick starrte er mich entgeistert an. Dann sagte er mit ganz fremder, trockener Stimme: "Die Gasse dort biegen Sie ein. Dann sind Sie bei Ihrem Hotel." Einmal noch starrte er mich an mit Augen, in denen die Pupillen zerschmolzen schienen in ein grauenhaft Weißes und Leeres. Dann verschwand er.

Ich wickelte mich in meinen Mantel. Mich fröstelte. Nur Müdigkeit spürte ich, eine wirre Trunkenheit, gefühllos und schwarz, einen wandelnden, purpurnen Schlaf. Ich wollte etwas denken und all das besinnen, aber immer hob sich diese schwarze Welle von Müdigkeit aus mir und riß mich mit. Ich tastete ins Hotel, fiel hin ins Bett und schlief dumpf wie ein Tier.

Am nächsten Morgen wußte ich nicht mehr, was davon Traum oder Erlebnis war, und irgend etwas in mir wehrte sich dagegen, es zu wissen. Spät war ich erwacht, fremd in fremder Stadt, und ging eine Kirche zu besehen, in der antike Mosaiken von großem Ruhme sein sollten. Aber meine Augen starrten sie leer an, immer deutlicher stieg die Begegnung der vergangenen Nacht auf, und ohne Widerstand triebs mich weg, ich suchte die Gasse und das Haus. Aber diese seltsamen Gassen leben nur des Nachts, am Tage tragen sie graue, kalte Masken, unter denen nur der Vertraute sie erkennt. Ich fand sie nicht, so sehr ich suchte. Müde und enttäuscht kam ich heim, verfolgt von den Bildern des Wahns oder der Erinnerung.

Um neun Uhr abends ging mein Zug. Mit Bedauern ließ ich die Stadt. Ein Träger hob mein Gepäck und trug es vor mir her dem Bahnhof zu. Da plötzlich, an einer Kreuzung, riß michs herum: ich erkannte die Quergasse, die zu jenem Hause führte, hieß den Träger warten und ging – während er zuerst erstaunt und dann frech-vertraulich lachte – noch einen Blick zu tun in diese Gasse des Abenteuers.

Dunkel lag sie da, dunkel wie damals, und im matten Mond sah ich die Türscheibe jenes Hauses glänzen. Noch einmal wollte ich näher treten, da raschelte eine Gestalt aus dem Dunkel. Schauernd erkannte ich ihn, der dort auf der Schwelle hockte und mir winkte, ich möge näher kommen. Doch ein Grauen faßte mich, ich flüchtete rasch fort, aus der feigen Angst, hier verstrickt zu werden und meinen Zug zu versäumen.

Aber dann, an der Ecke, ehe ich mich wandte, sah ich noch einmal zurück. Als mein Blick ihn traf, gab er sich einen Ruck, raffte sich auf und sprang gegen die Tür. Metall blitzte in seiner Hand, da er sie jetzt eilig aufriß: ich konnte aus der Ferne nicht unterscheiden, ob es Geld war oder das Messer, das im Mondlicht zwischen seinen Fingern verräterisch glitzerte... “

Ende